虎嘯龍吟

朱貞木

近代武俠經典復刻版

中 虎穴龍潭

朱貞木——著

目錄

第十七章　驚碎芳心

原來那怪漢一頭揉頭獅子似的亂髮，一嘴茅草窩似的連鬢鬍，鬚髮卷結，滿臉蓬蓬鬆鬆，竟看不清五官位置，只露著一雙威稜四射的虎眼。從遠看怪漢這顆尊顱，活像一頭貓頭鷹。一身衣服尤其特別，披著一件碩大無朋的繭綢藍衫，外罩棗紅坎肩，襟袖之間，酒漬淋漓，斑駁陸離，自成五彩。腰間束著一條破汗巾，掛了一柄沒鞘劍，劍穗上又繫著一本破書，下面竟露出兩條黑毛泥腿，套了一雙七穿八洞的鹿皮靴。這副怪形，又活像名手畫的寫意鍾馗。非但雙鳳同紅娘子弄得欲笑不能，暗自揉肚，連范老頭子等也看得呆了。經黃九龍、王元超一一介紹，才知道這怪漢就是早已聞名的甘瘋子，也是陸地神仙第二位得意門徒。

當下眾人同甘瘋子一陣寒暄，尤其范老頭子談得格外投契，不料甘瘋子談了幾句話，忽然向眾人面上細細一瞧以後，破袖亂舞，止住眾人說話，向黃九龍呵呵笑道：「老三，你這樣機警的人，怎麼此刻還會高朋滿座、這樣暇豫，難道唇亡齒寒的道理，你還不明白嗎？」

黃九龍聽得悚然一驚，慌忙問道：「師兄這話不解。」

甘瘋子面色一整，向范老頭子一指道：「咦，你此刻同范老先生在一處談話，難道范老先生家中新近發生不幸的事，你還不知道嗎？」

這幾句話黃九龍同眾人都吃了一驚，尤其是范老頭子同紅娘子驚得一齊站起來，急急的問道：「甘兄所說，連老朽自己也不明白，未知甘兄所說舍間不幸的事，是哪一樁事？」

不料甘瘋子聽到范老頭子這樣一說，也詫異得跳起來，把手一拍桌子，連呼奇怪、奇怪，一指黃九龍道：「我進來的時候，滿以為你們大會高朋，定是得著消息商量辦法，原來你們都還蒙在鼓裡。這樣一來，我要埋怨老三，怎麼你堡中幾個頭目，對於外邊的事一點沒有留意，未免太疏忽了。」

黃九龍急忙分辯道：「師兄如果說的就是今天湖面幾隻形跡可疑的船，部下早已報告，此刻我們正在商議辦法。但是師兄說到范老前輩的家事，小弟實在不解。」

甘瘋子一聽這話，格外暴跳如雷，把桌子拍得震天價響，大聲道：「你還說得著報告呢，你知道今天幾隻船來幹什麼的？你說，你說！」

黃九龍和王元超都知道今天師兄到來，定有重大事故，又明白這位師兄的性子，雖然詼諧百出，可是對於自己師弟輩做錯一點事，都是不肯稍予假借的，慌忙一齊垂手肅立，唯唯認錯。但是在眾人眼光中，未免看得詫異，還以為甘瘋子宿醉未醒，言語離奇。惟獨范老頭子究竟閱歷深沉，知道這甘瘋子不是常人，當時抱拳笑道：「這事不能怪罪堡主，連老朽自己家事，還不知道，真真慚愧，現在快請甘兄實言吧。」

甘瘋子一跺腳大聲道：「老先生，你真不知道今天幾隻形跡可疑的船，完全是為老先生而來的嗎？又不知道令婿金昆秀已遭奸人毒手，早晚有性命之憂嗎？」

甘瘋子這句話不要緊，只把這位英邁豁達的老英雄，說得頓時耳邊轟的一聲靈魂出竅，那位嫋娜倜儻的紅娘子立時花容變色，珠淚紛拋。也顧不得男女嫌疑，也顧不得酒氣撲鼻，兩步並作一步，一把拉住甘瘋子斑駁陸離的破袖，哀哀的哭道：「甘先生你快說，拙夫遭了何人毒手？究竟怎麼一回事？快說，快說！」

哪知真應了「急驚風偏遇著慢郎中」的一句俗語，這甘瘋子口上雖然詼諧百出，可是男女大防非常講究。一看自己一隻袖子，被花朵般一個少婦拉住，心中一急，身子向後一退，隨手一甩，只聽得嗤的一聲，那隻破袖管立時宣告脫離，這一來紅娘子猛然一怔，舉著一隻軟啷噹的破袖不知如何是好。哪知甘瘋子滿不理會，只把半截破袖向上一勒，走過去向范老頭子肩上一拍，厲聲叫道：「老先生休慌！老天生下甘瘋子，專斬奸人頭，專管不平事！現在我把內中情形先告訴你，然後我們再商議辦法。」

這時范老頭子被甘瘋子肩上一拍，定了定神，一面拱手向甘瘋子道謝，百慌裡又極力安慰紅娘子道：「女兒且不要急，我們且聽甘兄說明就裡，有了甘兄在此，和眾位在座英雄，總有法子可想。」

這時滕鞏、黃九龍、王元超、雙鳳各人面上都顯出緊張的情緒，雙鳳又怕紅娘子急壞，極力向她安慰，只有癡虎兒空睜著大眼，插不上話。其實此時紅娘子哪有心情理會人？一顆心七上八落，只有在腔子裡打轉，怔怔的兀自提著一隻破袖，含著兩泡急淚，立在范老頭肩下，等甘瘋子說出話來。

甘瘋子道：「俺因前奉師命，遊歷蘇皖湘豫一帶，偵察哥老會、天地會、東撚、西撚，以及各處秘密會黨的行動，順便在蕪湖打聽單天爵的劣跡。不料到了蕪湖一打聽，那廝新近被兩江總督奏調，升充江寧提鎮，業已興高采烈的帶著標兵上任去了。我又趕到金陵，暗地打聽官場消息，而且在提鎮衙門內暗地探過幾次，才明白這次單天爵升調的原因，含有極大的作用，完全是單某自己運動出來。一面在總督方面自告奮勇，以肅清兩江盜匪會黨作題目，一面卻又派自己黨羽分赴各地聯絡會匪，暗地奉他為首領。借著提鎮衙門作護身符，實行其官盜勾結，擴張自己的勢力。

「有幾處較為義烈的山寨首領、湖海英豪，看透他的野心，不服他的命令，他就假著剿撫為名，鏟除異己。我暗地窺探他衙門內，三教九流，混雜得很，我探得這番真相，正想離開江南，再赴別處。忽聽街上人紛紛傳說：提鎮衙門捉住了江洋大盜金昆秀，已從鎮江解到，快去聽審。

「我一聽說這話，一時好奇，想去瞧一瞧這金昆秀是何等人物？雖然我在江湖上，從來未聽過金昆秀這三個字，但是既然被單某捉來，定不是單某一黨，也許是個有作為的好漢。我存著此心又耽擱下來，決意等到晚上去探看一番。因為白天街上紛紛傳說聽審，自知咱這副怪形怪狀容易惹人起疑，不便混在百姓群裡同去觀審，只好等到晚上再作計較。

「哪知咱坐在一處僻靜宿店，還未到晚，街上觀審的人已陸續回來，連呼晦氣。留神一聽，原來這般遊手好閒的百姓趕到提鎮衙門，只見大堂上靜悄悄的鬼也沒一個，一打聽才知那江洋大盜確已解到，單提鎮恐怕白天走漏消息，不大穩便，要到晚上再從牢獄裡提出來，親自在花廳嚴密拷問。我一想這倒是個機會，何不乘他晚上親自提審的時候，暗地去窺探一番，免得到牢中去瞎撞。

「等到日落西山，我草草飲了幾盅酒，就闔門大睡，預料單某陰險機警，不到午夜不會提審，落得安睡片時。直到魚更三躍，我起來略一結手，從窗戶飛上屋，一口氣到提鎮衙門大堂上。向下面一看，卻正湊巧！只見大堂下面一群兵勇提著兩個氣死風大燈籠，押著一個鐵索啷噹的囚犯，一窩蜂擁向後堂。我也從屋上飛向後面。那下面押犯的兵勇，並不向內堂走去，卻從一個角門走進。我亦步亦趨，翻牆越脊，一直跟到一座花園，滿是太湖石疊成的假山，和幾株高大的槐梧，假山前面一座敞廳，大約宴客之所，就是外面所稱的內花廳了。

「這時廳內燈燭輝煌，廳外警衛森立，上上下下鴉雀無聲，只幾批胥吏親兵屏息而趨，值應公事。我四面一打量，輕輕跳落假山上面，潛身在一塊屏石後面，卻正對廳內公案。好在這塊丈餘高的大屏石剔透玲瓏，從石上窟洞望出去，格外清楚。哈著腰望了半天，還未見單天爵出來，正有點不耐煩起來。猛聽得廳上廳下宰牛般一聲狂吼，眾人喊了這聲堂威，才見公案兩旁站列的兵勇胸脯一挺，齊喝了一聲：『大人到！』就見廳內屏門一開，許多親兵擁出一個紅頂花翎的單天爵來。

「那廝一坐下公案，提筆一點，立時兩旁兵役扯開破鑼般嗓子喊一聲：『帶金昆秀！』霎時外面一陣鐵索鏘鏘，前拉後擁，架進一個囚犯。這時咱借著廳內燈光一看囚犯面貌，立時吃了一驚！原來那囚犯臉上美秀而文，毫無綠林凶惡之態，只可惜兩肩琵琶骨上，已被他們穿了兩個窟洞，貫著一條鐵索。無論何等好漢，一穿琵琶骨，一點能耐也施展不出來了。」

甘瘋子說到此地，猛聽得紅娘子啊啊一聲，立時滾到范老頭子懷內大哭起來。范老頭子也急得滿頭大汗，一手抱住紅娘子，一手拉著甘瘋子大聲道：「甘兄，以後怎樣？」

甘瘋子急道：「老先生不要急，令嬡且慢哭，聽我講完，我們有這許多人在此，總可設法報此大仇。」

范老頭子滿臉淒惶的說道：「甘兄，老朽只有這一女一婿，倘有差錯，老朽這條老命也豁出去了！」

甘瘋子雙手一搖，大聲道：「老先生休得自亂方寸，且待我講畢再作計謀。那晚我暗地一看金昆秀雖然被他們穿了琵琶骨，依然雄赳赳氣昂昂不失好漢氣概，被那般如狼似虎的兵卒擁進花廳以後，就筆直的挺立在公案下面。只聽得單天爵驚堂一拍，大聲叱喝道：『好一個萬惡的狗強盜！到了此地，還不與我跪下？』那金昆秀毫不懼怕，張目大喝道：『休得多言！老子既然誤中奸計，這顆腦袋就結識你們。快與我來個乾脆，不要囉嗦惹厭！」

「兩旁親兵胥吏看他出言頂撞，立時山搖地動的幾聲畏喝，奔進幾個高大的悍卒，一齊動手想把金昆秀強制著推他跪下。哪知蜻蜓撼石柱，竟推他不動。忽然屏風後面一聲冷笑，跑出一個長面黑鬚的道士來，走近金昆秀背後，冷不防舉起右手駢指向他脅下一點，只聽得金昆秀一聲哎喲，立時癱軟在地上，只剩得破口大罵，再也挺立不起來。

「我知道那道士施了一手點穴，倒並不為奇，可是仔細打量那道士形貌，倒吃了一驚！原來我認識那道士，是湖南洞庭湖三十六寨的首領，江湖上稱為洞庭君柳摩霄的便是。論到此人本領，卻也十分了得，可算得湖南綠林的魁首，比單天爵又高得多多。湖南撚黨幾個主要首領，差不多都是他的門徒，可是心狠手辣，又可算得江南第一個惡魔。不知為何會跑到江寧來同單天爵在一起，物以類聚，單天爵從此益發如虎添翼了。

「那時柳摩霄一露面，我格外想探個水落石出，只見柳摩霄把金昆秀點翻以後，仍復飄然而入。那高坐堂皇的單天爵，一看金昆秀委頓在地上，哈哈大笑道：『你這狗才到了本鎮面前還敢倔強！你倘然知趣，從實招出你的丈人范高頭現在何處，手下尚有幾個黨羽，一一從實招來。本鎮念你並非首犯，可以筆下超生，從輕發落。』把驚堂一拍，連喝快招！哪知金昆秀坐在地上一味醜罵，單天爵大怒，喝聲用刑！霎時下面抬上幾件厲害的刑具，擺在公案下面，單天爵怒火中燒，連喝用刑。

「這當口，柳摩霄又從後面轉出，在單天爵耳邊下不知說了幾句什麼話，單天爵連連點頭，立時示意左右暫停用刑。一忽兒又從屏後走出一個衣冠華麗的大漢來，走到公案下面向上打了一躬，轉身指著金昆秀喝道：『金昆秀，你要明白！你弄到這種地步，都是范高頭害你的，休怨我張海珊心狠。你要知道十幾年前，你丈人弄得好一手金蟬脫殼之計，又心狠如狼的把插天飛害死，弄得咱們江北一支鹽幫一落千丈，生計毫無。萬不料此番你先來自投羅網，這也是天網恢恢，疏而不漏。你要知道插天飛是柳公的高徒，豈容你們謀害？我們早已明查暗訪了好幾年，兀自探不出老鬼隱藏所在，一半也礙著本省諸大憲的面子。現在諸大憲遠調的遠調，致仕的致仕，連朝廷也換了皇上，可是我們報仇的機會倒一天比一天近了，最欣幸的是單大人榮升此地。

「『當年你丈人耍鬼計，擁著巨資逍遙法外，偏偏鬼使神差，你奉著老鬼的命令來打聽江蘇官場和鹽幫的消息。以為諸大憲都已走開，又可出來獨霸江蘇，差你這開路先鋒先來打探。哈哈，難得你們自來投到，倒出我意料之外。但是我們怨有頭，債有主！你雖是老鬼的子婿，同我們卻非真正怨家對頭。我說金昆秀啊！大人既然有意開脫你，我們也不願難為你，只要你把你丈人的地址從實招出，我們求一求大人，定可放你一條生路。再說你自己雖然拚死報答你丈人，情願皮肉受苦，可是你跟來的從人同時被我們捉來，你不怕死，他未見得不怕死哩。我說金昆秀啊！我句句都是金玉良言，你要再思再想。』我聽了人家這番話，才明白金昆秀就是老先生的愛婿，禍根還在十幾年前事。」

不料甘瘋子講到此處，范老頭子猛的把桌子一拍，大喊一聲道：「此番完了！」說了這句，滿頭大汗，在屋中間來回大踱，急得走投無路。

那紅娘子一見老父急得這樣地步，格外愁腸百結，芳心寸碎！恨得金蓮一跺，倏的舉起手上那隻破袖管一抹淚痕，隨著向地上一摔，趕到老父身邊，扶住范老頭子哭道：「老爺子您千萬保重，倘再生別故，叫女兒依靠何人？」說了這句不禁放聲痛哭起來，哭得眾人神情索然，難過萬分。

黃九龍驀然大聲說道：「這不是哭泣的時候，在座諸位都與老前輩意氣相投，當然都有分憂的責任。現在時間緊迫，不容虛費光陰，且聽我們師兄說完了，我們再想法子。」便向甘瘋子問道：「師兄，以後他們怎樣處治金君呢？」

甘瘋子鼻子裡哼了一聲，微微冷笑道：「我們練功夫的人，第一要懂得養氣，這樣鳥亂，如何擔當大事？雖說事不關心，關心則亂，要知道這句話是平常俗夫的恒情，我們怎能如此？而且我一夜奔馳，從江寧跑到此地，難道專為金君一人？要知道單天爵此番舉動，表面上是訪拿范老先生，骨子裡尚有極大陰謀，而且禍在眉睫。不料我一肚皮的話還未說到分際，就被你們鳥亂得昏天黑地，真是笑話！」

這一番話詞嚴義正，連范老頭子都惶愧萬分。王元超恐怕紅娘子同雙鳳多心，眾人面上也不好看，趕忙接口道：「時機緊迫，快請二師兄說明就裡。」

甘瘋子一聲冷笑，又繼續道：「那時自稱張海珊的說完這套誘供，金昆秀雙眼冒火，狗血噴頭的大罵他一頓。這一罵，立時把金昆秀用起酷刑，死去活來的好幾番，金昆秀已經是奄奄一息，依然沒有一點兒口供。單天爵只好退堂，把金昆秀押入死牢。我一看花廳內散得一個不剩，在假山後面略一盤算，仍復飛身上屋，尋蹤到單天爵簽押房上。恰巧上面有個天窗，明瓦微有破損，可以窺見屋中情形，連講話聲音都聽得仔細，只見屋內單天爵換了公服，和柳摩霄正談著刑審的事。

「那柳摩霄說道：『您在花廳刑審金昆秀的時候，我已把金昆秀從人提到另一座廳內細細拷問，可恨這個從人也是一塊硬骨頭，拚死也不肯說出所以然來。幸而把他身上仔細一搜查，搜出一張拳法歌訣，旁邊注著某月某日家主口授，太湖柳莊鐵槳馮義敬抄字樣。我一猜度馮義就是這個從人名字，家主就是范高頭，太湖柳莊就是范高頭隱匿所在了。』

「單天爵拍手道：『你所料不錯，那范高頭本來與太湖黃九龍的師父有點淵源，難免倚仗太湖幫作靠山。不過黃九龍到太湖沒有幾年，也許范高頭新近從別處遷移到太湖去的。這樣一來正合我們心思，索性趁此一網打盡，免得將來掣肘。我想趁他們羽翼未豐，立時假拿范高頭和肅清太湖盜窟為名，調齊水師陸兵，由我自己親自出馬，一鼓蕩平，公私兩方都可如意了。』

「柳摩霄微微搖頭笑道：『你這樣一來，實際上沒有多大益處，這樣勞師動眾，難免太湖方面沒有偵探，反而打草驚蛇，使他們有了預備。再說江寧的水師我已聞名，是個擺飾品，沒有實用的。我們既然想擴張自己勢力，預備將來發展，最好借著剿匪名目，瞞起上峰，大大的開篇報銷，暗地仍由我們嫡係部下喬裝進去，把太湖幾個主要人物一律除掉，把全湖奪過來，照洞庭一樣重新布置一番，作為我們第二個根據地。至於官面上水師陸兵一樣調動，無非叫他們在水口擺個樣子，免得把我們行動落在他們眼裡，那般飯桶幹這種風流差使也是十二分滿意的。你想想這法子何如？』

「那單天爵對於柳摩霄似乎非常服從的樣子，滿嘴恭維，連聲答應。他們兩人這樣商定計策，我明白柳摩霄和單天爵野心極大，將來必定要做出無法無天的事情來，看情形柳摩霄是他們一黨的首領，單天爵還是副角。倘然他們這種舉動，完全想推翻滿清吊民伐罪，倒也罷了，然而柳摩霄、單天爵這種魔頭，哪裡有這種胸襟，無非荼毒百姓罷了！

「當時我在屋上暗暗打算，知道他們說得出做得出，須得趕快通知你們，免得中了他們圈套。又一想柳摩霄口中說的馮義，雖然是個僕人倒也難得，金昆秀也是一條漢子，不如先救他們出來再說。主意打定，正想飛躍離屋，不料柳摩霄果然厲害，我身形略一轉動，他在屋內似已覺得，突然大喝：『好大膽的強徒，敢到我面前賣弄玄虛？』我正想既被窺破，何妨與他周旋一番，看看他究有多大能耐。不料我還未跳下去，同時從側面牆頭一陣風似的跳進一人，接口笑道：『柳公好耳音，是貧僧並非歹人。』說了這句走進屋去。

「這樣一巧混，我幾乎笑出聲來，乘機略一駐足，再向屋內一瞧來人形狀。原來接口的人我也約略認識，也是單天爵一個臂膀，綽號飛天夜叉。原是少林寺出家僧人，同醉菩提、單天爵都是師兄弟。單天爵知道他本領不尋常，招來助紂為虐，索性蓄起頭髮，捏造一個姓名，補了一名守備，跟著單天爵形影不離。那時他一進門，單天爵、柳摩霄都認為屋上的人就是他，並不細細研究。三人笑了一陣，談起調兵遣將到太湖去的事來。

「我救人心切，無意再聽下去，就從屋上回到大堂上面，設法尋到死牢所在。好容易探著金昆秀關著的一間牢房，一看下面幾個兵士來回梭巡，獄官奔進奔出，很是忙碌。暗聽他們說話的口風知道，金昆秀備受酷刑，身帶重傷，已經不省人事，因為上面吩咐下來金昆秀是個要犯，要留活口，所以獄官不敢怠慢，敷藥灌湯，很是忙碌。

「我一聽金昆秀病得這樣沉重，心想如何救得出去？幸而從下面獄卒口中又聽出：鐵槳馮義就在金昆秀這間牢房的隔壁。我在屋上向間壁木柵內一瞧，果然有個黑面大漢反剪著手，在屋中來回急走，走一陣，把耳朵貼在牆上聽一陣。看他這樣情形，定是馮義無疑。想必關心金昆秀傷重，所以時時竊聽，我又看他行動自如，料是沒有受傷。大約因為是個僕從，無關緊要，僥倖也沒有穿琵琶骨，要救他尚非難事。

「我略等獄中人聲稍靜，守卒鬆懈時候，飛身下去，折斷了幾根木柵，一言不發，伸臂把馮義一夾，來不及退下刑具就飛身上屋，一口氣飛出提鎮衙，尋個僻靜地方，把馮義放下。先代他扭斷手腳上鐐銬，約略告訴他一點大概，馮義立時跪在地上，哀求我把金昆秀救出來。我又告訴他金昆秀受了酷刑，人事不省，難以救出，而且此時再回去，獄中正在查失從犯，格外難以下手！只可連夜回轉太湖，多約幾個人來救他。好在一半天不見得有性命之憂，讓他在獄中將息也好。於是馮義跟我連夜越城而出，足不停趾的向太湖跑來，到了此地已是近午。

「因為馮義陸地飛行功夫差得太遠，一路都由我半挾半扶的飛奔，累得我大費力氣，否則早已到此了。我同馮義到了此地，就囑咐他快回柳莊，請范老先生到湖堡會商辦法，馮義應聲去訖。我一看鎮上有買酒招子，奔波了一晚，陡然酒癮大發，身不由己的鑽進酒店，姑且喝他幾盅潤潤嗓子，澆澆腳板。還未喝得盡興，忽然闖進幾個勁裝大漢，索酒甚急，滿口都是江湖黑話，又向酒保接連打聽柳莊和湖堡的道路。

「我聽得吃了一驚，心想好厲害的柳摩霄，居然用出迅雷不及的手段，來得這樣迅速；想是獄中發現失了從犯，恐怕太湖有了預備，所以連夜發動，咱一看事已緊急，趕忙放下酒杯，匆匆付了酒錢，假裝醉漢，踉蹌趨出。先在湖面暗暗巡視一番，果然湖中隱隱有不少可疑船隻遊弋湖面，有一隻最大的船，泊在遠處葦港裡面。

「我從遠遠的岸上窺探船內，雖未能看得真切，似乎氣派不小，也許柳摩霄和單天爵親自到來。洞庭三十六寨各寨首領，和嘍卒頭目也到了不少。我無暇再探，慌忙進堡。初見范老先生在座，尚以為已得馮義報告呢，誰知諸位還毫不知情。現在時機緊迫，我們須趕快想法，一面退敵一面救人。料得柳摩霄現正派人四面探明路徑，白天絕不會動手，趁此我們可以暗暗布置起來。」

甘瘋子說罷這番話，向黃九龍道：「三弟事不宜遲，你先把全湖頭目在一個時辰內秘密召集，聽候指揮。快去，快去！」

黃九龍領命，立時從身邊拿出幾面尖角小龍旗掀簾而出，甘瘋子又向雙鳳拱手道：「兩位女英雄家學淵源，又得師母親授絕藝，當然不同凡俗。今天湊巧不過，兩位光降到此，未知能稍助一臂否？」

雙鳳趕忙斂衽答道：「愚姐妹同范老伯原屬世交，同甘先生等又是異流同源，休戚相關，當然同舟共濟，聽甘先生指揮，不過愚姐妹功夫淺薄，不足當大任罷了。」

甘瘋子呵呵大笑道：「兩位何必這樣謙抑？得蒙兩位扶助，何愁強敵不克。」又回頭向范老頭、紅娘子笑道：「老先生同令嫒現在權且安心，我們只要同心合力，定可報仇雪恥，救出令婿。」

這時范老頭子已聽明就裡，知道事已到此，急死也是枉然，心神反而漸漸安定下來，只連連拈著長髯，盤算退敵救人的法子。惟獨紅娘子關心夫婿，聽得甘瘋子說明金昆秀刑傷病重，格外芳心粉碎，恨不得插翅飛向江寧，立刻手刃仇人救出丈夫。正想開口，忽聽得自己父親銀髯亂拂，搖頭長歎道：

「甘兄，此番小婿陷身牢獄，受盡慘毒，都是老朽疏忽所致。從前老朽在江南江北鹽梟堆裡稱雄尊霸，原想培植基業，待時而動。那時尊師陸地神仙和呂元先生那般老輩英雄，都與老朽暗地聯絡，互相策應。到後來死的死，散的散，老朽也遭挫折，隱跡湖濱，滿以為我們一輩的抱負如電光泡影，不能振作有為的。不料現在我看得尊師幾位門下，都是英才出眾，大可有為，千手觀音幾位弟子和海上幾位劫後英雄，都可以聯盟團結，發揚先輩未了的志願，因此老朽也死灰復燃，想收集舊部，助諸君一臂之力。

「恰巧前幾天千手觀音差兩位呂姪女晉謁湖堡，順道到舍下探望老朽，拿出千手觀音的手書交與老朽一看，書內大意，說是清朝氣數已衰，不久英雄輩出，天下大亂，勸我收集舊部，待時而動。老朽一看這封信意見與我相同，立時差小婿先到鎮江一帶，探看從前幾個舊部情形，和近來官場有無變動。

「哪知忘恩負義的張海珊勾結了洞庭幫，不幸的小婿竟墜入他們的圈套。幸蒙甘兄探得內情，先救馮義，連夜趕到，不然的話，老朽和小女都被蒙在鼓中，今天敵人到來，難免措手不及，性命難保，甘兄這番恩德實在報答不盡。現在敵人在前，全仗甘兄主持一切。橫豎老朽和小女兩條性命，無異死裡逃生，還不同他們一拚，更待何時？」

第十八章　擒賊擒王

范老頭子話剛說完，忽然走進一個湖勇報告道：「堡外來了一個漢子，自稱是范府僕人馮義，有急事求見。」甘瘋子喝道：「快叫他進來！」湖勇領命退出，片時奔進一個彪軀大漢，脅下夾著一支大銀槳，一進門就向范老頭子跪下大哭道：「姑爺陷身江寧獄內，熬刑受傷，眼看性命難保，快請主人搭救才是。」

范老頭子一看到馮義，立時又心如刀割，一揮手道：「我已知道。」

紅娘子在旁邊哭道：「馮義呀，你好好的到了鎮江，怎樣著了他們道兒，快快說與我知道。」

馮義挺身站起，向甘瘋子等一一致敬，然後答說：「姑爺到了鎮江，想起有個張海珊從前受過老主人恩，聽說現在鹽幫中混得場面不小，鹽幫中情形非常熟悉。姑爺從前也同他有一番交情，就順便先到他家中問問情形。哪知萬惡的張海珊把從前的恩誼忘得乾乾淨淨，新近投入洞庭幫內，姑爺當然毫不知情，同我到了那廝家內，那廝假裝出殷勤接待的樣子，留我們住在他的家中，設了盛筵，邀了許多紳士模樣的人，陪姑爺喝酒，還叫了幾個娼妓侑酒。

「第二天張海珊又照樣請酒，張宅下人也拉我到外面吃酒。姑爺看得張海珊這樣殷勤，毫無疑惑，命我出去自便。萬不料萬惡的張海珊就在這天晚上，酒內暗下了蒙汗藥，我同姑爺都著了道兒，等到睜目醒轉，已被他們捆進江寧，可憐姑爺一身本領，被柳道士乘昏迷時穿了琵琶骨，弄得沒有法子脫身，現在只望主人和小姐快快搭救，遲一點恐怕性命難保。」

紅娘子聽得格外花容失色，瓊牙咬碎，朝著范老頭子哭道：「女兒此刻就同馮義到江寧救昆秀去，要死也情願死在一塊。」

范老頭子急得拉住紅娘子的手，頓足說道：「女兒啊，為父心裡何嘗不急，但事已至此，不能再冒失從事。好在甘兄在此，定有妙計，我們想定主意以後，為父同你一塊兒到江寧去也不遲。」

甘瘋子也接口道：「倘然金先生受刑不重，俺早已把他救回來了，他人已奄奄一息，再冒冒失失把他折騰一下，反而害他了。何況現在萬不能一人再去冒險。老實說，俺當時救人心切，沒有細想，把馮義救了出來，現在俺倒後悔了。」眾人聽了這句話，一時愕然不解，唯獨范老頭子恍然有悟，連連跺腳道：「甘兄此話，果然不錯。萬一……這又如何是好……」

甘瘋子急向范老頭子以目示意，止住他的口風，范老頭子會意，趕忙縮住話頭，掉轉口風道：「現在且不管他，甘兄對於退敵救人兩樁事定已胸有成竹了？」

甘瘋子正要答話，王元超看他二師兄同范老頭子說話吞吐情形，已明白其中就裡，接口道：「師兄，小弟已想了一個計策在此。我想柳摩霄、單天爵今晚到此妄動干戈，棋勝不顧家，江寧提鎮衙門定必警備薄弱，我們何妨將計就計，乘隙而進，來個雙管齊下。一面在此同他們對敵，見個高下，一面派出幾個人來，率領幾個善於駕舟的湖勇，今夜趕到江寧，把金先生劫出來，連夜趕回太湖，使敵人兩面得不到好處。單天爵、柳摩霄無論如何厲害，也料不到我們有這一著的。」眾人連連點頭，齊讚妙計。

甘瘋子濃眉一皺道：「江寧雖空虛容易下手，但也有可慮的地方呢。」

王元超又搶著說道：「師兄說的可慮地方大約以為……」說到此處，向紅娘子看了一眼，忽然掉文道：「大約師兄可慮的是對方，來個『釜底抽薪』，但小弟細想不致於如此，敵人也知道馮義易救，金先生刑重難救，因此反而不慮劫獄了。」

甘瘋子頷首道：「所見亦是，現在我們就按雙管齊下的計策布置起來。不過敵人究竟來了幾個主要首領，還未探聽明白。我們要照顧柳莊、湖堡兩處，又要分出幾個人上江寧去，恐怕人數不易分配，回頭且同三弟細商。」

正這樣說著，黃九龍大踏步進來，向甘瘋子道：「全堡頭目已召集齊全，聽得有敵人侵犯，個個磨掌擦拳，準備廝殺，請師兄發令就是。」甘瘋子問明了頭目人數，又把所定計劃告訴了黃九龍。

黃九龍道：「這樣對待最妥當，至於我們幾位也足夠分配。照小弟愚見，只要不使敵人近堡，也不用正式同他們開戰。我們處處用奇兵暗襲，他們孤師深入，我們以逸待勞，地理上又沒有我們熟悉，自然分出主客之勢，可操勝利之券了。不過到江寧去劫獄的幾位，必定要隨機應變，謹慎從事。萬一他們也料到這著，預設埋伏，我們也是孤軍深入，接應不易，實在有點危險。」甘瘋子、王元超都暗暗點頭。

范老頭子朗聲道：「救小婿這一節，老朽同小女帶著馮義也有三人。另外請黃堡主撥幾個駕舟的湖勇，似乎足夠應用。」

甘瘋子沉思了一回，慢慢說道：「老先生威名猶在，智勇兼資，江寧又是舊遊之地，道路自然熟悉。不過情切救婿，難免不顧一切勇往直前，易蹈危機。俺想再請滕老先生同往，作為接應，較為穩當。」

滕鞏立時應道：「江寧地面我也來往過好幾次，在下自然要陪范兄走一遭。」癡虎兒聽得自己父親要上江寧，也嚷著要同去。

滕鞏道：「你武藝造詣未精，反添累贅，好好在此聽黃堡主訓誨才是，不要任意妄為，為父連夜就會趕回來的。」癡虎兒聽得父親不允同去，只好唯唯答應，不敢開口。

當下眾人計議略定，甘瘋子向大家說道：「我們此刻應該到前廳和眾頭目一見，宣布攻守的計劃，免得晚上對敵的時候，自己人不認識自己人。」說罷，首先立起身來，由黃九龍領導，一齊向前廳走來。

甘瘋子說道：「三弟，你是堡主，你把我們這般人的來歷和今天發生的事，對眾頭目說明以後，就照我們所定的計劃支配就是。」

黃九龍道：「師兄在此，小弟怎敢專擅？」

甘瘋子道：「我是浪遊無定的人，其餘幾位也不能反客為主，大敵在前，毋庸多讓。」黃九龍只可領命而行。

眾人到了敞廳，雄赳赳的頭目已黑壓壓的坐滿了，一見堡主領著老少英雄出來，立時肅然起敬。黃九龍先請眾人在上面一排交椅上依次入座，自己立在中間先將甘瘋子、范老頭子、滕鞏幾位，向下面頭目們一一介紹見面。然後高聲說道：「單天爵聯合洞庭幫想奪我們基業，已非一日，今天假扮進香船隻暗暗到來，晚上必有舉動，不過憑單天爵這點能耐，想奪我們太湖的基業，可謂太不自量。現在俺二師兄和幾位威名赫赫的老少英雄，都來幫扶我們打退敵人，我們格外可以安心，同心協力地殺得他們片甲不留，使他們知道我們湖堡的厲害，免得再來窺覷。」黃九龍說到此處，下面各頭目已攘臂大呼：願同堡主齊心殺敵！

黃九龍舉臂一揮，又大聲說道：「現在我們退敵計劃早已議定，諸位靜聽我的號令行事好了。」當時一路路又分派眾頭目防守埋伏的地點，挑了幾個能為出眾的，分守三道碉壘，又分配了許多弓箭手、火槍手，灰瓶滾木等類，一一布置妥當。回轉身，向甘瘋子道：「師兄，我們對於柳莊和湖堡兩處，在我們幾個人中，也應該指定各人的責任才是。」

甘瘋子笑道：「這事我已算定了，現在你只要把湖堡嚴密守住。使敵人無懈可擊，再派個得力的頭目、幾名火槍手，埋伏在柳莊左右，就可無誤。至於我們這般人無非互相策應，倒不必指定地點，因為我們非但講守，還要主攻。講守是頭目和湖勇的事，主攻全在我們幾個人身上，此時毋庸明言，回頭我自有妙計。現在時已不早，請范老先生預備赴江寧要守，倘然江寧得手，趕快回堡，再定行止。」

范老頭子、紅娘子、滕鞏、馮義立時應聲告別。黃九龍又挑選四個武藝了得的頭目，撥了兩隻快艇，跟著范老頭子到江寧去。甘瘋子又在滕鞏身邊，低低說了幾句話，眾人也不知何意，只見滕鞏連連點頭。於是范老頭子一行人別了眾人，先回柳莊各人拿了自己的兵刃，又預備了隨身應用物件。恰巧黃九龍分派保護柳莊的幾十名火槍手，已由頭目率領著，暗暗繞道到來，由范老頭子指點在兩旁柳林內埋伏，然後在自己莊內大家飽餐一頓。餐後，一看日已西斜，即率領著滕鞏、紅娘子、馮義和四個頭目分坐兩隻快艇。

將要開船，滕鞏忽然想起一事，把自己身上背著的兩柄劍內，解下一柄太甲劍來，交與柳林內埋伏的頭目，吩咐他差一個精細的湖勇，立時送到湖堡，交與堡主，不得有誤。囑咐已畢，然後跳上快艇，一同向江寧飛駛而去。

這且不提，再說湖堡內自范老頭子一行人分別以後，廳上眾頭目立時遵命調齊各人部下，分頭密密布置起來。黃九龍指揮眾頭目已訖，一想晚上廝殺，總要夜靜時分，時間綽綽有餘，二師兄難得降臨，呂氏姐妹又係嬌客，尚未正式設筵敬客，不如趁此暢敘一場。想妥主意，立時傳令廚役，趕速預備盛筵，款待賓客。一聲令下，湖勇們七手八腳早已在內廳布置好筵席。黃九龍又知道這位二師兄一生最喜美酒，特地從湖鎮上收羅了幾罈陳釀，擺在席前。片時日影西沉，內外掌燈，筵前又設了幾支巨燭，照耀如同白晝。

甘瘋子看見幾罈美酒，早已呵呵大笑，興高采烈，等到佳果紛呈，時饈初薦，黃九龍躬身肅客，雙鳳一斂衽讓座，甘瘋子已等得不耐煩起來，大笑道：「兩位女英雄賓至如歸，理應上座，俺老饕成性，不慣揖讓，快請就座，回頭我們還要同仇敵愾，一顯身手哩。」雙鳳知道他們是師兄弟，今天這首座難以卻讓，只好道聲有僭，盈盈就座。

食上數道，酒過三巡，甘瘋子舉杯向眾人說道：「敵人此時必鬼鬼祟祟在湖岸商量進攻之策，滿以為我們毫不覺察，手到擒來，哪知道我們瞭如觀火，遐逸自如。但是話雖如此，我們也步步謹慎。第一，先要保護鎮上商民不使驚擾。第二，我們抱定擒賊擒王的宗旨，須等他們上陸以後，我同三弟在第一道碉壘外面，先同他們幾個主要人物，見個高下。兩位女英雄同五弟遊巡水陸各處，隨時接應，尤其在柳莊方面，多多注意。等到敵人退去時，再在堡中放起信炮，各人指揮埋伏軍隊，襲擊敵人歸路，務必使敵人全軍覆沒受個重創，知道湖堡非易與之處。」

雙鳳聽甘瘋子說得井井有條，想不到這個醉漢，居然經緯在胸，一絲不亂，著實暗暗欽佩。

又想到甘瘋子偏教我們姊妹倆同王元超在一起，好像在有意無意之間，未免略現忸怩之態，可是兩顆芳心內，又像非常痛快一般。這時走進一名湖勇，向黃九龍獻上那太甲劍，略述滕鞏臨走吩咐的一番話。黃九龍抽劍細看，只覺瑩如秋水，冷氣襲人，端的是口好劍，眾人也交口讚美。黃九龍便將滕鞏得劍原委，和今天父子奇逢的經過，向甘瘋子略述所以。

甘瘋子聽得眉飛色舞連酌巨觥，呵呵大笑道：「芝草無根，醴泉無源，癡虎兒可算得一塊無瑕之璞，將來一經雕琢，必非凡品。就是滕老先生劫後得逢高人，意外又遇令子，從此蔗境彌甘，也未始不是老天爺報施善人。可惜那位老和尚不留法號，大約也是百拙上人之流。至於百拙上人的八口劍，將來定要應劫而出，在塵世中跟著英豪俠士磨煉一番。但是俺從前聽到洞庭柳摩霄手中有兩口寶劍，一名倚天，一名貫日，也是百拙上人八劍中的佼佼者，不知怎麼會落在這魔頭手中？未免明珠暗投了。」

這時舜華坐在首席上，一眼瞥見甘瘋子腰間掛著破劍，笑向甘瘋子道：「甘先生劍術絕倫，尊劍當非尋常之品。」甘瘋子聽她問到自己劍上，不禁哈哈大笑，連王元超、黃九龍也掩口葫蘆。

甘瘋子邊笑邊解下那柄破劍，遞與舜華，笑道：「兩位女英雄定是此中知音，且請品鑒俺這柄破劍，以博一笑。也許一經品題，聲價十倍哩。」

原來舜華、瑤華最愛的是寶劍，精於鑒賞，起初聽得甘瘋子大談百拙上人遺劍，已經有點技癢，此刻甘瘋子解下破劍請她賞鑒，恰恰投其所好，慌忙喜滋滋雙手接過。坐在次位的瑤華，也自秋波直注，總以為乃姊手上這柄破劍，外表雖欠雅整，推人及物其中定是化龍之選。

哪知舜華接到手中，心中已是突突暗跳，心想今天要糟！以前賞鑒過寶劍不知多少，哪有像此劍輕如無物，宛如拿著空劍鞘一般，也許其中是古代奇珍非同小可。萬一說不出此劍來歷，豈不當場貽笑大方，但是人家已送到手中，只好鄭重其事的左手執鞘，右手拿劍，原想慢慢抽看，不料仔細一看，幾乎笑出聲來。而且舜華、瑤華四隻妙眼，直勾勾盯在那柄劍上，半晌做聲不得。你道為何，原來甘瘋子這把劍，誰也想不到竟是一根毛竹片，無非削成劍形而已，還比不上小孩玩的竹木刀來得精緻。倘然不明白甘瘋子師兄們的來歷，還以為銀樣蠟槍頭，故意裝著唬人呢。怪不得呂氏姊妹目瞪口呆，做聲不得。連癡虎兒也睜著一雙大環眼，連呼奇怪。惟獨黃九龍、王元超和甘瘋子，一齊笑得打跌。

到底舜華機警，略一思索，如有所悟，笑向甘瘋子道：「甘先生這把竹劍，大約遊戲三昧，並無用意的，本來像甘先生這樣武功絕世，原不在於利器的。」說罷，仍把劍插入劍鞘，雙手送還。

甘瘋子含笑接過，向腰間繫好，然後面色一整，侃侃言道：「兩位女英雄淵源家學，會心不遠。要知道寶劍雖利，究竟是身外之物，俺們內家一派，講究練神養氣為主，到了爐火純青金剛不壞時候，無論一絲一縷，竹頭木屑，都可憑著自己內功運用如意，同寶刀利劍一般，就是赤手空拳，也可避實蹈虛，因敵為用。所以戰國時代越女之術，能用一支小小竹枝，與三千鐵甲軍周旋進退，如入無人之境，這就是劍術至妙之境。

「這越女劍術久已失傳，只有敝老師得到薪傳，自己又用了一番參證苦功，已到神化不測的功候。可惜俺們一輩資質愚魯，難得薪傳，尚難神化。可是身上有無利器，倒也不足重輕，所以凡在敝老師門下的，很少不帶有寶劍和暗器的。

「至於三師弟這柄白虹劍，敝老師賜的時候，別有用意，原來異數。可是這柄白虹劍，名雖為劍，其實可算得各種軍器中最奇特最難使的一種兵器，非懂得越女劍術，絕難運用此劍。說到俺這柄竹劍，無非隨身擺個樣子，可是真要用它起來，倒也不亞於他的白虹劍。俺這番話未免過於誇大，好在兩位女英雄不是外人，當可恕俺狂謬。再說不知進退的話，回頭咱就憑這柄竹劍，同柳摩霄的倚天、貫日兩口利劍周旋一番，試一試我這柄假劍敵得住他兩柄真而且寶的利劍否？」說罷，仰天大笑，狂態可掬。雙鳳聽了他這番狂語，倒也知並非大言，確有道理，著實恭維一番。

這時黃九龍按著那口太甲劍，忽然想起一事，向癡虎兒道：「你現在未懂劍術，暫時不能攜帶此劍，今夜權借別人一使。回頭你只守咱們房後的山崗，那崗俺已派了幾個頭目率領百餘名湖勇駐在那兒，幫你守衛堡後。你可仍用那枝純鋼禪杖，立在緊要處所，不要擅自走動，待俺們退敵以後，自會通知你的。」癡虎兒唯唯領命。

黃九龍又向雙鳳道：「兩位女英雄如未帶兵刃，這口太甲劍可以權充一使，敝堡還有幾柄倭刀，倒也犀利，兩位也可委屈敷用。」

舜華笑道：「愚姐妹已帶著隨身兵刃，倒是王居士秉承師教，想必尚無利器。雖說王居士絕藝驚人，可是與賊交手，何必多費精神，何妨權借這柄利劍一用呢？」

黃九龍原想讓自己師弟應用，不過雙鳳是客，不能不虛讓幾句，既然她們自己說出帶有兵刃，趁勢把太甲劍交與王元超帶在身邊。王元超接劍在手，掂了一掂，尚可應用，就曳在腰間，依舊同眾人且議且飲。

這時外邊探報絡繹而來，有的報稱敵人有幾隻巨船揚帆而進，有的報說敵人船上，已在造飯快要發動。甘瘋子聽得滿不理會，依然大杯的酒灌向喉內，眾人只好耐著性陪他。等他吃盡興，差不多已交二鼓，甘瘋子才摩腹而起，呵呵大笑道：「是時候了。」說了這句，腳下一溜歪斜，劃著之字步，衝到黃九龍身邊，附耳說了幾句。黃九龍頻頻頷首，立起身來匆匆出廳而去。

甘瘋子又回頭指著王元超道：「老五，我料定賊人先擾柳莊去捉范老先生，你先陪同兩位女英雄到柳莊去。你們三位在柳莊退敵以後，但聽堡中信炮放起，趕快回堡，掩襲敵人後面，不必在柳莊留戀，只要范老先生的府中不損一草一木就得。」

王元超領命，先自回到自己臥室略事結束，又把袖中那冊秘笈收藏謹密，反身提了太甲劍，趕回客廳。一看甘瘋子、癡虎兒已不知去向，只剩雙鳳姊妹倆正在並坐細語，身上風氅已經脫下掛向廳壁，露出前天交手時一套緊身俐落的小打扮，不過各人腰間多了一個劍匣和一個鏢囊。一見王元超進來，趕忙立起含笑相迎，兩雙妙目向他身上直注。原來王元超此時換了一套青綢夜行衣，越顯得猿臂蜂腰，丰神玉照。王元超被她們看得不好意思，笑問道：「他們先走了？」

舜華道：「甘先生將才又得到緊要探報，已同黃堡主到外面指揮一切，癡虎兒也跟著幾個頭目到後山去了，我們就此走吧。」王元超道：「好。」於是三人轉身出廳。

一路行來，已到堡門，立在廣場上，回頭一看，兩扇黑漆大門，已在三人出來時閉得嚴絲密縫，而且堡中燈火全無，聲息頓寂，只剩一輪皓月當頭高懸。月光罩在廣場上，好像鋪了一層銀沙，四周靜蕩蕩的，除掉三人的身影子平鋪場上，其餘一個人影都沒有。三人正悚然詫異，忽見照壁旁龍爪槐底下鬼影似的走過一人，悄悄說道：「奉堡主命，請五爺同兩位女英雄快赴柳莊，快艇已在渡口伺候了。」說罷，倏的向後一躍，立即隱入樹影之內。

三人聽得聳然四顧，偶然雲破月出，隱隱見門樓上和四面林內，干戈森森，略約可辨，月光隱去，又見黑沉沉不見一點跡象了。三人不敢停留，一路鑽程飛行，剎時趨過三座碉壘，果然停著一隻八槳快艇，四個勁裝湖勇，分坐首尾，都一聲不響的扶槳而待。三人一躍下艇，立時八槳齊舉，向東飛馳。此時王元超同呂氏姊妹在這小小艇內，也顧不得許多嫌疑，只有促膝相對。

舜華悄悄道：「甘先生和黃堡主真是非常人可及，你看我們一路行來，表面上好像刁斗無聲，一點沒有戒備，其實處處埋伏周密，正合戰略上以靜制動，以逸待勞的妙訣。」

王元超微微笑道：「二位熟諳韜略，也從這句談吐內流露無遺了。」舜華情不自禁的嗤的一聲笑了出來，脫口道：「想不到元超兄還善於詞令呢。」那個兄字，舜華脫口而出，似乎有點難為情，要想收回，已是不及。可是王元超受寵若驚，恨不得立時還稱一句舜妹，無奈萬難說出口來，反而連回答的話都沒有了。

正在大僵特僵之際，那位瑤華忽然指著湖心，悄悄道：「莫出聲，那遠遠幾點桅燈下面，似乎人影幢幢，雜亂得很，定是敵船無疑。有幾隻似乎已經啟碇，漸漸移動呢。」王元超道：「果然是敵船，看情形那移動的船，也是向東的。」王元超急回頭向湖勇道：「我們快趕一程，早到一步才好。」湖勇應了一聲，立時覺得船首浪花嗤嗤亂響，船身箭也似的飛駛而進，片時已到范宅門口，泊在那茅亭下面。

三人先後躍上，剛立定身，只見兩旁竹籬上颼颼幾聲，躍過幾個人來，王元超急抽劍迎上一步，喝問道：「來人通名。」那幾個人急開口道：「五爺，我們奉命在此埋伏多時，頃得弟兄飛傳堡主命令。」王元超這才明白是火槍手幾個頭目，那幾個頭目走近身向三人行禮，站在一旁。

王元超道：「咱們乘快艇到此，途中已見敵船發動，有幾隻向這面駛來，不久就到。諸位快去埋伏妥當，只看敵人退出范宅時候，諸位端正火槍，向敵人施放，可是事先千萬不要打草驚蛇。」那幾個頭目領命，依然躍出籬外，自去埋伏。

這裡王元超又對快艇上的湖勇，吩咐他們在近處隱藏，但聽口哨為號，再搖出來，接應咱們回堡。吩咐已畢，同雙鳳跳進范宅內，看了一遍，只見范宅三個老女僕，瑟瑟的躲在爐灶下，一見雙鳳齊喊呂小姐救命。舜華急忙向她們搖手，不要作聲，把幾個老女僕曳在一間僻靜小屋內，反鎖起來，囑咐她們無論聽見外面有何聲響，千萬不要出聲，否則會沒命活。

三人一齊回到前庭兩株丹桂下面，王元超笑道：「昨夕我同敝師兄到此同兩位同席，不料此刻景象如昨，人事全非，真所謂不測風雲，難以逆料的了。」不料舜華聽他說了這句話，怔怔的癡想了片時，似乎朱唇微動，欲語又止，半晌，突然悄悄問道：「那冊秘笈，王兄想已收藏隱密了？」

王元超以為她關心秘笈，慌忙答道：「已藏在我寢室內，想不致再失的。」

瑤華口快，搶著道：「將來王居士啟看時，千萬不要有第二個人在旁才好，因為……」舜華不等她說下去，急向王元超道：「敵人快到，且莫閒談。咱們三人就在屋上尋個僻隱處埋伏起來，憑高看守，也可瞭望門外情形，且看敵人追來作何舉動，那時咱們再見機行事。」

王元超連聲說好，於是三人連翩躍上屋頂。恰好屋外兩旁都緊貼著高的樹木和幾竿長竹，雙鳳姊妹倆首先挑了左面貼牆的兩竿長竹，各自飛身而上，分據竿巔。王元超看她們上竹竿時，連葉影子都沒有動一動，知道輕身功夫已臻上乘，不禁暗暗點頭。自己略向雙鳳舉手示意，先不飛向樹林，雙足一點，竟向外飛過一重廳屋，立在門牆舉目遠望。

果然月光映處，湖面遠遠兩艘巨艇逐浪而來，慌忙伏身細看，來船漸駛漸近，距岸里許光景，忽轉舵向右隱入蘆葦深處。王元超起初不解敵人用意，繼而恍然大悟，明白敵人尚以為范老頭子安處家中，想來迅雷不及掩耳，故而遠遠停泊。又一想前晚自己同三師兄來探柳莊，也是從右面柳林探道而入，那樣敵人捨舟上陸，沒有第二條道路。不過這樣一來，右面埋伏的火槍手，難免不被敵人先行窺破，倒有點不大合適。

略一思索，倏的跳落門外，悄悄撮口作聲，剎時幾個頭目聞聲躍出。王元超一述所以，叫他們把右邊埋伏的人，統統調到左邊籬內，再調幾撥人莊後埋伏，防敵人在屋後縱火。吩咐妥貼，又回身躍上門牆，接連幾躍，回到原處。先向左面竹竿上的雙鳳悄悄說明備細，然後趨向右面，撿了一株大槐樹，雙足一墊，一個黃鶯織柳勢，躍上樹巔，隱身叢葉之中，恰與雙鳳成了個遙遙對峙之勢。喜得樹身高出屋面，門外情形依然望見，又喜此時天上雲浮，月華格外明朗，月光照處，真同白晝一般。

在樹上待了片時，倏見門外右邊籬上，一陣風似的躍過好幾條黑影，看身手頗為矯捷。又隔了許久，中廳屋脊上探出幾個頭來，漸漸露出全身。借著月光看出，廳屋上卻只三人，其中一個身材瘦削，手提長劍的賊人，衣服非常特別，映著月色，似乎全身灼灼放光，異常燦爛。正覺得詫異，屋脊上鬼頭鬼腦，忽聚忽散的搗了半天鬼，才見那身材瘦削的賊人，左手一揚，就聽得庭心滴嗒一聲，料是問路石子。這聲響過，二賊立時飄身而下，兩個身軀高大的，一伏身蹲在瓦上，並不下來。

王元超無暇顧及瓦上，急看庭心三賊時，倏已一個不見，料已躡足進屋。半晌，忽聽屋內一片喧嘩，三賊大罵而出，一個青帕包頭手持雙刀的大漢，頓時暴跳如雷，毫無顧忌的大喊道：「老鬼也只有這點膽量，大約聞得風聲，嚇得棄家跑掉，連一個鬼影都沒有了。」

瓦上兩條大漢聽得屋中無人，立時挺身而起，發出破竹般喉嚨，向下面哈哈狂笑道：「喂，小鳳，你愛的小寡婦呢，難道也溜了不成？這不是喪氣麼？」即見那身發異光瘦削的賊人，用劍向上一指，冷笑道：「今天老子們甕中捉鱉，不怕他們逃上天去。依我看，老鬼同小寡婦逃走不久，無非躲入湖堡，這倒好，免得老子們多費手腳。我們快去報知柳道爺，早早動手，稍遲恐要漏網。」那屋上兩個大漢又開口道：「且慢，老子們難道真白來一趟麼？讓老子下來賞他一把野火燒他個精光，你看怎樣？」

王元超暗地裡聽得真切，心想這般亡命之徒說得出，做得出，不如就此下手吧。正想停當，已聽得左面樹上一聲嬌喝道：「賊人休得逞強，雲中雙鳳在此！」喝聲未絕，屋上兩賊漢同時一聲狂叫，骨碌碌連人帶瓦滾下庭心，響成一片，庭中三賊齊吃一驚。顧不得滾下的兩賊，颼颼颼地一聲跳上廳屋，橫刀遮面，厲聲大喝道：「原來老鬼不知死活，還敢施用埋伏計，好好，藏頭縮尾暗箭傷人算不得好漢，有膽量快出來受死。」

這時三個賊人聽得是左面有人說話，全神貫注左面，卻看不清敵人藏在何處，只得用話相激。不料話剛說完，又聽得右側屋角有人哈哈大笑道：「鼠輩也敢口出狂言，我來也。」話到人到，已見一片劍光，如銀蛇亂竄從瓦面平鋪過來。

原來王元超一見兩賊已被雙鳳暗器所傷，趁眾賊人全神貫注左面之際，自己悄悄從樹上溜下，再就地一個旱地拔蔥，從牆外直飛上前廳屋角，冷不防一聲大笑，就向敵人右側舞劍而上。這一手迅速無比，差一點的，人未認清，早已飲劍了賬。可是這三個強徒也是久經大敵，頗也了得，一見右面也有埋伏，來勢迅猛，無暇細看來人面目，齊喊一聲風緊，各自舞起兵刃護住全身，幾個溜步，各自散開迎敵。王元超一看敵人身手頗為老練，知是慣家，立時按劍卓立，厲聲喝道：「范老先生父女早已遠遊他鄉，現由我寄寓在此，你們黑夜到來，意欲何為？」

那三個賊人聽得這句話半信半疑，也不答腔，即由一個手持九節鞭的猛漢，一聲怪吼，竄上前來。一對面，立時掄起鋼鞭攔腰便打，王元超喊聲：「來得好！」微一退步，用太甲劍虛作勾攔，滴溜溜一轉身形，敵人兵器頓時落空，卻趁勢身子一矮，一翻健腕，立時劍花錯落，灑向敵身。那猛漢怪吼連連，也舞得滿身鞭影，呼呼山響，霎時兩人鬥得難解難分。

王元超一面從容應付，一面留神餘賊，卻已不見，只聽得下面庭心刀光亂閃，嬌叱連連。原來雙鳳姊妹倆高據竹巔，聽得廳上兩個高大強徒出口不遜，芳心大怒，姊妹倆不約而同各自拿出一件暗器，舜華用的三稜金鏢，瑤華用的蓮子彈，隨著幾聲嬌叱，就向屋上強徒發去。那兩賊正在得意忘形，胡嚷一氣，哪裡來得及躲閃？一中左目，一中額角，頓時痛極而號，滾向屋下。

雙鳳一見兩賊受傷，三賊驚跳上屋，恰好王元超也在此際現身，趁勢雙雙拔出身後利劍，一個飛燕辭巢直下庭心，本想先除掉受傷兩賊再議。不料屋上三賊只讓一人同王元超決戰，尚有兩賊知道埋伏不止一人，也許范高頭、紅娘子並未逃走，埋伏左近，四面狼顧，刻刻留神，不敢上前助戰，果然看見斜刺飛下兩個綽約女子，兩賊一聲狂吼，也自跳下。

雙鳳一看兩賊下來，也來不及手刃傷寇，姊妹倆倏的向左右一分，微退幾步，借著月光，先向兩賊略略一打量。見那使劍賊人長眉星眼，粉面朱唇，宛如女子，卻一臉凶淫猝悍之色，便知不是正經路道。最奇怪通體紅如赤火，原來這人穿著一身猩紅軟緞衣褲，遍身織金鏤彩，繡出百鳥朝鳳，連腰巾快靴都是一色紅緞金繡，所以遠看去遍身光輝奪目。那使雙刀的賊人，蝟髯鷹鼻，蜂目豺聲，卻又醜惡異常。舜華首先按劍嬌叱道：「強徒通名，姑娘劍下不斬無名之頭。」

那詭裝異服的賊人一跳下來，看得雙鳳姊妹倆丰姿絕世，已是色膽潑天，暗打主意，兩隻閃爍不定的賊眼，只在雙鳳身上來回看個不住。一聽她嬌豔豔的幾聲嬌叱，格外百骨酥融，先不答言，向執刀的賊人一豎拇指扮個鬼臉，然後回頭用劍一指，大笑道：「老子行不改姓，坐不改名，長江蓋赤鳳便是。」又向執雙刀的一指道：「這位非別，就是從前鼎鼎大名的飛天夜叉，現任江寧提鎮衙門守備，更名沈奎標，奉命到此捉拿范高頭、紅娘子兩個要犯歸案。我看你們金蓮窄窄弱不禁風，懂得什麼利害？大約被范老鬼花言巧語，騙下混水來做他的替死鬼。我替你們想，實在死得不值，及早悔悟，我們尚可另眼相待，否則……」

雙鳳姊妹倆聽他一派胡言，早已柳眉倒豎，杏眼圓睜，不待他說下去，立刻喝道：「閉口，且識得雲中雙鳳的寶劍！」一聲喝罷，姊妹倆利劍一揮，剎時舞成一團白絮，滿院寒光，只覺劍光如山，著著都刺向兩賊要害，哪裡還分得清姊妹倆身影。你想這姊妹倆劍術何等精妙，哪知蓋赤鳳一聲狂笑，竟能從容應付，進退自如。那沈奎標也把雙刀舞得風雨不透，同瑤華打得八兩半斤，這時庭中翻翻滾滾，戰得桂葉亂飛，月華慘淡，一時難分勝負。

屋上面王元超卻是眼分兩地，眼觀八方，既要應付眼前猛漢，又要關心下面雙鳳，你道他為何如此關切？因為蓋赤鳳這套奇詭衣服，王元超早已看得詫異，等到蓋赤鳳同雙鳳覿面自報名姓，王元超在上面聽得真切，不覺吃了一驚，知道這蓋赤鳳不是常人，恐怕雙鳳有個閃失，所以時時分神照顧。哪知道這樣一分神，同他打在一起的猛漢，倒得了許多便宜，否則早已敵不住了。說了半天，這蓋赤鳳究係何如人呢？在下趁他們屋上屋下打得熱鬧，暫時不見勝負之際，百忙中抽出筆來，補敘幾筆也好。

原來那時江南出了三個魔頭，不要說平時百姓聽到這三個魔頭的名字，害怕得心驚肉跳，就是江湖上各水陸好漢，以及上三門下三門黑白兩道的角色，碰到這三位魔頭，也像耗子見了貓一般的害怕，下屬見了上司一般的孝敬。這三位魔頭本書已經出現了兩位，只有最厲害的第一個魔頭還沒有出現。第二個魔頭就是柳摩霄，第三個魔頭就是蓋赤鳳。

這蓋赤鳳年紀最輕，只二十餘歲，在江湖上出名也沒有幾年，他的師父是誰？怎樣出身？誰也摸不清他。出世以來，獨來獨往，從來沒有一個黨羽，也沒有一定的巢穴，完全仗著本領驚人，做他獨一無二的獨腳強盜。而且穿著特別，滿身紅綾，遍體錦繡，襯著一張俊俏面龐，真有幾個不知死活的女子愛他像活寶一般。

他所做的案子，都是長江一帶富商巨官之家，盜的不是奇珍異寶，就是鉅萬金銀。而且性喜採花，只有採了花不劫財，沒有劫了財不採花的。他雖然最愛採花，卻與別個採花大盜不同。他有三不採：非處女不採，非富商巨室的處女不採，富商巨室的處女而非美貌者也不採。他因為抱定這三不主義，在採花當口，最注意那一點處女之紅。往往有不少假處女，被他試驗並非原璧，立時死在他劍下的不知有多少。最可笑這般假處女死得還不敢伸怨，因為人人知道蓋赤鳳採花殺死的處女，都是假處女，這真處女從來沒有被他殺死一個過，只有被採的處女自己含羞自盡的倒是有的。有這一層原因，假處女的父母，反而弄得不敢張揚，一張揚無異宣傳自己閨女不貞，只有借著盜傷事主為名，請求官廳緝凶懲辦。

但是蓋赤鳳依仗武藝，膽大包天，每做一案必定留下一張梅紅大名帖，像窮翰林打秋風用的大名帖一樣尺寸，中間印著蓋赤鳳三個正楷，這樣才知道採花大盜的名字。可是捉拿採花大盜的風聲，熱鬧了許久許久，結果還只是知道蓋赤鳳三個字，其餘什麼線索都得不到。倒是有一般聰明的讀書朋友，從蓋赤鳳三個字上，推測這位採花獨腳大盜命名的意義，和將來的志願。人家問這般讀書朋友怎樣推測出來的呢？

據說從前漢朝有個最大的劇盜，叫做燕赤鳳，非但在官宦人家採花劫財，甚至飛入漢宮，三宮六院的婕妤貴人以及宮女們，都被燕赤鳳任意的奸汙。後來索性被趙家姊妹飛燕、昭儀兩位有名人物當作面首，出入禁宮，享盡人間豔福。這一段有趣的故事，凡熟悉漢史的無不知道。不料這位長江獨腳大盜蓋赤鳳，居然也知道這椿故事。心想自己年輕貌美，本領無敵，恐怕漢朝的燕赤鳳還比不上自己呢，所以他也取了赤鳳兩字做名字。恰巧自己本姓蓋，蓋赤鳳三字聯在一起，又像蓋過漢朝燕赤鳳的意思。

這樣一推測，從此他這蓋赤鳳三字，一傳十，十傳百，名氣格外大起來。長江一帶的官府，聽得非常擔心，萬一他真個仿照漢朝燕赤鳳的老法子，到北京紫禁城內去胡鬧起來，如何得了？可是想盡了計策，兀自捉他不住。後來兩江總督想到蕪湖單軍門單天爵，知道他十分了得，手下奇材異能的也不少，就下了一道密札，命他相機剿撫。

在單天爵早已聞得長江出現了這位魔頭，正想設法聯絡，助長自己的勢力，恰巧接到這道密札。暗暗一盤算，知道自己手下沒有敵得過蓋赤鳳的，想到洞庭湖柳摩霄與自己素有來往，感情不惡，不如請柳摩霄出馬，再用計以甘言厚幣，打動蓋赤鳳的心，應許他將來種種利益，不怕不收為己用。

果然單天爵這條計策一拍即合，蓋赤鳳天不怕、地不怕，只對於柳摩霄，知道本領勝過自己，手下黨羽又多，卻有幾分畏服。又想利用單天爵官勢，益發可以逍遙法外。古人說物以類聚，用在他們幾個魔頭身上，一點不錯，這幾個凶徒互相利用，結合起來，倒也不能輕視。所以這一次暗襲太湖，蓋赤鳳也是個主要人物，到柳莊這一路的強徒，蓋赤鳳還算是首領呢。話休絮煩，蓋赤鳳的歷史，補敘既明，再回轉筆頭，接寫柳莊交戰的情形。

且說王元超一面同那猛漢交手，一面關心屋下。因為上面說過蓋赤鳳的歷史，王元超略有所聞，知道這個魔頭天生銅筋鐵骨，功夫異眾，恐怕雙鳳姊妹本領雖高，究係女流，萬一被這個凶淫賊魔占點便宜，那還了得？但是他這樣一分神，猛漢那條九節鞭格外得理不讓人，以為王元超只有招架，不能還手。王元超一看猛漢情形，又好氣，又好笑，一想何必同他歪纏，不如早早打發他回去，可以脫身幫助下面。主意打定，立時神志一凝，罡氣內進，一聲斷喝，身法立變，使出幾手內家奇門劍術。只見劍光如雪，虛實難分，剎時把那猛漢裹入一片劍影中，弄得猛漢狂喘如牛，手足無措。

王元超更不待慢，倏地全身一矮，用劍虛格來鞭，來了一手烏龍擺尾，橫劍向下平掃。猛漢喊聲不好，忙不迭提氣上縱。哪知王元超這手也是虛招，等他提身跳起躲過這招，降身未定之際，不等他透過氣來，立時側身進步，左手掐著劍訣，右腕一沉，太甲劍變成舉火燒天勢，劍鋒直指敵喉，一上一下迎個正著。猛漢一聲不好還未喊出，劍鋒業已直透腦後。王元超未待屍身倒下趁勢回肘一抽寶劍，同時飛起左腿著力掃去，只聽得噗的一聲，掃得屍身騰空而起，直落牆外去了。王元超除了猛漢，慌忙回頭向屋下一瞧，這一瞧，幾乎把王元超嚇得魂飛魄散。

第十九章　先聲奪人

柳摩霄、蓋赤鳳等，奉江寧單天爵的使命，喬裝香客，夜襲太湖，而且蓋赤鳳先同飛天夜叉等一般巨盜，先到柳莊，想一鼓而擒范高頭父女二人。萬不料湖堡早已得到密報，窺破陰謀，暗暗嚴密布置，早已派王元超和雲中雙鳳埋伏多時。蓋赤鳳一到，立時應戰，而且一交手，房上同王元超交手的猛漢，頓時喪命。王元超除掉了猛漢，空出身手，低頭向庭心一看，卻嚇了一跳。

你道為何？原來雙鳳姊妹在庭心同兩寇交手，瑤華戰的是飛天夜叉沈奎標，飛天夜叉雖然雙刀不弱，卻敵不過身輕如燕的瑤華。瑤華正想乘隙蹈虛，使出絕招，手刃夜叉。不料庭畔桂花樹影底下，突然一聲狂吼，跳出一個滿面血汙形如活鬼的怪漢，掄著兩柄板斧，發瘋般向瑤華砍來。飛天夜叉得著這個幫手，立時鼓起勇氣，拚命夾攻，這一來瑤華倒也吃驚不小！禁不住那怪漢憑著一股戾氣，拚命的一路狂喊狂砍，一時倒有點不易對付，只能閃展騰挪，把一口劍舞得光華遍體，潑水不入，抱定暫時不求有功的主意。但是這個流血滿面的怪漢怎樣鑽出來的呢？

原來這怪漢就是先時被雙鳳暗器所傷的兩強徒之一。那一個鏢中腦門，原已致命，滾下庭中，登時死掉。這一個左目吃了一顆小小蓮子彈，當時雖痛得滾下屋面，因為尚非致命重傷，心頭還有點清楚。一看身已滾下，趕緊兩腿一拳，安然及地，趁勢向樹底下一滾，忍著痛略定心神。幸而那顆蓮子彈並未陷入眶內，可是左眼已瞎，血流滿面。咬著牙蹲了片時，仗著獨目，一看庭心四人戰了兩對，自己相近飛天夜叉，眼看他手忙腳亂要敗下來，急向身上一摸，幸喜兩柄板斧尚在，咬牙忍痛一聲狂喊，加入戰圈，想報一彈之仇。兩人雙戰瑤華，功夫一久，瑤華雖然不致落敗，卻也香汗沾鬢。不料這時舜華同蓋赤鳳一場大戰，也正在萬分吃緊的時候。

看不出蓋赤鳳這個淫魔，手上一口長劍施展開來，不亞於孽龍攪海，惡虎吼山，竟也有許多奇妙著數，而且羼著不少內功要訣。這一來，舜華暗暗稱奇，步步當心。蓋赤鳳也覺得這女子不是常人，一把短劍使得宛如狂風驟雨一般，只得暫收淫念，使出全身本領抵敵。可是舜華究係女子，一雙窄窄金蓮，未免相形見絀，手上一柄劍已比蓋赤鳳的長劍要短尺許光景，雖名曰劍，其實就是古時的匕首。兩人功力悉敵，禁不住兵器彼長我短，互相刺擊之際，又未免顯著吃力。

這樣戰了許久，舜華一看難以取勝，立時芳心一轉，罡氣潛運，索性短劍交與左手，右手駢指如戟，使出運氣點穴功夫。一聲嬌叱，身法頓變，超距如風，進退莫測。倏而運劍隼擊，倏而揮拳猱進，貼地流走，宛如珠滾玉盤，躡足凌虛，幾疑蝶舞花影，這一番大顯身手，真有點觸目驚心。

哪知偏碰上這位淫魔竟能識貨，一跺腳，把長劍霍霍一揮，先來個撒花蓋頂，護住全身，然後微一退步，雙臂一振，霎時全身骨節格格山響，也自運起鐵布衫功夫同舜華一起拳劍並用，抵隙蹈暇，嘴內哈哈大笑：「嘿，好俊的一套擒拿法，想不到美人兒真有幾手，好，好，老子就陪你玩玩。」舜華聽他口上還找便宜，氣得面如冷霜，格外施展出厲害著數，恨不得立時把淫魔一揮兩段。

蓋赤鳳看出舜華拚命相搏，故意略露破綻，身法稍緩，果然舜華中計，用了一手仙人指路，左劍一揮，右手戟指向蓋赤鳳肩穴點去，滿以為這一手敵人吃虧不小。哪知道點到敵人身上，堅逾鐵石，毫不理會。正在吃驚後退之際，蓋赤鳳何等狡猾，未等舜華抽身，早已一聲大喝，枯樹盤根，橫腿平掃。好在舜華畢竟不弱，一聲嬌叱，鳳翹微點騰空而起，未待落地，憑空兩臂一分，一個大鵬展翅，又斜飛到丈許遠才落下地來。還未立定，蓋赤鳳已惡狠狠的揮劍過來，舜華正想往後微退，再搖招迎敵，不防匆遽之間，未留神桂樹老根微透土面，冷不防玉蓮一絆，一個踏足不穩，嚶的一聲，嬌伶伶的芳軀直向後跌去。蓋赤鳳哈哈大笑之間，長劍一擺，趁勢撲上前去。

說時遲，那時快，在這千鈞一髮之際，恰值王元超除掉猛漢，回身下窺，一看舜華危急萬分，急得連人帶劍直向蓋赤鳳身後飛刺而下。這一手勢如建瓴，疾如激箭，蓋赤鳳饒是厲害，萬不料來人並未落地，憑空飛刺而下，等到驟覺腦後劍風颯颯然，喊聲不好，顧不得前面跌翻的美人兒，慌忙就地一滾，向旁滾開丈許，就是這樣劍鋒已略略及身。不過他仗著鐵布衫功夫，未中要害。這劍鋒所及，就他一滾之勢，嗤嗤幾聲，把淫魔身上一件大紅織金短衣，割下一片來，背上皮膚也裂了一條口子。

蓋赤鳳生平未曾逢過敵手，這一點小虧，已引為大辱，而且自己一身鐵布衫功夫，居然被人劃破骨肉，料得敵人手上定是非同尋常的寶劍，幸而自己一滾避開，劍鋒已偏，否則不堪設想！不禁又驚又恐，一聲狂吼，一躍而起，挺著長劍惡狠狠直向王元超刺來。

王元超知道他不比常寇，早已蓄勢而待。這兩人交上手，一個是內家巨子，一個是混世魔頭，旗鼓相當，各爭先著。這時舜華驚魂已定，知道今天沒有王元超飛身相救，定要吃虧不小，臉面無光，這一份感激真是難以形容。看得王元超使出全身本領同那惡魔力戰，便想躍上助陣，又一看那邊自己妹子，同兩個凶徒也是苦苦惡戰，很是吃力。眉頭一皺，立生巧計，暗地拿出了一枝金鏢，覷準一個賊人後背，用力打去，輕輕喊聲：「著！」那邊偏是瞎了一隻眼的賊人倒楣，好像命裡注定要死在暗器之下似的，那枝金鏢從他背心射準，直貫前胸，立時一聲狂叫，雙斧一揚，倒在地上。

瑤華大喜，精神陡長，運劍如風，向飛天夜叉猛襲。飛天夜叉一看同伴又中暗器，只嚇得心膽俱裂，哪裡還敢戀戰，覷個破綻，拚命向前一刀砍去。那瑤華閃身之際，趕忙奮身一躍，跳上屋面，一矮身，揭起一疊屋瓦，向下一撒，嘩喇喇一陣亂響，把那邊蓋赤鳳嚇了一跳，一縱身出圈子。看清自己帶來的人，死的死，逃的逃，只剩自己一人，局面已是一敗塗地，再拚命戰下去，絕無好處！正想乘機脫身，哪知瑤華、舜華一見使雙刀的賊人已逃得不知去向，這個惡魔也有逃走的意思，立時姊妹兩人短劍一橫，左右進攻，王元超也加入夾攻。這樣把蓋赤鳳三面圍住，饒他本領了得，也弄得只有招架，不能還手。

偏偏這時門外劈劈拍拍火槍聲大起，一陣緊一陣，蓋赤鳳明白門外尚有火槍手埋伏，自己帶來幾十個嘍囉，在門外被火槍手擋住，恐已死得一個不剩。此時再不逃走，自己也要性命難保！但是一看身前身後三柄利劍，像雨點般刺來，一時要想脫身也是不易。心裡這樣一盤算，手上招架未免較慢，嗤嗤幾聲，上下衣褲又被敵人劍鋒劃破幾處。心裡一急，顧不得身上有無受傷，鋼牙一咬，一聲大喝：「不是你，便是我！」把滿身絕藝一齊施展出來！

只見他前架後擋，橫剁豎劈，像瘋獅一般，倒也不可輕視。這一場血戰，真也非同小可，但見滿院匹練般月光，風馳電掣，錚錚鏦鏦之聲不絕於耳。王元超等三人見這個惡魔不顧死活，拚命的狂鬥，三人各自看定自己的門戶，車輪般同他接戰，想等他力盡氣絕再下煞手。哪知蓋赤鳳既毒且狡，故意做出不肯逃走，拚命凶鬥的神氣。這樣戰了片時，蓋赤鳳驀地一聲怪吼，全身一矮，把長劍驟地一掠，使出一套八卦遊身劍，忽東忽西，忽高忽矮，一個身影像遊魚一般。

王元超等一看他另變招數格外用出以靜制動的法子，只三人定守自己方向，從容接招，並不跟蹤追擊。這一來，完全中他的詭計，只見他向王元超面前劍鋒一晃，倏地一個箭步退到中央，哈哈一聲大笑！一跺腳，一個一鶴衝天，飛身上房，回身一抖手，便見三點寒心分向庭心三人射來。三人只好先顧眼前暗器，或用劍撥或用手接，一陣叮噹，三枝毒藥鋼鏢，半枝也沒有打著人，可是蓋赤鳳就趁敵人接鏢的一刹那，潛地飛逃了。

等得王元超等飛身上房，哪還有蓋赤鳳影子？只聽得前面火槍聲還斷斷續續響個不住，三人一連幾躍，立在門牆上一看，門外廣場上橫七豎八躺著幾個屍首，埋伏的火槍手一個不見。王元超、舜華、瑤華一齊跳落廣場，仔細一看地上屍首，一律頭纏紅帕，知道是凶徒帶來的嘍囉。王元超噘唇作聲，就聽得右面柳林中也有人吹著口哨遙應，一忽兒足聲雜響，從籬門內擁出許多火槍手，為首幾個頭目首先奔近王元超面前，報告道：「自從奉命埋伏左面及屋後經處，靜待了片時，就見右面籬上跳進幾條黑影，一霎時都上房進內。半晌，微聽宅內廳屋上幾聲吆叱，就起了兵刃接擊之聲。片時我們埋伏之處，從半空中跌下一具賊屍，知道王爺幾位業已得手。那時就見右面籬上又跳進許多人來，我們就覷準了那般賊徒，一陣火槍，立時倒了一地。只聽得右邊籬外還有許多賊人，不敢再跳進籬內，只亂喊繞向屋後，向後門攻進去。

「不料我們在屋後也有火槍手埋伏，又是劈劈拍拍一陣痛擊，那般逃得命的一般賊人，就拔腳回身飛逃，宅內也逃出一個雙刀的凶徒，率領著那般逃卒，亡命逃去。我們以為五爺已把餘賊掃得一個不剩，定也趕出屋來，所以我們大膽率領弟兄們，越過左籬，追向前去。不料我們後面又追來一個長劍的凶徒，宛如飛鳥一般，竄入我們隊內，長劍一揮，我們弟兄就傷了幾個。幸而柳林廣闊，散開得快，躲著樹後向他攢擊。那個賊人真也了得，一縱身就是好幾丈，眨眨眼就不見他的影子。等得我們再奮勇追去，那兩隻賊船已離岸老遠，飛也似的向湖心逃去。我們在岸上遙擊一陣，因為太遠，鉛子不及，賊船沒有多大損傷，已逃得看不見了。」

王元超也把宅內交手情形略述所以，吩咐他們把屋內外賊人屍首歸在一起，自己方面的弟兄，或死或傷、點清人數，趕快運回堡內，又吩咐他們暫且看守宅外，恐防餘賊再來攪擾，自己三人趕快到堡外接應。吩咐已畢，恰好快艇上的湖勇已聽得口哨，從僻處駛出，仍舊泊在門前。舜華又跳入宅內，把關在小屋的幾個老女僕放出來，交與門外幾個頭目好好保護，又囑時時在范宅前後梭巡。一一囑咐完畢，三人跳下快艇，又如飛的駛回堡來。

途中舜華悄悄說道：「蓋赤鳳這個凶徒，本領真可以，你看他臨逃走的時候，發出隻手連環分路毒藥鏢，沒有內功，萬難學習。今天幸而王兄飛身相救，否則……」

王元超忙截住話頭道：「勝敗乃常事，何況舜姊本領並不在蓋赤鳳之下，大約足下稍形不便罷了。」

瑤華接口道：「想起來真可怕。我那時看得分明，無奈被兩個惡徒絆住，分身不得，看到王兄飛身而下，才把這顆心從腔子裡收轉。沒想到幾個惡徒都有幾手，回頭尚有一番大戰。除柳摩霄、蓋赤鳳，未知尚有幾個能為出眾的惡徒，我們倒也不能輕敵呢。」剛說完這句話，忽聽船舷外嘩嘩一陣水響，簇起幾尺高的浪花，從浪花中湧出一個渾身水滴的人來。

王元超等人大驚，以為敵人半途攔截，急急一齊拔劍在手準備迎敵。船上駕船的湖勇看的真切，慌忙喊道：「五爺且慢！是自己人。」那水波上的人，身子一扭，像魚一般游近船來，悄悄道：「奉堡主命，請五爺同兩位女英雄速去策應，因為洞庭幫的賊人已變計了。」說了幾句，不待王元超答話，倏的身子向下一沉，蹤跡全無。

王元超等全不知敵人如何變計，只好催舟飛回。片時，已近堡外渡口，只見堡樓上火燭燎天，刀光如雪，卻又聲息俱無，不像交戰光景。再回頭一看，距岸里許，敵舟如麻，一字並列，也是燈火通明，盛張兵備，好像預備待戰交鋒一般，王元超等摸不著頭腦。等得快艇靠岸，三人急急向碉壘走去，四面一留神，一路都有湖勇哨巡，碉壘柵門大開，此數湖勇執著巨燎兩旁壁立，直達第二道碉壘。一見王元超等三人回來，即有幾個頭目躬身肅稟道：「堡主在碉樓恭候已久，請五爺同兩位女英雄上樓會面吧。」王元超略一頷首，即引雙鳳姊妹從側面登道走上碉樓。

一跨進門，只見樓窗口甘瘋子箕踞而坐，一手執壺，一手執杯，兀自流水般大喝其酒，好不從容暇逸。一見王元超等進去，立時把壺杯一放，脖子一挺，呵呵大笑道：「諸位殺賊而回，愚兄杯酒勞軍，也算古人飲至策勳的盛典吧。」

這時黃九龍也匆匆掉臂而入，一見三人在室大喜道：「俺已得弟兄報告，知道兩位英雄手刃巨寇，端的了得，不過今天無端要兩位女英雄受累，心中實在不安。」舜華、瑤華慌忙謙遜不迭。王元超把交戰情形細說一番，只把舜華受險一節隱去，多添幾句雙鳳姊妹功夫如何了得的話，舜華、瑤華在旁邊聽得肚內明白，知道他體貼入微，故意極力推崇。王元超說完柳莊交戰情形，急問敵人如何變計，怎麼此刻還未到來？黃九龍也把其中原因匆匆一述。

你道為何？原來洞庭君柳摩霄和蓋赤鳳被江寧新任提徧單天爵奉為上賓，每天在密室中暗暗籌劃一切非法的陰謀，柳摩霄又把湖南幾個重要羽翼，也召集到江寧來，以便差遣。恰好不久就發生金昆秀的事，從金昆秀想到范高頭，又垂涎到太湖。那天甘瘋子竊聽的晚上，甘瘋子救了馮義沒有多少時候，單天爵已得獄官報告，料得太湖定有能人暗探，順手牽羊把馮義救去。立時閉城大搜，定了一個暗襲湖堡同時擒捉范高頭的計劃，星夜暗暗出發。單天爵這廝卻遵從柳摩霄的話，恐怕獄中金昆秀再生別樣事故，率領著幾個凶徒私黨，坐鎮提衙，並未同去，只拔出支令箭，當夜飛調幾營水師，掩護柳摩霄一隊凶徒，在太湖要口遙遙接應。

那柳摩霄本來打算暗襲湖堡，所以進湖船隻喬裝進香的行徑。等到駛進太湖，泊住葦港，先打發幾批手下，分頭細探，未得要領，而且各人探報大都不相符合。略一思索，知道自己的人已露馬腳，看來太湖黃九龍雖然到湖未久，已經很得人心，所以探不出實在消息。等到夕陽西下時交二鼓，先派了一撥人去擒范高頭、紅娘子，又親自出馬到幾道堡壘外面勘察了許久，不覺暗暗吃驚。心想黃九龍怎地了得，非但形勢險要，扼守得法，而且內外黑沉沉絕無聲息。一看樹林深處，堡壘垛口，卻隱隱炮銃密布，戈頭森森，知道已有準備。這一來把個眼高於天的柳摩霄涼了半截，趕忙折回自己座船，同幾個心腹健將仔細的商量。這般風高放火月黑殺人的凶徒，哪有主見？逞著一股戾氣，看得太湖肥美，仗著洞庭幫勢力，只一味慫恿強奪碉堡，有進無退。

柳摩霄自己細細一琢磨，覺得既到此地，平白地空手回去，非但吃人笑話，於自己威名也大大有損。而且眼看太湖出產如此豐富，形勢如此雄壯，比洞庭湖過無不及，實在捨不得讓人占住。又想黃九龍雖是了得，未必是自己對手，而且早聽得碉堡中只他一人主持，其餘幾個頭目都是無名小卒，何足掛慮？自己帶了這許多健將，後邊還有水師接應，就算黃九龍有了準備，也是一人難敵四手。這樣一盤算，似乎自己穩穩操著勝利。

不料正在躊躇滿志之際，船頭一陣喧嘩，傳來蓋赤鳳、沈奎標大呼跳罵聲。柳摩霄急舉目一看，登時目瞪口呆，說不出話。只見蓋赤鳳一張俊俏面孔，已是滿頭油汗，豎眉瞪目，形象惡煞。身上一套錦繡花衫，已撕得一片上、一片下，隨風飛舞，露出一身細皮白肉帶著幾道鮮紅可愛的血口子。那沈奎標更有意思，包頭黑帕已堆在腦後，只滿頭大汗，脅下夾著雙刃，宛如一隻鬥敗公雞。這兩人一進來，沈奎標是垂頭喪氣，默默無言，蓋赤鳳是一味言語無次的跳腳大罵，弄得柳摩霄插不上嘴。好容易把蓋赤鳳納在一邊，再細問沈奎標交戰情形，沈奎標老實把喪兵折將情形一一報告。這一來，把柳摩霄一番打算化為雲煙，又弄得進退維谷。

這時蓋赤鳳又從座上一躍而起，大喊道：「這一次喪兵折將，只怪探報不實，但是老子雖敗猶榮。倘然我們帶去幾十個弟兄們手上都有火銃，也可同他們埋伏的火槍手對敵一下，倘然有幾個後路接應，也不會吃這大虧。偏偏你們托大，咬定柳莊只范高頭、紅娘子，一無防備，手到擒來。現在事已如此，索性一不做二不休，同黃九龍見個高下，老子不信我們這許多人敵不過他？否則如何對得起死去的幾位好漢，和幾十個弟兄們？就是這樣回去，從此江湖上也不用立足了！」

這樣被蓋赤鳳一激，柳摩霄還是昂頭思索，禁不住左右一般惡徒，個個怒髮衝冠，大呼大嚷，非報仇雪恥不可。柳摩霄究是厲害角色，等這般草包鬥過一陣，然後挺身而起，徐徐開言道：「想不到我們誤中奸計，害了許多好漢，勝敗雖係兵家常事，此仇豈容不報？據你們所說柳莊未見范高頭、紅娘子，只埋伏自稱雲中雙鳳的三個賊男女，同門外的火槍手，大概金昆秀被單大人捉住的消息，已被他們探悉。說不定就是劫獄的人趕在我們前頭到此報告，所以吃范高頭那廝做了手腳。

「那廝定是狗急跳牆，向就近黃九龍求救，這般埋伏的狗男女和火槍手定是黃九龍暗暗預先布置的，范高頭和紅娘子此刻也許沒有躲入湖堡。據我猜想，定是看得我們多人到此，以為江寧全虛，可以乘機劫獄，救出愛婿，哼哼，哪有這樣便宜的事？豈知我早已防到此著，管教他到了江寧城邊就嚇得半死，說不定單提鎮就能不勞而獲，捉住范高頭和紅娘子兩人哩。

「現在咱們把范高頭事且放在一邊，黃九龍既然不知輕重來管閒事，真所謂初生之犢不畏虎了，不同他見個高下，也不知道我們洞庭幫的厲害咧！現既然露出我們的行藏，毋庸照暗襲的原計劃行事，堂堂皇皇名正言順的責問他：彼此河水不犯井水，為什麼幫助范高頭父女，用暗器殺害洞庭湖的好漢，破壞江湖上的義氣？如果自知過錯，綁出范高頭父女和放暗器的凶手，償抵我們幾個好漢的性命便罷，如果牙縫裡迸出半個不字，立時同他拚個你死我活。諒他羽毛未豐，真個要同我們正式交手，那何異以卵敵石。蓋賢弟你看我這主見如何？」

蓋赤鳳眉毛一揚，哈哈大笑道：「這才是正主意，不要說大哥這樣本領，手下各寨主個個英雄了得，何懼一般初出茅廬的後輩，就是我區區何嘗把他們放在眼內！」說到此處，不由得低頭一看自己身上狼狽的模樣，格外怒火萬丈，一跺腳，連連大喊晦氣道：「想不到我蓋赤鳳單槍匹馬橫行長江，今天誤中奸計，會跌翻在陰溝裡。如果不顯一點威風，不殺他幾個狂徒，真要把老子肚皮氣破了。話又說回來，不要看我身上掛著幌子，論技藝，以一敵三，何曾輸他們半著來？喂，沈大哥，你是親眼目睹的，這不是我自敲自吹吧？」

柳摩霄不待沈奎標接話，慌忙笑道：「賢弟英雄無敵何待說得，回頭咱們同黃九龍正式交手，有的是報仇出氣的機會，此時正可養精蓄銳。待我先禮後兵，修書一封，投到湖堡，約期交手，顯得我們光明磊落。賢弟且暫一旁安坐，回頭愚兄還要和賢弟及眾位好漢暢飲一番，再去殺敵哩。」說罷，剪燈抽毫，揮了一張八行信箋，裝入封套，昂頭四顧道：「誰願到湖堡下書？」即聽得身後焦雷般喊一聲：「我可去得？」喊聲未絕，從座後轉出一個彪軀虎貌的大漢，向柳摩霄躬身道：「羅奇願走一遭，順便看看堡中有何許人物。」

柳摩霄抬頭一看，是自己近身得力勇將——四大金剛之一，綽號大刀金剛，姓羅名奇。生得力大無窮，兩臂足有千餘斤力量，善使兩柄二百餘斤熟銅錘。柳摩霄看他願去，大喜！即將書信交他收好，囑咐他不要魯莽，得了回書就回來，不得挫折我們洞庭湖威風，也不要任意使氣。羅奇應聲遵命，帶好書信，提起兩柄大西瓜般銅錘，大踏步走到船頭，點手叫過一隻江寧帶來的飛划船，縱身跳下，直向湖心駛來，片時靠岸，一躍而上，直向堡壘走去。

羅奇邊走邊自留神，卻四周見不到一點燈火和半個人影，幸而明月當空，路徑可辨，那座雄壯的堡樓，黑巍巍的矗立在山腳要口。羅奇直趨堡下，只見堡壘下面有如城洞一般，既寬且深，卻放著千斤閘，關得嚴絲密縫，羅奇無門可入。原來羅奇力氣雖大，卻不懂輕身縱跳之技，恨不得一銅錘把千斤閘打他一個大窟窿。但是記著柳摩霄的吩咐，不敢魯莽，只得仰頭，丹田提氣，霹靂地一聲大喝道：「洞庭湖下書人在此，快快開門，讓我進去。」第一聲喊畢，許久未見有人答話，弄得他暴跳如雷，接連一陣大喊，才聽得堡樓上垛口有人有聲無氣的說了一句：「下書人少待，讓我們通禀。」

半晌，堡樓垛口處垂下一條長綆來，綆頭繫著一個小筐，只聽上面細聲說道：「下書人毋庸進見，既有書信帶來，投進筐內，我們吊上堡樓，代你送上去。倘有回信，自會吊下來叫你捎去，請你候一候好了。」

羅奇憋了一肚子氣，摸出了那封信向筐內一擲，仰起頭大喝道：「快回信，咱候著就是。」上面也不答話，只把那個小筐如飛的吊了上去。隔了頓飯時候，羅奇正望得脖子發酸，卻見那個小筐又從空而下，奔過去伸手向筐內一摸，端端正正摸著一封信，大喜！慌揣向懷內，回身拔步就走，邊走邊連連大唾地恨恨道：「關著死牢門難道真個能擋住我嗎？回頭叫你們認得我大力金剛銅錘的厲害。」

不料他自言自語才說完這句話，忽地山腳一陣微風，眼前一黑，彷彿自己身子被什麼東西一碰，腳底下不由的向前衝了幾步。慌忙站穩身軀，定神四面一瞧，一點沒有形跡，可是經這一碰，身上似乎輕了許多。急向腰上一摸，不好了，插在右邊一柄銅錘竟好好的不知去向，這一來驚得他冷汗直流。疑神疑鬼仔細一想，定是眼前一黑身上一碰的時候，著了人家道兒，嚇得他連銅錘也顧不得找尋，飛也似的奔回湖岸。一見自己來的那隻飛划船，泊在原處，急急一躍而下。哪知他一跳下船，又驚得雙目發直，作聲不得，原來他失掉的一柄熟銅錘端端正正的擱在船中。

那兩個撐划船的嘍囉，看得這位大力金剛下得船來，真像泥塑木雕一般，知道他為了這兩柄銅錘所以如此，不等他開口，爭先告訴他：「我們倆正在此詫異呢，寨主剛下船以後沒有多久，我們倆也沒有離船一步，只覺無端一陣微風掠舟而過，風過去就見這柄銅錘在面前發現了。我們倆明知這銅錘是寨主帶著上岸的，怎麼一個人影都沒有，自己會飛回來的呢，這不是透著新鮮麼？」

羅奇被兩個嘍囉一提，肚內已是明白，趕緊一聲：「休得多言，快回去就是。」其實他此時已知堡中大有能人，怪不得蓋赤鳳這樣能耐，也在柳莊失腳，看起來我們大寨主雖然了得，恐怕也不易占得便宜。可是自己沒有碰見敵人，就容容易易的把兵器失去，實在有點說不出口，只好藏在肚內，回去不提為是。邊想邊在懷內一摸，幸喜一封信並未失去，總算沒有白跑一趟，想大寨主面前可以交代得過去。思想了一陣，船已靠住大船，硬著頭皮跳上大船，摸出回信，依然雄赳赳送到柳摩霄面前。

這時柳摩霄同蓋赤鳳等幾個主要健將，已在圍坐大飲，一見大力金剛不負使命持著覆信回來，著實誇獎一陣，也叫他一同入席，以示優異。柳摩霄先不拆看回信，急急問他進堡情形，黃九龍有何話說？羅奇性雖憨直，自己失鍾一事，當著許多人面前實在說不出口。可是自己並未進堡，在堡外得著回信的情形，卻老老實實說了出來。

柳摩霄和眾人聽他說完以後，面上都現出遲疑之色，猜不透敵人是何用意，獨有蓋赤鳳賣弄聰明，大言不慚的說道：「何消忖度？定是黃九龍外強中乾，恐被來人看破堡中空虛實情，故而不敢叫羅奇進去罷了。」柳摩霄也不置可否，略一點頭，急把手上回信一看。只見信皮上寫著回呈柳道長親啟字樣，又抽出一張信箋來攤在桌上大家同看，信箋上卻只寥寥十六個字：「勞師襲遠，禍福莫測。玉帛干戈，惟君所擇」，下面也沒有署名。

柳摩霄勃然大怒道：「黃九龍以為負嵎自固，我們不能奈何他，反而譏笑我們，說這些搖撼人心的話。前事一字不提，顯見同范高頭結成死黨，現在不除掉他，將來羽翼眾多，大是可慮。而且這信上幾句屁話，大有譏笑我們進退維谷的意思，更是可恨！我們就此直逼堡前，同他一決雌雄。另外打發一人坐著快艇，飛報外面駐泊的水師，叫他們搖旗吶喊駛進湖內，作為後應，免得黃九龍那廝在我們後路別生詭計。」

蓋赤鳳同洞庭湖一般凶徒聽得大喜，個個擦掌摩拳，大呼殺敵，倒也聲勢洶洶。獨有大力金剛嚐過滋味，暗暗擔心，默不發言。柳摩霄也沒有理會他，自顧調兵遣將，吩咐一齊駛向堡壘，又打發快艇飛報後面水師接應。

這時樓堡上甘瘋子、黃九龍已得到埋伏湖底水巡隊報告，知道柳摩霄得到回信惱羞成怒，要來決雌雄。當時發布命令，內堡外堡一齊點起燈籠火燎，耀同白晝，徹裡徹外布置得銅牆鐵壁一般。又通知各處埋伏人馬但聽信炮放起，一齊出動襲擊敵人歸路。布置妥貼，恰巧王元超、舜華、瑤華三人到來，黃九龍就把上面情形匆匆一述。

王元超道：「回頭兩陣對壘，講起兩面人數自然我眾彼寡，勞逸主客之勢，我已占了勝著。不過柳摩霄帶來洞庭湖一般凶徒卻也不少，又加以蓋赤鳳和單天爵部下的幾個強人，雖然已除掉三人，尚有不少亡命之徒，我們只有五人似嫌不足。」

黃九龍大笑道：「這般無知狂寇，就是洞庭湖傾巢而來，何足懼哉？」

甘瘋子離座而起，伸出蒲扇般大手向王元超肩上一拍笑道：「五弟所慮亦是，恐怕混戰起來，彼此不易照應，但是俺早已防到此著。回頭三弟對付蓋赤鳳，愚兄對付柳摩霄，擒賊擒王，餘不足道。五弟同兩位女英雄壓住陣腳，對付那般亡命之徒，待愚兄先在陣前用言語相激，使他墜我計中，待他們銳氣一挫，自然滿盤皆輸了。」王元超同雙鳳都點頭稱是。

舜華笑道：「下書人受驚而回，已是先聲奪人，挫折敵人銳氣不少，這樣鬼神莫測的功夫，非甘老先生不能。」

甘瘋子大笑道：「此道卻非所長，這是我們三弟同他開個小玩笑罷了。」

黃九龍笑道：「下書人笨拙如牛，蠻力卻也不小，兩柄瓜錘足有千餘斤重，倒也不能小覷他呢。」正這樣說著，探報絡繹而來，報稱敵人已將近岸。

甘瘋子脖子一挺破袖一甩，對黃九龍道：「照理我們應到鎮外迎敵，但是，地形卻是堡前有兩座山腳環抱，中間一片廣場，宛如玉蟹舒鉗，從碉樓上俯看敵人舉動，可以一覽無遺。兩旁山腳又可埋伏許多鐃鉤弓箭，正可以逸待勞，又顯得我們毫不為意，讓他們直叩碉壘。」

黃九龍、王元超齊聲道：「這樣最好，在市鎮口交戰，難免震驚市民，索性把市鎮和田塍左右一帶埋伏弟兄悉數調回，聽憑敵人深入便了。」

甘瘋子搖首道：「這可不必，此處人手足夠應用，毋庸再費周折，待敵人敗退時，尚有用處。此刻再打發幾個人快去通知，叫他們潛伏深林，讓敵進來，不必迎擊，只聽號炮行事好了。」黃九龍立時差人持著令旗沿路飛報而去。

甘瘋子又笑道：「我們索性同柳牛鼻子鬧個玩笑。五弟同兩位女英雄在碉樓上等候，待相當時候再飛身下來。此時俺同三弟在碉壘前面百步開外，設一矮几兩個凳子，上置杯箸酒肴，自顧飲酒賞月，越發表示從容暇逸之致，使得這般亡命之徒疑惑不定。」

黃九龍拍手大笑道：「妙，妙，這就是諸葛亮空城計的反面，深合兵家虛虛實實之理，待我立時吩咐幾個頭目照樣安排起來。」片時甘瘋子同黃九龍真個在碉前廣場中，從容不迫的對酌起來。碉門仍舊緊閉，兩旁山腳及碉上湖勇又把火燎藏起，隱身暗處，約定擲杯為號，再一齊顯露軍容。這樣一來，碉前又靜蕩蕩的一片月色，只聽得兩旁濤濤松聲。王元超從碉樓上俯瞰廣場，兩位師兄舉杯傳盞，這番閒情逸致，真有飄飄欲仙之概。

隔了片刻，啁啁唧唧飛過一群山鳥，王元超向舜華、瑤華道：「敵人轉瞬就到，這陣飛鳥定是被那般亡命之徒經過樹林，驚得高飛遠走了。」

瑤華遙指道：「王兄的話一點不錯，你們看山腳那面火光閃爍，倏隱倏現，正是敵人來路，不是敵人還有哪個？」

三人仔細探望，忽見火光閃出市鎮、田塍一帶，火光宛如長蛇一般，疾馳而來，看去敵人倒也不少。一會兒火光沒入叢林之間，被樹梢山腳遮隔看不見了，又隔了時許。山腳下足聲奔騰，火燭上燎，轉出敵人來，看過去大約也有二三百人。

只聽一聲吆喝，這般人在對面廣場盡處一字排開。原來柳摩霄分派了幾個健將率領著百餘個嘍卒看守船隻，其餘都由柳摩霄、蓋赤鳳率領上岸，長驅而進。一路行來並無阻擋，此刻轉過山腳，碉堡在望，抬頭一看碉上燈火無光，不見一個人影。不料低頭一看，距自己人馬一箭之遙，廣場中有兩個人一聲不響對坐飲酒，好像不知道有許多人到來一樣，連正眼都沒有看他們一看。

柳摩霄看得滿腹狐疑，猜不透葫蘆裡賣些什麼藥，也看不出這兩個是什麼人？姑先發個號令，把自己人馬一字排開，占住路口，將要派人到兩人跟前探問。忽見對酌的兩人哈哈大笑而起，那一個黑面虯髯的怪漢，似乎酒已喝醉，立起來腳底歪斜，身不由主，手上兀自顫抖抖的執著一個酒杯，笑聲未絕，手上那隻酒杯直摜下來，乒乓一聲，在几面上砸得粉碎。

不料杯聲一響，接著震天動地一聲大喊，霎時碉樓上同左右山崗上面，舉起無數火把燈籠，而且旗幟紛飛，刀光如雪，看過去好像有幾萬人馬一般。此時把一片廣場照耀得鬚眉畢現，顯出一個鬚眉如戟的甘瘋子，一個短小精悍的黃九龍。只見甘瘋子當先呵呵大笑，一路跌跌衝衝向柳摩霄那邊趨近幾步，用手一指大聲道：「哪一位是柳道長，請來敘話。」

柳摩霄同甘瘋子、黃九龍都未見過面，蓋赤鳳等也只聞名，所以覿面都不認識。可是柳摩霄此時看得湖堡聲勢不小，已有點氣餒，肚裡已暗暗拿定主意，一聽對面醉漢指名答話，也就高視闊步越隊而出，向甘瘋子拱手道：「在下就是洞庭柳摩霄，未識足下何人？」

甘瘋子兀自醉態可掬，全身搖搖擺擺好像迎風欲倒一般，用手一指自己鼻樑，呵呵大笑道：「在下甘瘋子。」又用手一指黃九龍道：「這就是太湖堡主敝師弟黃九龍，俺們久仰洞庭君威名，常恨無緣謀面，不料今天蒙紆尊遠降，又蒙許多英豪一同前來，真真忻幸非常。所以俺們在此恭候，未知道長有何清誨？」

柳摩霄目光灼灼先向黃九龍、甘瘋子打量一番，然後開言道：「在下也久仰兩位大名，彼此雲樹遙阻，覿面無由，今天專誠拜謁的原因，業已先函達覽，並蒙賜覆。說起來俺們洞庭湖與貴堡本是千里遠隔，如風馬牛不相及，就是今天來到貴地，也是因為探得范高頭潛蹤在此，特地尋他報當年殺徒之仇，與貴堡本無干涉。不意范高頭躲入貴堡，黃堡主不念江湖義氣，居然派人埋伏柳莊，殺死敝湖三位寨主和許多弟兄，這一來真出在下意料之外。

「敝湖從來沒有開罪貴堡之處，竟忍心下此辣手，而且並非正式交戰，只憑詭計襲殺，非但舉動大欠光明，事實上亦屬大大錯誤！現在敝湖三十六寨寨主個個義憤填胸，誓報此仇，但是在下念在彼此素無仇隙，又想到貴堡創業未久，人才缺乏，或係所任非人，鑄此大錯。所以在下僅帶幾位和眾弟兄親自前來，當面談判。倘然貴堡幡然覺悟，立時把范高頭父女同擅殺敝湖三位寨主的凶手，捆綁出來，聽憑在下帶回當眾處治，聊解公憤，這樣處理才算得最最公平，以後彼此仍舊不傷和氣，貴堡名譽也不致喪失。自問這樣苦心孤詣，全為貴堡前途著想，請貴堡主三思而行才好。」

柳摩霄這一番舌翻蓮花，自以為妙不可言，可是黃九龍聽在耳內，幾乎把肚皮氣破，立時雙眉直豎，就要發作。偏甘瘋子涵養到家，依然嘻嘻哈哈滿不在乎，等柳摩霄把話說盡，向黃九龍以目示意，自己脖子一挺，呵呵大笑道：「柳道長這番清誨妙不可言，佩服，佩服！但是敝堡今天的舉動，可算得出於萬不得已。不瞞柳道長說，在柳道長沒有賜書之前，竟不知是道長率領各位英雄到此，以為無知狂寇妄想暗襲敝堡哩。柳道長，不是在下放肆，今天不幸的事情，完全道長一人之錯。」

柳摩霄驟聽得這句話，雙目一瞪，大聲道：「此話怎講？」

甘瘋子一聲冷笑道：「據道長所說這樣大動干戈，喬裝進湖，無非為范高頭父女二人。可是道長明知敝堡統轄太湖，按照江湖規例，總須先行拜山，再辦別事。倘然道長進湖時節，派眾小卒到敝堡關照一聲，那時候敝堡就算與范某有生死交情，也礙著道長面子，未便十分袒護。不料道長目中無人，率先下手，倘然下手時節，直言道長所派也就罷了，偏又報稱江寧單天爵的部下，有一個又自稱長江蓋赤鳳，絕不提洞庭湖隻字。

「不但如此，那時柳莊范高頭父女確已他去，早由敝堡幾個朋友寄寓在那處多日，幾個火槍手也非專為貴湖埋伏，原是先幾日敝堡派去伺應寄寓的朋友的。等到敝堡幾個朋友對跳進范宅去的人說明范某遠去，偏又不信，大嚷放火燒屋。敝友看得無理可喻，絕不像光明磊落的漢子，才無法而訴諸兵刃。偏又本事不濟，落得死的死逃的逃，實在可說咎由自取！俺所說沒有一句虛言巧語，道長自己肚裡原也明白，假使道長處在我們地位，恐怕早已大動干戈，把侵犯境界的船隻驅逐出境了。所以俺說千錯萬錯，全錯在道長一人身上。

「至於道長責成敝堡把范高頭父女和幾個敝友捆綁出來，尤其笑話！不是早已說過范高頭父女不在太湖，就算在太湖，范高頭父女同敝友無非朋友關係，怎麼可以任意捆綁？講到幾個敝友卻在堡內，回頭道長要處治的話，倒可以請他們出來的。不過俺代道長著想，貴湖這幾年規模粗具，經營也頗不容易，遇事總要穩全一點才好，萬一略有挫折，前途就不堪設想了。道長高明，當不以憨直之言見怪。」說罷，又呵呵大笑不止。

甘瘋子這一番八面鋒芒，連罵帶損，卻又詞嚴義正，句句像箭也似的射進柳摩霄心內，只弄得柳摩霄目瞪口呆，無言可答。不料這時急於報仇的蓋赤鳳早已聽得不耐，未待柳摩霄再開口，一聲大喝，一個箭步竄到柳摩霄身邊，大喝道：「大哥何必多費口舌？也毋庸大哥親自出馬，憑俺這柄利劍，就解決了！」蓋赤鳳這樣一闖前陣，對面柳摩霄帶來的一般凶徒也隨聲附和，你一言我一語叫起陣來。

甘瘋子益發狂笑不止，向柳摩霄一聲猛喝道：「既然如此，毋庸多費唇舌，倒也爽利。但是貴湖威名素著，不比毫無紀律的烏合之眾，如果彼此混戰，老實說貴湖人數太少，顯見敝堡以眾欺寡。如果道長願意，雙方各憑武藝一個對一個較量，敝堡亦無不可，聽憑道長選擇就是。」

柳摩霄此時已成騎虎難下，略一盤算，就朗聲道：「敝湖久仰陸地神仙門徒個個武藝出眾，乘此見識一番，也可叨教幾手內家絕藝。但是有話在先，倘然貴堡不是俺們弟兄對手，當場認輸，那時俺所說幾樁事要件件照辦，不得支吾。」

甘瘋子不待他說下去，鼻子冷笑一聲連連揮手道：「廢話少說，倘若敝堡落敗，不要說道長所說幾樁事不成問題，就是道長暗襲敝堡的大計劃，也可如願以償了。可是空言無益，就請道長回陣指派貴湖好漢比較武藝就是。」

柳摩霄不再發言，一拉蓋赤鳳臂膊道：「賢弟，割雞焉用牛刀，我們姑先回陣，派幾個寨主來同他們周旋一下，就可分出高下了。」說罷，兩人大搖大擺走回自己隊內。

柳摩霄回到隊內，立定身先一看對面場上，依然靜蕩蕩的只有甘瘋子、黃九龍兩人，心內大喜！雖料得這兩人不是好惹的人物，可是自己帶來的四大金剛和幾位寨主都是出類拔萃的人物，何況有蓋赤鳳一條好臂膀，即使這兩人三頭六臂，也不足懼，立時趾高氣揚起來。正想指派一陣，還未出口，已有一個深目拗鼻蓬頭尖嘴的大漢越眾而出，大喊道：「待俺先去殺掉那邊的醉鬼再說。」柳摩霄一看，原來是鬼面金剛雷洪，便低聲吩咐道：「那醉鬼在江湖上很有名氣，須小心注意，如果不敵，快快退回，免得挫折銳氣。」

雷洪領命，一揚鬼頭刀，正要趨向場心，忽聽後面巨雷似的一聲大喝：「雷兄慢行，咱也去發一回利市，把那瘦鬼交給俺，一塊兒都打發他們回老家去便了，免得別人再費手腳。」雷洪停步回頭一瞧，卻是洞庭湖第八位寨主鐵羅漢了塵，手中提著一根丈許鍍金方便鏟，雄赳赳大踏步奔向前來。

雷洪笑道：「八寨主來得正好，你看那瘦鬼身上只有四兩肉，醉得腳底虛飄飄路也走不穩，何必多費手腳？咱們總寨主偏有這許多小心，豈不長他人志氣，滅自己威風。」

兩人邊說邊走，已到場中，一看那醉鬼瘦鬼笑嘻嘻並肩而立，中間吃酒的短几凳子已搬過一邊。一見他們氣勢虎虎的奔來，仍舊赤手空拳一動不動的立著，那醉鬼撕著嘴，用手一指兩人道：「來人姑先通名。」

鐵羅漢、鬼面金剛各人一報名姓，立時眼珠發直，舞動兵器就想放倒對方，甘瘋子兩手一搖道：「且慢，看你們神氣大約打算同我們兩人分頭比試，但是你們全身能耐，一望而知，絕非我們敵手。現在這樣辦，你們兩人一齊上來，先同我一人較量較量，我也不用兵刃，就憑一隻破袖同你們玩一陣，這樣便宜的事，怕不容易找吧？」黃九龍聽得嗤的一笑，雙足微點，倒退了好幾丈，靜觀他師兄怎樣捉弄金剛同羅漢。

最可笑鬼面金剛同鐵羅漢聽得甘瘋子這樣一說，還以為醉漢醉話，自己討死！又冷眼看到黃九龍身子略動，就退了好幾丈，這樣矯捷，本領定不含糊，樂得捨難就易。鐵羅漢更是急於邀功，先自一聲不響一個箭步，掄起方鏟便向甘瘋子當頭砸下。

甘瘋子看他掄起鏟來呼呼有聲，知他力量不弱，等待鏟臨頭頂不遠，並不向後閃退，只側身踏進一步，讓過鏟鋒，舉起右手破袖，向鐵羅漢面上一拂，身已閃到敵人背後。鐵羅漢以為這一方便鏟準把那醉鬼砸得稀爛，哪知醉鬼向前一衝，鏟卻落空，可是這一鏟勢沉力猛，落到地上，把沙土震得滿目飛揚。急切間鏟未收回，陡然面前黑影一晃，同時劈拍一聲，背上著了一掌，立時眼前金星亂迸，向前直衝過去。幸而方便鏟尚未脫手，慌忙就勢一拄，支住身體，一聲怪吼提鏟回身又趕上前來。一看鬼面金剛一把鬼頭刀刀光霍霍已向醉漢劈頭劈臉砍去。那醉漢一味嘻嘻哈哈舞動破袖，在刀光影中閃來閃去，卻傷不著他半根毫毛。

鐵羅漢覷個便宜，兩手攔勁，平舉方便鏟，一陣風似的向醉漢背後搠將進去。醉漢又只身影一晃，便聽咔嚓一聲，恰巧鬼頭刀砍在鏟杆上。兩人都用全力，只震得各人臂上酥麻，鐵羅漢的方便鏟差一點把鬼面金剛搠個透明窟窿。只恨得兩人牙癢癢地，一聲怪吼，霍地跳開，尋那醉漢時，卻見他紋風不動的立在一邊，靜看他們兩人的把戲。照說鐵羅漢同鬼面金剛武藝在洞庭湖也是響噹噹的角色，不過到了甘瘋子手內，自然差得太遠，未免顯得太難堪了。

當時兩人在眾目之下，羞愧難當，惱羞成怒，一個舉起鬼頭刀，一個掄著方便鏟，惡狠狠地迸力殺向前去。甘瘋子大笑道：「你們兩個人自己對自己耍狗熊似的耍了一陣還不知進退，真要討死麼？」語音未絕，刀光鏟影已到面前。這一次鬼面金剛同鐵羅漢不敢大意，左右夾攻，刀鏟並舉，哪知主意雖好，只恨本領相差太遠。等到刀鏟逼近醉鬼身子，也看不出對方用何種身法，只一晃兩晃就把兩人弄得昏頭搭腦，自己對自己糾結在一起。這樣折騰了幾次，連甘瘋子的衣角都沒有摸著一下，反而兩人喘息如牛，臭汗遍體。如果甘瘋子想下毒手的話，早已沒有命了。

可是當時兩人這副醜態，對面柳摩霄、蓋赤鳳等一般人看得清清楚楚，個個羞怨難當，尤其柳摩霄面上實在有點掛不住了。知道鐵羅漢、鬼面金剛在洞庭湖雖非上等角兒，也非弱者，不料到了醉鬼手上這樣不濟。但差別人出去，恐怕也是白搭，只有自己出馬或者可以掙回面子過來。

主意打定，也不知會別人，一反手從背上雙劍當中拔出一柄倚天劍，正想移步趨向場心，忽覺有人牽掣後肘，附身道：「大哥且慢，小弟留神對方本領雖高，僅只兩人，看那情形醉鬼似乎不敢遽下毒手，無非想賣弄本領，震懾我們。我們帶來各位好漢，盡可用車輪戰出去交手，不管勝敗，把那醉鬼瘦鬼累乏了，然後俺同大哥出馬，豈不事半功倍麼？」

柳摩霄回頭一看是蓋赤鳳，又一想所說計劃倒也穩妥，不覺點頭止步。恰巧這時人叢中有兩位寨主一見柳摩霄要親自動手，一齊大呼道：「何勞總寨主出馬，像那醉鬼無非一點小巧之技，何足為奇？待俺們出去取那醉鬼瘦鬼的首級來便了。」說畢，雙雙一躍而出，直向場心奔來，邊走邊大呼道：「八寨主雷大哥權且回陣，讓俺們來結果這廝。」鐵羅漢、鬼面金剛此時已是昏天黑地只有喘氣的份兒，聽得有人叫他回陣，真不亞天上降下兩位救命天尊，慌忙趁波收帆，紅著臉，倒曳著兵刃，一言不發跑回本陣去了。

第二十章　臥薪嘗膽

甘瘋子看得呵呵大笑，再看對陣跑過來一高一矮兩漢子，步趨如風，疾如奔馬，一忽兒已到面前。那高的面如鍋底，頭裹藍巾，倒也威武異常，手上挺著一支長傢伙，形如蛇矛，鋒芒雪亮。那矮的露著亮晶晶的禿頂，一身瘦骨滿面邪容，手上橫著一柄長劍，身上斜繫著豹皮鏢囊，舉動之間頗為矯捷。甘瘋子一看就知道這兩人比鐵羅漢鬼面金剛高明得多，依然笑嘻嘻的一指兩人道：「你們兩位大概看得先頭兩位太不露臉，所以出來想在眾人面前露一露平生所學。也罷！現在我依然讓你們占點便宜，你們兩人依然一齊上來，我依然赤手對敵，這樣你們定是樂意的了。」

那使長矛的高個子一聲大喝道：「醉鬼也敢狂言，有本事盡量施展好了，憑俺六寨主的蛇矛，就足以結果你的老命。」那矮禿子卻抱定先下手為強的主意，驀地一聲大喊：「且叫你識得俺常山蛇寶劍的厲害！」喊聲未絕，連人帶劍，已著地捲來。

甘瘋子看他來得凶猛，正要預備施為，忽見黃九龍一躍而前，口內喊一聲：「這兩人交與小弟吧！」人已迎上前去。

常山蛇一看黃九龍是赤手空拳，格外賣弄精神，一聲大喝，憑空躍起丈許，惡狠狠挺劍向黃九龍當頭刺下。黃九龍哈哈一笑，略一閃身，劍即落空。高個子看得常山蛇一擊不中，趕忙把矛一揮，騰躍而上，雙臂一振，舞起簸籮大圈的矛花，向黃九龍分心刺去。常山蛇也在這時霍地返身，合力夾攻，看他兩臂一伸一縮，那柄劍就像蛇信一般，只在黃九龍身上來回般晃。

好個黃九龍，真是會家不忙！你看他施展開赤手入白刃的功夫，兩條鐵臂上下翻飛，貼地流走，如珠走盤，只在劍光矛影之中倏進倏退，宛如蛟龍戲水，蝴蝶穿花。兩面觀戰的人，起初看得矛光耀月劍尖如山，只在黃九龍的身前後電也似的旋繞，個個瞪目吐舌，代黃九龍捏把汗。又時時看得矛劍交攻，相差只在毫髮之間，似乎萬難閃避！哪知一眨眼，黃九龍就在這毫髮之間，滴溜溜身形一轉，輕輕把矛劍一齊封閉出去。兩人枉自使出許多巧妙著數，兀自奈何他不得。這一番交手，真是觸目驚心，惹得兩面觀戰的人忘其所以，高聲喝起連環大采來。

在這喝采如雷的當口，三人品字式龍爭虎鬥又是戰了幾十回合。黃九龍忽地一聲猛喝，跳出圈子，只身形一轉，從腰間拿出紫鱗蟒皮軟劍鞘來，卻不退鞘露劍，拍的一聲像懶蛇般委在地上。常山蛇同那高個子還以為黃九龍怯戰情急，掣出軍器，看那軍器卻是軟啷噹的皮鞭，何足掛慮！兩人一聲怪吼，又復火雜雜趕上前來。

這一次黃九龍不耐煩同他們久作廝纏，見那長矛先到，故意直立不動，等得矛鋒切近，喝一聲來得好！微一側身，只把右臂一振，那條七尺長的蟒鞭，直像活蟒一般，從地上夭矯而起，再一抖弄，恰正纏住近身矛杆，喝一聲：「還不撒手？」說也奇怪，那高個子兩手攢住的丈許長矛，立自憑空脫手飛去，直飛落好幾丈開外，顫伶伶的斜插於地。

那高個兒萬不料這樣軟啷噹的皮鞭，搭在矛上，竟有千鈞之力，非但兩臂酥麻，也嚇得心膽俱裂！顧不得自己兵刃，便想拔腳飛逃。哪知黃九龍何等厲害，豈容他輕易跑掉，在他驚嚇疏神之際，趁勢一個怪蟒翻身，那條軟鞭又像烏龍般向他下盤掃去。未待高個兒返身，早已掃個正著。啊呀一聲，憑空把高個兒翻了一個風車觔斗。這時兔起鶻落原是迅捷無比，等到常山蛇接縱趕到，高個兒已吃了大苦。常山蛇看得黃九龍手上軟鞭如此歹毒，頓時惡計橫生，兩足一點，倒退丈許，趁黃九龍舞鞭神注之際，將劍向地一插，從豹皮囊拿出暗器，一聲不響兩手齊發，直向黃九龍兩眼打去。

誰知黃九龍是內家高徒，耳音眼神處處到家，一面打倒高個兒，一面早已留神常山蛇舉動，看他既前又卻，知道他別有歹意。看他兩手一揚，故作不經意的樣子，等到鏢風颯然，暗器切近，只眼神略聚，把左手向空一擄，就把兩枝竹葉鋼鏢擄在手內。不料眼前兩支竹葉鏢將將接住，常山蛇的鋼鏢連珠齊發，支支向上下要害飛射過來。

黃九龍勃然大怒，且不管地上跌翻的高個兒，右臂一揮，把蟒鞭舞成一團白氣，索性連人帶鞭，且舞且前，像一個大白球隨風滾舞，十幾支竹葉鏢，都向四周激落。黃九龍更是歹毒，把左手接住的兩鏢，看準常山蛇，從一片鞭影內用力發出，這一來常山蛇萬難防及，也因黃九龍把長鞭舞成一團白氣，看不清舉手發鏢的動作，等他覺著暗器臨門，已是躲不及。兩枝竹葉一支都沒落空，一中面頰，一中大腿。

常山蛇明白人家用自己的鏢還敬自己。還敬猶可，但是自己的竹葉鏢原是最厲害不過的毒藥鏢。南方有一種竹葉顏色的小蛇，形如壁虎，俗名叫作竹葉，其毒無比。湖南種竹地方最多，萬一被這種毒蛇咬一口，七步就死。常山蛇專用這種毒蛇的毒汁製煉成這種毒藥鏢，形式也像竹葉一般，所以鏢名也取竹葉，他常山蛇的綽號也從這鏢上得來。萬一中著竹葉鏢，也像被毒蛇咬一口樣子，七步就死，被他害死的人也不可數計。不料天網恢恢，因果不爽，常山蛇今天也死在自己的鏢上。

當時常山蛇腿、頰中鏢，立時覺著遍體麻木，一聲慘叫吾命休矣！登時倒在地上七孔流血而死。連黃九龍也瞧得驚心，暗想：好厲害的毒藥鏢，今天幸而遇著我，倘然稍一疏神，被他碰著，還當了得。回頭再看那自稱六寨主的高個兒，卻已蹤跡不見，只他師兄甘瘋子卓然鶴立，目光直注對陣。

原來高個兒被黃九龍掃了一鞭，非但跌得昏頭搭腦，而且兩腿疼痛如折，倒在地上一時竟爬不起來。甘瘋子在旁嘬口作聲，向崗上湖勇打個暗號，立時兩邊山腳上一陣風似的捲上幾十把鐃鉤，把地上高個兒像飛鷹攫雀似的搭向碉下，也不啟閘，即由碉樓上飛下繩索，把高個兒像餛飩似的捆吊而上。這番情形，正當黃九龍對付常山蛇的時候，黃九龍自然沒有見到。等他回身，那鐃鉤手早已迅速地退回崗上，一經甘瘋子略略示意，也就明白了。

正待反身看那對陣有何舉動，陡覺腦後金刃劈風，有人暗算！一聲大喝，連人帶鞭旋風般掃了過去。那人總算矯捷，一擊不中，已霍地跳開。黃九龍一看來人咧嘴咬牙，滿臉怒容，手上舞著一口長劍，一言不發，像餓虎般又撲上前來。究竟此人是誰，勝負如何？書中暗表。

原來六寨主被擒，常山蛇傷命的一剎那，碉樓和山崗上的湖勇果然眉飛色舞，勇氣百倍。可是對陣的情形恰恰相反，個個怒火中燒驚懼交併，卻還有不少倚恃匹夫之勇大呼殺敵的人。頭一個蓋赤鳳自視不凡，一聲怪吼，躍出陣前。接連幾躍，已到場心，乘黃九龍背身之際，一個箭步，逼近身後舉劍直刺。不料黃九龍真個厲害，揮鞭回掃迅逾風雷，蓋赤鳳趕忙撤身後退，躲過蟒鞭，再移步換招揮劍撲上。這兩人一交手頓異從前，霎時翻翻滾滾，鬥得難解難分。

這當口對陣又跳出幾個人來，頭一個長髮披肩，形如惡煞，手使一支爛銅行者棍。此人原是江湖遊腳僧，投入洞庭列入十二寨寨主，綽號伽藍神，法名空空。又一個黑面黃髯，身如鐵塔，懷抱著一柄金背大砍刀，頗有點威嚴氣象。此人複姓東方，單名傑，係初入洞庭，只跟著柳摩霄後面吃碗閒飯，尚挨不到寨主身分。後面還有一個彪軀虎面的凶漢，綽號伏虎金剛，姓彭名壽，腕上懸著鏈子錘，那錘頭約有碗面大小。

這三人剛一出陣，這邊碉樓上一聲嬌叱，就像飛鳥一般，連翩飛下三個人來。頭一個落地現身的是呂舜華，後面兩位當然是瑤華和王元超了。原來三人在碉樓上隱身觀戰，本已技癢難熬，等到蓋赤鳳躍陣挑戰，舜華想起柳莊一蹶之恥，就想飛下重決雌雄，恰好眨眼間對陣又躍出三個雄壯凶漢，急向王元超等說：「我們三人一同飛下助戰！」

當時舜華短劍一揮，先已躍入場心，嬌呼道：「堡主少憩，讓我斬此賊魔。」蓋赤鳳認得柳莊交手的女子！仇人相對，分外眼紅，大叫一聲，撇下黃九龍來戰舜華。黃九龍恐怕舜華有失，仍相助她一臂，一看王元超、瑤華按劍而來，也就放心。恰值對陣伽藍神、伏虎金剛、東方傑三人一擁而來，慌忙奮起神威，颼颼颼把蟒鞭舞成一團白光，迎面攔住。那三人也把各人兵器擋前遮後圍住那團白光廝殺起來。但是三人無論如何奮勇進攻，兀自敵不住黃九龍，白光所到，便像波分浪裂一般，誰也難以招架。

這時對陣上主腦柳摩霄看得自己方面著著失敗，堡中個個英雄，只一男一女就敵住四件兵器。眼看得伽藍神等步步退後，只蓋赤鳳尚是生龍活虎般同那女子殺得難解難分，看起來今天凶多吉少。事已如此，索性一不做二不休，自己再率領著幾個得力寨主，同那醉鬼決一雌雄。倘然能夠殺敗醉鬼，或者那旁觀的一男一女結果一個，也可稍爭洞庭湖的面子。當時派定大力金剛羅奇、鬼面金剛雷宏、鐵羅漢了塵三人，率領二百多名嘍卒，押住陣腳，扼定路口，預防兩山崗上湖卒抄下來截斷歸路。又一看還剩四位寨主，是顯道神莫崢、百腳蜈蚣刁二楞、鑽雲鷂子濮雲鵬、活無常施圭等四人，當下柳摩霄安排停當，略自紮曳，當先仗著倚天劍率領四寨主趨向戰場。

這方甘瘋子早已看清他自己出馬，後面還跟著好幾個凶徒，知道他這是最後孤注一擲，便向王元超、瑤華一招手，先自大踏步迎上前去。王元超知道他師兄招手用意，叫他們對付柳摩霄身後幾個凶徒。原王元超本意恐怕舜華同蓋赤鳳拚命相爭，難免有疏忽失著之處，所以在旁監視想乘機助她一臂，這樣一來，只好先顧自己師兄這邊。於是回頭向瑤華道：「令姊同蓋赤鳳久久相持，難免身乏，瑤妹依然在此可以幫助令姊，由弟一人迎柳道長身邊的人好了。」

瑤華柳眉微蹙，悄悄說道：「你一人去敵四凶，未免眾寡懸殊，蓋赤鳳雖是了得，家姊敵他一人，總可應付。待我們二人並力殺退來人以後，再去接應家姊亦不算遲。」王元超還要分說，敵人業已逼近，只得由瑤華幫助自己。

這時甘瘋子已同柳摩霄覿面，笑嘻嘻用手一指道：「柳道長一身絕藝，非同小可，尤其聽得道長有貫日、倚天兩口寶劍，威震洞庭，今天倒要見識見識。」此時柳摩霄一張長方面上，滿布青霜，一臉煞氣，用劍向甘瘋子一指道：「誰耐煩同你多講，快亮劍，俺不殺空手之人。」

甘瘋子越發嘻皮笑臉，慢騰騰把自己腰上的破竹劍掣了出來，大笑道：「你是總寨主身分，當然非有斬金截鐵的寶劍，不足顯出你的威風！我可拿不出這樣的寶貝，只好用這竹片搪塞搪塞的了。」

柳摩霄定眼細看，果然是柄竹劍，心想：此人真有點瘋瘋癲癲，這樣兵器經不得我寶劍微微一碰，強敵在前，還敢裝瘋作傻，真不愧人稱瘋子了。當時濃眉一揚，厲聲大喝道：「管你什麼兵器，今天定叫你難逃公道，不要走，看劍！」話到劍到，那柄倚天劍就像金蛇亂掣，紫電交馳，果然與眾不同。

甘瘋子微一退步，只破袖一揚之間，一聲長嘯，聲如龍吟，便使出混身解數。最妙不過兩人頡頏之間，甘瘋子全身若迎若卻，宛如一團棉絮，倏而折腰貼地，搖搖如迎風之柳，倏而飛足蹈虛，飄飄如斷線之箏，遠看去哪像性命相搏，竟似一街頭醉漢，東搖西擺，迎風亂晃的樣子。但是柳摩霄卻能識貨，知道甘瘋子這一套功夫叫作醉八仙，非有內家的絕頂功夫，不能施展，心裡著實吃驚，而且原想一交手先把他手上的竹劍削掉，哪知道劍柄輕飄飄，宛若遊龍，翩如驚鳳，竟難捉摸。

幾十個回合以後，柳摩霄忽覺甘瘋子劍法頓變，竹劍上好像有鰾膠一般，偶然兩劍碰上，非但削不掉它，反而把倚天劍吸住，急切間竟難擺脫。幸而柳摩霄也是數一數二人物，換一個早已敗落了。這一個柳摩霄明白甘瘋子功夫大得駭人，立時變更招勢，不敢魯莽進攻，只兢兢看關定勢，守住門戶。甘瘋子看他小心翼翼，一時倒也不易戰勝他，兩人這樣一交手，時候未免略久了。

這時柳摩霄身後四位寨主，早已各挺兵刃，殺向場心。王元超接住顯道神莫崢、活無常施圭，瑤華接住百腳蜈蚣刁二楞、鑽雲鷂子濮雲鵬大戰起來。霎時廣場上分做五處廝殺滿場，殺氣重重，月華慘淡。

黃九龍力敵三人，殺得性起，一聲大喝，把蟒鞭呼呼一掄，登時槍杆似的筆直，蛇也似一條長劍施展開來，滿耳風聲潑水難入。可是圍住黃九龍廝殺的三人頗也了得，三人中尤其是伏虎金剛的鏈子錘，東方傑的金背大砍刀，最為出色，錘如流星，刀似雪片，兀自死戰不退。忽然伏虎金剛使了一個流星趕月的招數，把長鏈一拋，那顆碗口粗的錘頭，飛炮似的向黃九龍胸前打去。

黃九龍一看錘勢凶猛，登時計上心來，趁勢假作驚惶樣子，倒曳長鞭，跳出圈子。伏虎金剛認假作真，以為黃九龍逃走，先自一聲怪叫，把健腕一翻，收回飛錘，一個箭步，追向前來。黃九龍回頭一看，伏虎金剛果然中計，依然拖著長鞭落荒而走，這時伏虎金剛貪功心急，愈追愈近，卻把伽藍神、東方傑二人落在身後。看看追得不到一丈路，舉手一揚，鏈子錘疾如激箭，向黃九龍腿上繞去。

黃九龍早已防到此著，等錘飛到身後，猛一返身，只把蟒鞭一抖，那鏈子錘正把蟒鞭緊緊繞住。黃九龍大喜，暗把鞘口彈簧一按，脫去暗鉤。恰巧伏虎金剛以為繞住軟鞭，不難叫他撒手，他也不打聽打聽黃九龍平日用的什麼兵器，只一味認作軟鞭。

說時遲，那時快！他兩臂一用勁，猛的往回一掣，只聽砰然一響，果真連鞭帶錘飛如掣而回。可是用力過猛，萬不料對方撒手這樣容易，一個收不住腳，一個後坐，像倒了一堵牆似的，墩在地上。而且鞭錘一齊反激回來，幾乎把自己的腦袋砸破。尚算他功夫純熟，慌忙就地一滾，避開錘頭，一個鯉魚打挺，托地跳起身來。一看黃九龍像無事人似的，屹然遙立，並不乘他跌翻時候趕來取巧。可是再一看黃九龍手上，頓時驚得心頭突突亂跳，滿以為敵人兵器既然被自己奪來，必定赤手空拳，哪知黃九龍手上依然拿著很長的一條軟鞭，不過這條軟鞭與前不同，像爛銀似的閃閃放光，看不透是銅是鐵。低頭一看，自己足下奪過來的軟鞭，卻如蛇蛻般橫在地上。

這時伽藍神同東方傑也趕到身邊，伏虎金剛膽氣陡壯，一聲大喝，三人又舞動兵器，惡狠狠圍上前來。黃九龍白虹劍在手，越發不把這般人放在眼裡，只身形一挫，丹田一運氣，那柄軟啷噹的長劍，頓時發出錦鐘之聲，像象鼻般伸得筆直，略一施展使個旗鼓，就像幾道白虹隨身飛繞。

東方傑知道這兵器厲害，絕難討好，只遠遠把自己一柄金背大砍刀舞得風雨不透，卻未敢逼近前來。伏虎金剛和伽藍神兀自不識風頭，一個使出少林行者棍，一個仗著軟硬兼全的鏈子錘，兀自山嚷怪叫冒冒失失的奮勇夾攻。哪知一碰上白虹劍，只聽一陣叮噹克吱之聲，伏虎金剛手上只剩半截斷鏈，伽藍神六尺長一條行者棍剩三尺了。兩人這一驚非同小可，幾乎魂都飛掉，便想拔腿飛逃。

哪知白虹劍何等厲害，劍光散開來便有丈許開闊的大光圈，只在兩人身前身後來回亂掣，卻暫不傷他性命。只一聲口哨，立時兩面崗上飛下許多鐃鉤圍住兩人，伏虎金剛同伽藍神被劍光耀得眼都睜不開來，只好閉目等死。等到鐃鉤一圍，黃九龍一收劍，又像先頭擒住六寨主高個兒的樣子，橫拖倒曳地把兩人捆上碉樓去了。

最好笑那東方傑也不逃，也不戰，眼睜睜看那兩人束手就擒，也不害怕，依然遠遠的把一柄金背大砍刀舞得有聲有色，好像自己在場中練功夫一般。黃九龍看得好笑，趨近幾步，一聲大喝道：「你這廝眼看同伴受縛，也不上前相救，兀自一個人在這兒賣弄幾手刀法，難道嚇瘋了不成？」

東方傑一聽黃九龍發話，驀然立定身，把一柄砍刀遠遠一拋，雙手一背，哈哈大笑道：「今天才是我東方傑撥雲見日之時，請黃堡主把我捆進去就是。」這一來，倒把黃九龍弄得莫名其妙。細看他虎頭燕頷昂昂七尺，也是一表人才，臉上也無邪僻之氣，許倒有意投降，但也人心難測，故意厲聲喝道：「臨危變節，見風使舵，非大丈夫所為。倘然你真心想棄暗投明，須當表示你的血誠出來，你懂得麼？」

東方傑聽得暗自哆嗦，略一猶疑，突然面色一整，毅然答道：「俺這樣臨陣投奔，難怪堡主疑惑，俺心中委屈，也非此時所能表白。既然堡主要俺當場表示心跡，也罷，俺此刻就仗堡主餘威，同俺仇人一拚，倘然斬得仇人頭來，就為進見之禮。如果被仇人所斬，務請堡主念俺一片赤心，代俺殺死仇人，俺死也瞑目的了。」說罷，一跺腳，縱過去拾起那柄金背大砍刀，頭也不回直向舜華、蓋赤鳳兩人交戰所在，飛也似的搶了過去。黃九龍大愕，不知他仇人是誰，趕緊撿起蟒皮劍鞘圍在腰上，也提劍追縱去。

再說這當口瑤華、王元超同顯道神、活無常、百腳蜈蚣、鑽雲鷂子交戰情形，恰應了無巧不成書的一句俗語，你道如何？原來瑤華戰的百腳蜈蚣刁二楞，鑽雲鷂子濮雲鵬，刁二楞手上一柄單刀，倒也平平，獨有鑽雲鷂子的三節連環棍，招術精奇，猛厲無匹，卻非常霸道。偏偏瑤華又因為寶劍太短招架頗為吃力，那三節棍蓋天盤地，驟如風雨，只可騰挪閃展，縱躍如飛，雖然不致落敗，還手總算吃力。

那王元超方面，顯道神莫崢使著一柄長柄開山斧，倚恃十力降十會，一味橫七豎八蠻戰狠砍。活無常施圭豎著兩道黃眉，圓睜了三角怪眼，貌雖奇醜，本領卻強，手上一口喪門劍，舞得人與劍合劍與神凝，倒也有幾分內家宗派，而且超距如風，進退莫測，平心而論，也不在蓋赤鳳之下。王元超同這兩人也只戰得平平，一時倒也難以取勝，而且時時留神瑤華方面，見她顯著吃力的樣子，又未免略形焦急。那知道這當口憑空飛下一個意外幫手來，立時局面大變。

因為這時正是黃九龍劍削鏈子錘、行者棍的時候，本來黃九龍交戰地方同王元超、瑤華處甚遠，經黃九龍落荒誘敵，略一追逐，不覺得相距近些，但也有好幾丈遠。到伏虎金剛鏈子錘被白虹劍猛力一削，那個碗口粗的錘頭，餘勢猶勁，帶著幾尺斷鏈，像殞星移宿般憑空飛去。恰巧瑤華這邊濮雲鵬晦氣星照命，正趕上他倚恃著三節棍霸道，步步向瑤華進逼，在那棍上鐵環嘩喇喇山響當口，萬不料半天裡飛下一個黑黯黯的東西來，豰托一聲，正砸在濮雲鵬天靈蓋上，一聲大叫，登時腦漿四射，扔棍倒地。

最可笑那濮雲鵬大約死得不甘心，把一枝三節聯環棍扔出手去，嘩喇喇一聲怪響恰正掃在刁二楞腳背上，只打得刁二楞山雞似的直跳，又眼看同伴死得淒慘，心膽俱落，恨不得背生雙翅，衝天飛去。偏吃瑤華乘機逼近，劍光如雪著著刺向要害，弄得他手忙腳亂，臭汗直淋。瑤華乘勢蓮足一起，正點在他小腹上，哎唷一聲，直蹲下去，再加一劍，登時了帳！

瑤華一轉身，便向王元超這邊奔來，邊走邊從鏢囊內拿出幾顆蓮子彈來，覷準顯道神莫崢、活無常施圭兩人撒來。活無常卻也了得，一面同王元超死命鏖戰，一面兀自留神各方的戰局，看得濮雲鵬、刁二楞死於非命，暗自驚心！瞥見那女子仗劍過來，早已刻刻留神。又明知再戰下去自己也要難逃公道，不等暗器近身，先自跳出圈子，一溜煙逃回本陣去了。那顯道神卻沒有他機靈，兀自舞著開山斧呼呼山響，不料遠遠飛到幾顆彈子，正打在他腿肚上，一個疏神，太甲劍又貫胸而入，一聲慘叫，仰天倒下。

王元超抽劍向後一縱正與瑤華會面，兩人按劍四面一看戰場敵人，擒的擒，死的死，逃的逃，只剩柳摩霄同蓋赤鳳兀自死戰不退。再一看同蓋赤鳳交手的人卻不認識，舜華、黃九龍都凝神注意的在旁作壁上觀，兩人猜不出是怎麼一回事？一齊向那邊走去，想看個究竟。

原來立志投降的東方傑，被黃九龍幾句話一激，又想起自己血海深仇，頓時牙關一咬，拾起金背大砍刀，一陣亂奔到舜華、蓋赤鳳交手所在，大呼道：「這位女英雄暫停貴手，讓俺來斬這萬惡淫賊。」舜華正戰得吃緊當口，驟聽有人大喊，還以為堡中幫手，趕緊虛晃一劍，托地跳出圈子，回頭一看，來人卻不認識。忽聽蓋赤鳳喝道：「你這廝莫非發瘋不成？怎麼自己人也搗蛋起來。」

來人把手上大砍刀一橫，喝一聲：「去，淫賊住口！誰是你自己人？萬惡淫賊，你還記得兩年前丹徒玄妙觀進香的女子否？俺東方傑就是她的長兄。老實對你說，你還以為俺洞庭湖手下無名小卒，俺東方傑堂堂丈夫，豈肯與強徒為伍？都因為俺誓報殺妹之仇，不惜屈身降志，得著機會，與你這萬惡淫賊算帳！今天就是你惡貫滿盈之日，還不伸頸納命，等待何時？」

蓋赤鳳被東方傑這樣一罵，陡然記起前情，不禁大驚失色！又被他左一個淫賊，右一個淫賊，罵得心頭怒火萬丈，也不細看四面情形，依然丈著自己本領，毫無懼色，把手上長劍向東方傑一指，喝一聲：「叛賊休得狂言，老子一生殺死女子不計其數，你這廝居然吃了豹子膽，敢替你妹子報仇！老子倒要看看你怎樣報法？大約你這廝活得不耐煩了？」

話還未完，東方傑大砍刀一揮，喝一聲：「不是你亡便是我死！」已火雜雜趕上前去。這兩人一交手，真稱得起性命相搏。東方傑本領雖較蓋赤鳳遠遜，禁不得一夫拚命，萬夫莫當，一把大砍刀勇往直前猛厲無匹，使得如狂風驟雨一般。又加蓋赤鳳已經同舜華劇戰許久，力氣未免稍乏，一時半時尚占不到便宜。

這時黃九龍也提劍趕到，同舜華立在一起，聽東方傑一番大罵，便也推測到東方傑報仇的原因，尤其舜華身為女子，自然格外同情，便向黃九龍道：「看情形那人恐非淫賊對手，我們乘便助他一臂，了他報仇的宿願。」

黃九龍道：「這種凶徒不知害過多少好人家的女子，理應趁此除掉，免得再去為害民間，何況東方傑確是一條好漢，現已投降俺們，理應助他成功。不過我看東方傑這人志高心傲，自然以手刃仇人為快，再去助他成功。」剛說到此處，王元超、瑤華也飛步而至，一問所以，也就明白。

舜華忽遙指笑道：「你們看今天柳摩霄可算得遇上剋星了。」眾人隨她所指一看，只見甘瘋子一柄竹劍，不疾不徐，像開玩笑似的，一味死纏活繞像沾膠似的黏住柳摩霄那口倚天劍，使他脫不了身。柳摩霄使盡絕藝，也占不到半點便宜。

黃九龍道：「我們師兄這套太極玄門劍，真難窺測奧妙，遠看去好像輕描淡寫，若不經意，一交上手，就覺出輕如無物，重似泰山。而且隨敵人進退，如珀吸芥，想逃跑都不能夠的，柳摩霄居然還能勉強對付，尚算不愧洞庭之首哩。」

黃九龍正說到此處，忽然喊聲不好。兩足一點，人已到了蓋赤鳳面前，舉劍一揮，就見匹練似的一道白光，向蓋赤鳳頭上繞去。饒他縮頸低頭躲閃很快，已把頭上包巾削去，餘鋒所及頂上油皮也揭了一層，差一點沒把他天靈蓋齊根揭掉。原來東方傑志切報仇，初交上手一身大殺大砍，蓋赤鳳倒也無所使技。到了十幾個回合以後，東方傑是一時勇氣，銳氣略退，蓋赤鳳便步步進逼，一口長劍指東擊西，聲勢十倍。東方傑雖拚死奮鬥，終因藝不如人，只轉得招架之力。蓋赤鳳得理不讓人，越戰越勇，逼得東方傑步步後退，到後來連招架的力量都沒有了。

蓋赤鳳凶睛一瞪，哈哈一笑之間，東方傑一個失著，便被他一腿踢倒，只有閉目待死。蓋赤鳳惡狠狠進一步，正想舉劍刺下，說時遲，那時快，黃九龍已從十幾丈外一縱而至，非但救了東方傑的命，而且一舉手就傷了蓋赤鳳的頭。蓋赤鳳這一嚇正非同小可，想不到來人比飛鳥還快，嚇得他連連後退。

黃九龍一聲冷笑，喝道：「淫賊到此地步，還敢猖狂？趁早束手就擒，免俺多費手腳！」蓋赤鳳略定心神，向左右一留神，不好了！只見戰場上人雖不多，卻都是敵人，那一面柳摩霄同那醉漢兀自戰個不休，看情形也討不了好處。最驚心的，地上東一具西一具的屍首，全是洞庭寨主。而且王元超同那兩個女子，此時已在他身前身後遠遠按劍卓立，意思是包圍自己不讓逃走的樣子。再看廣場盡處，自己方面押陣幾個寨主只有兩三個人，都像鬥敗公雞的隱在陣後，不敢露面。這樣四面一打量，知道今天凶多吉少，沒奈何強自鎮定，向黃九龍一指道：「那廝口口聲聲說報仇，你暗地飛劍襲人，算什麼英雄？有膽量一個對一個交戰，俺勢不皺眉。」

黃九龍哈哈大笑道：「此是何地，你是何人，像你這種採花淫賊，人人得而誅之，還講什麼報仇？也罷，你既然說出一個對一個交手的話，俺願再同你較量一下，好讓你死而無怨。」

蓋赤鳳到此地步，也只有一死相拚，一聲大吼，便提劍趕來。黃九龍舉劍相迎，立時兩下裡戰得龍爭虎鬥，有聲有色。這次蓋赤鳳自知身入危境，性命相關，提起全副精神，拚命相搏。焉知第一次同黃九龍交手，黃九龍並不拔劍，只用蟒劍鞘應付，已夠他極力支持，此次黃九龍用的鬼神不測的白虹劍，何等厲害！何況蓋赤鳳同他多人交手了好幾次，人非鐵鑄，豈能持久？所以這次交手還不到四五十回合，已是汗透重襟，破綻迭出。

黃九龍看他不支，一緊手上白虹劍，使了一著撥草尋蛇的招式，向他下盤撩去。蓋赤鳳慌忙吸胸後退，使了一著霸王卸甲，避過劍鋒。哪知白虹劍不比尋常，劍身既長，剛柔隨意，他正想舉劍相還，黃九龍進一步身形一矮，倏地變成仙猿獻果，劍鋒上指，疾如飆風。蓋赤鳳退身已是不及，慌忙單臂攢勁，橫劍力格。

哪知黃九龍並不抽劍換招，趁勢微一側身，把白虹劍向上一抬，只聽得啷嗆嗆一聲脆響，蓋赤鳳視同性命的一口長劍，斷為兩截。黃九龍更不怠慢，乘他吃驚一愣當口，再把白虹劍猛一抖弄，向他執斷劍的右腕斜切過去，喝一聲著！蓋赤鳳一聲不好還未喊出，右手已齊腕截去，連那柄半截斷劍，也掉落地上。蓋赤鳳一聲大喊，登時全身跌倒，舉著那隻鮮血淋漓的斷臂痛得滿地亂滾，一忽兒痛得暈了過去。這樣痛澈心腸，倒不如一劍貫心來得痛快，大抵也是他採花的報應。當下黃九龍看他人已如此，倒不禁點頭歎息。

忽見東方傑舉著大砍刀奔過來，指著地上的蓋赤鳳道：「萬惡淫賊，你也有今日！」說畢，就要舉刀砍下。黃九龍慌忙喝一聲：「且慢，這廝到此地步，還怕他逃上天去不成？回頭須待俺師兄一起發落，那時你把報仇情節對眾講明，再讓你手刃他就是。」東方傑此時看得黃九龍武藝出眾，舉動光明，佩服得五體投地，趕緊縮手斂刀，諾諾連聲。兩邊崗上鐃鉤手，早已看得下面交戰情形，不待吩咐，已奔下一撥人來，把地上蓋赤鳳捆進碉中去了。黃九龍看得別無出戰凶徒，率著王元超、舜華、瑤華、東方傑都向柳摩霄這邊過來，又向碉上舉手連揮，發了一個暗號，然後指揮王元超等分在柳摩霄四面站定，靜待戰局結果。

這時柳摩霄這份難受，真也難以形容。一面被甘瘋子苦苦纏住，脫不了身，一面眼看得連蓋赤鳳都被他們擒住，偌大廣場，只剩他一人與敵支持。後面自己陣內幾個寨主同二百多嘍卒，又像塑定了似的，個個乾瞪著眼，動彈不得，愛莫能助。照理說洞庭湖陣內還有大力金剛羅奇、鬼面金剛雷洪、八寨主鐵羅漢了塵和戰敗逃回的活無常施圭，一共尚有四人，難道到此地步，還眼看自己總寨主獨力支持，不出來混戰一場，死裡求生麼？

原來他們不敢出來，也有他們不得已的緣故，倒並非一味貪生怕死。因為湖堡布置非常嚴密，恰巧地形又非常得勢，洞庭湖列陣地點，正在兩面山腳交叉之處，宛如一座虎口。兩面山崗上埋伏的湖卒，遵照預定計劃，等到廣場中戰到分際，弓箭手在前，火槍手在後，夾著不少鐃鉤鑽索，二龍出水勢從兩面山崗漸漸移動到山腳松林之內。個個張弓搭箭，抬槍舉銄，憑高臨下，朝著洞庭湖陣上眈眈監視。倘然洞庭湖二百多個嘍卒和幾個押陣寨主略一動彈，就把火槍弓箭施放。

洞庭陣內大力金剛等四人，原是敗陣而返，識得湖堡的厲害，又被兩面山腳上麻林似的槍箭一鎮懾，嚇得連大氣都不敢喘一口。而且柳摩霄未出陣以前，原看得兩面山崗上刀槍如林，萬一自己人馬向前一攻，定必一齊包抄下來，截斷歸路，一敗以後要想逃回去都不容易，所以吩咐大力金剛等守住陣腳，無論如何不得妄自擅動。這樣一吩咐，倒便宜大力金剛等躲在陣內，不致當場就擒，還能逃出幾個性命，所以這時明知柳摩霄獨力難支，也不敢上前幫助。

柳摩霄也知滿盤皆輸，不堪設想，只想逃出虎口再作計較。無奈甘瘋子這柄竹劍，同他的倚天劍像吸定了似的，用盡功夫也脫不了身。忽然情急智生，一翻左臂，颼的一聲，把背上一口貫日劍也掣在手內，趁拔劍之勢，向前劈去。在他以為甘瘋子運用暗勁，全神貫注在右手竹劍上面，定難顧及左側。哪知甘瘋子早已料到他雙劍齊施，等他左手劍劈下來，故作驚慌樣子，喊聲不得了，今番休也！邊說邊把脖子一挺，一顆亂草式的毛蓬頭，往上一迎。只聽得殼撲一聲，如中敗木，連毛髮都沒有掉下一根，反而把那柄貫日劍震起尺許高，震得柳摩霄左臂酥麻虎口生痛，嚇得他一佛出世，二佛涅槃。想不到甘瘋子的頭有這樣的結實，就讓他生鐵鑄就的腦袋，被我這柄削鐵如泥的貫日劍一砍，也要劈為兩半，難道他是鬼怪精靈不成？

哪知他正嚇得心魂不定，神慌疏懈當口，甘瘋子趁勢乘虛而進，右臂一伸，駢起兩指，向他左肩穴點去。柳摩霄大驚，知道一經點上，定然致命！趕忙雙肩一斜，回劍反截。哪知人家業已乘虛近逼，勢難封閉，左右穴雖然未點上，卻趁他閃避之勢，健腕一轉，順臂而下，正點在他右腕關尺上面。陡覺右臂一陣酸麻，那柄倚天劍被竹劍一頓，不由的脫飛手。甘瘋子同時左腿一

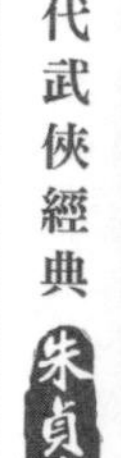

起，又向他左腕飛來。

總算柳摩霄功夫老練，雙足一點，一個旱地拔蔥，縱起丈許，嚇得不敢著地，就勢在半空裡使了一招飛鷂摩雲，翻落在圈子外面，才敢腳踏實地。也是嚇得面無人色，氣如喘牛，不敢舒聲。

柳摩霄驚魂未定，猛聽得堡後山上似霹雷轟降一聲炮響，接著又是咚咚兩聲。山谷回音，聲震數里，連柳摩霄立著的地皮下面，也似乎岌岌欲動。炮聲未絕，兩面山崗和碉樓上面，又是天搖地動的一陣大喊，萬口同聲，只喊不要放走了柳摩霄。這一番聲勢，真也驚心動魄，饒他老奸巨猾，禁不住連連驚嚇，只駭得魂不守舍，呆若木雞。如果甘瘋子此時要把他生擒活捉，易如反掌。

但是甘瘋子老謀深算，成竹在胸，只一聲呵呵大笑，用竹劍向他一指道：「柳道長不必驚慌，也怨不得湖堡主心狠手辣，千錯萬錯只錯在柳道長野心過大，有了洞庭，還想襲取太湖。照說此刻足下和那邊幾個部下，可算得網中之魚，但是敝堡今天實迫處此，原係不得已而為之，絕不願同處江湖，自相殘殺。只要此後柳道長覺悟前非，彼此仍可攜手，也可說不打不相識。大丈夫一言，就此為定，以後為凶為吉，全在足下了。時已不早，戰了一夜，道長諒已疲乏，且請回步，如何善後，明日恭候好音便了。」

此時柳摩霄只要免落羅網，已算萬幸，甘瘋子一番諄諄忠告，何嘗聽入耳去？只有放他回去的意思，倒聽得如奉綸音一般。也虧他機變過人，能夠咬牙忍辱，當下滿面生痛的朝甘瘋子一拱手，說了一句：「俺們青山不改，綠水長流。」就急忙忙回到自己陣內，率領著幾位寨主、二百多嘍卒，一陣風似的捲出山口去了。兩面山腳上的火槍手弓箭手，早經甘瘋子黃九龍吩咐過，在他們敗退時放他們出去，不必動手，讓他們到了湖岸，再吃苦頭，所以柳摩霄得以平安走出虎口。不意走到近市鎮田埂中間，兩旁林內驀地一陣鑼響，左右箭如飛蝗，彈似雹雨，向他們一隊人馬攢射過來。前後都是山田，一無躲避之處，早有不少嘍卒紛紛中箭中彈倒在地上。

正危急之際，忽聽背後鸞鈴響處，一馬飛到。馬上一個勁裝大漢，高舉一盞紅燈，燈杆上縛著一張尖角小龍旗，立馬在一座小土山上面，大聲喊畢：「堡主有令，快快停止射擊，放洞庭君過去。」一聲喊畢，勒馬便回。兩面林內霎時彈止箭停，隱隱見旗幟飛揚矛光如雪，繞出林外去了。

柳摩霄暗暗喊聲慚愧。檢點人馬已有幾十個嘍卒或傷或死倒在兩面田內，幸而幾個寨主尚未受傷，沒法只好把死掉的嘍卒棄在田內，撿得傷輕的扶掖同行。一路狼狽逃來，逃到湖邊，恰正水天遙接之處已現魚肚白的顏色，曉風習習，湖水滔滔，卻把柳摩霄這般人吹得神志一清。誰知道福無雙至，禍不單行，滿以為到了湖邊，有自己派定駐守船隻的百餘個嘍卒，和飛天夜叉沈奎標、鐵鑄金剛唐凱兩員健將，後面還有接應的水師，總算逃出天羅地網，可以喘口氣了。不料柳摩霄首先飛跑到湖邊四面一探，叫聲苦不知高低。

只見一片白茫茫的湖光，水天一色，空闊無垠，湖面上靜蕩蕩的，連一葉扁舟都找不出來，哪有自己江寧帶來的半隻船影？兩個健將百餘個嘍卒也一樣蹤跡全無，再遙望接應的水師，望窮目力，也一點沒有影子。這一急真把柳摩霄急得轟的一聲魂魄出竅，大力金剛鐵羅漢等一般人像熱鍋上螞蟻，急得只在湖邊團團亂轉，面面廝看。

柳摩霄兩眼望著湖心禁不住一聲長歎，愁眉苦臉的向大力金剛等言道：「看起來沈奎標也遭毒手，想不到黃九龍這樣歹毒，用出這樣絕戶計來。只恨俺一時大意，把多年英名喪於豎子之手，此恨此仇，沒齒不忘。又可惜許多同心合意的好漢，因我一著走差，死的死，擒的擒，教俺有何面目再回洞庭？當年楚霸王無顏再見江東父老，自刎烏江，今天俺柳摩霄山窮水盡，也和當年楚霸王差不多。唉，俺柳摩霄只可步此公的後塵了。」說了這句，又自連連長歎了幾聲。這時左右一般人內要算活無常最機靈，一看總寨主顏色淒慘，路道不對，似乎想行拙志，正想走近一步，用言相勸，猛見柳摩霄一跺腳，把手上貫日劍一橫，望自己頭上便要勒去。

活無常大驚，急忙一個箭步，用盡平生之力，雙手齊施，拚命攀住柳摩霄右臂，大喊道：「總寨主怎麼也會行此短見？這樣一來，非但被擒弟兄們個個都是死數，連我等也只好束手回去送死的了。」眾人也把柳摩霄團團圍住，奪劍的奪劍，勸慰的勸慰，你一言我一語，弄得一團糟。

柳摩霄看得眾人如此，眼淚奪眶而出，向活無常哭道：「你說我一死，被擒弟兄個個死數，難道我不死，被擒的還能回來嗎？」

活無常道：「勝敗本是常事，總寨主平日英明勇敢，何致急得如此。你想黃九龍等今天得勝，也是一時僥倖。我們雖然慘敗，洞庭湖基業仍然銅鑄鐵打一般，合洞庭之眾，比此地草創基業要雄厚得多，黃九龍等豈無顧忌，何致趕盡殺絕，自惹巨禍？我們只要設法回去，暫時含恥忍辱，假意與他們修好，要求釋回被擒的弟兄，諒他們不敢不答應。那時我們養精蓄銳，多約能人，再來掃平湖堡，雪此大辱，也未算晚，總寨主你這樣沉住氣一想，何致自走絕路呢？」

第廿一章　血戰金陵

柳摩霄低頭沉思了半天，果然有理，又想到甘瘋子交手以後一番言語，已有點含著懼怕洞庭湖的實力，不敢十分為難的意思。越想越對，立時向活無常兜頭一揖，大聲道：「一向只知道施寨主武藝高強，今天才知道施寨主武藝既高，見識也勝我一倍，俺有施寨主計劃一切，就不難報此大仇了。」這一頂高帽子，帶在活無常頭上，恰是名副其實，只把活無常恭維得黃眉一豎，雙肩高聳，連自己的時辰八字幾乎忘記了。

其實柳摩霄比他的鬼機靈要高得多，何嘗真心自刎，無非山窮水盡一時下不了台，藉此做作一番，可以籠絡人心，徐圖後舉呢。但是他這一番做作，於目前事實上毫無益處，湖面依然半隻船影都沒有，活無常也想不出鬼主意來。明知只有湖堡後山可以通陸，其餘三面都是湖面，最狹之處也有好幾十丈開闊，沒有船隻休想渡過。

說到柳摩霄帶來的船隻，大小也有二十幾隻，船上也有百多個人，究竟為什麼一隻不見呢？原來又是湖堡的埋伏計劃。堡中三聲炮響，就是信炮，湖底原埋伏幾百個水巡隊，一聞號炮放起，一齊從洞庭船隻底下冒起，十幾個人伏在一船，個個掏出斧鑿鑽錘，神不知鬼不覺的一陣鑽鑿，頓時隻隻船上都冒出水來。等得船上驚覺，一時哪裡去找這許多塞漏補洞的東西？而且七穿八洞，顧了這邊，顧不了那邊，霎時滿船都是水，衝向下沉。所有大小船隻又因慎重起見，並非緊靠湖岸，離岸還有一箭之遙，一時沒有法想，船上嘍卒雖也識得水性，知道中了人家的道兒，一齊拔出軍器，跳下水去同人家廝拚。但是地理生疏，眾寡不敵，百把個嘍卒濟得甚事？湖底埋伏的湖勇早有預備，鑿船的鑿船，擒人的擒人，兩人伏一個，把所有的嘍卒，用油浸麻繩捆得一個不剩。

那沈奎標雅號飛天夜叉，卻只能飛天不能入水，還有那位鐵鑄金剛唐凱，金剛雖是鐵鑄，可惜入水便沉。兩人枉有一身本領，在水裡卻施展不得，只吃了兩口水，便兩眼泛白，束手就擒。這般湖勇大功告成，把沈奎標、唐凱和百餘個嘍卒，捆得像端午粽子一樣，一個個拋上湖岸。洞庭大小船隻一齊隨它沉入湖底，只把擒住的人，從便道悄悄解送堡中去了。

最可笑單天爵令箭調來的一營水師，當時開到太湖口外，接得柳摩霄通知，勉強乍著膽一步三搖的駛進湖來。離岸還有里把路，遠遠看見洞庭幫大小船隻一隻隻向下沉沒，船上嘍卒像放湯圓似的，一個個跳下湖去，卻如泥牛入海，只有跳下去沒有跳上來的人。水師船上遠遠看得苗頭不對，早已嚇得屁滾尿流，偃旗息鼓逃得不知去向了。所以柳摩霄等一般人逃到湖岸只看到白茫茫一片湖水，弄得望洋興歎，一籌莫展。

還是活無常施圭擠出一個沒奈何的法子來，向柳摩霄道：「看情形想要隻船渡過彼岸恐怕不易。黃九龍等心狠手辣，必定命令湖中大小船隻，一齊藏向別處，想活活逼死我們。但是我們在洞庭湖也有不少水兵，精通水性的也有不少，即使俺也能泅得里把路，何況總寨主輕身功夫高人一等。事到如此，我們也不想安坐而渡，不如揀一湖面稍窄之處，泅了過去，到了那岸，就不怕沒有法子了。」

柳摩霄頓足道：「這法子我何嘗沒想到，倘是只我一人早已過去了，無奈這許多人相隨，未必人人都識水性。何況湖內難保沒有埋伏，跳在湖中，越發難以抵敵了。」

鐵羅漢了塵兩手一搖道：「總寨主不必性急，俺頗通水性，在水底也能伏得幾個時辰，水波上也能蹈水而行，不如由俺先蹈水過去，試一試湖底有埋伏沒有？倘能達到彼岸，好歹搜著幾隻船來，再請總寨主同弟兄們安渡過去。」

柳摩霄心中大喜，面上卻不顯露，反而眉頭一皺，道：「好雖好，我總有點不大放心，事已如此，只好照你的辦法。但是你須小心在意，這兒許多弟兄的性命全在你一人身上了。」

鐵羅漢喜形於色一口答應下來，立時把身上紮曳一下，一提方便鏟，不覺眉頭也自一皺，自語道：「這長傢伙在水中卻要不得。」

活無常忙把自己一柄喪門劍遞了過去，說道：「俺們暫時把傢伙對換一下，你就方便得多了。」鐵羅漢大喜，就把方便鏟換了喪門劍，大踏步向湖岸行去。

忽聽鬼面金剛雷洪帶著二十幾個嘍卒在後面趕來，邊趕邊喊道：「八寨主慢行，俺們糾合得不少人，水內都可去得，也可助八寨主一臂之力。」

鐵羅漢道：「這樣好極了，這兒湖面稍窄，我們就此下去吧。」一言方畢，猛聽得岸上許多人一齊呼噪起來，個個向湖面伸臂亂指。

鐵羅漢抬頭向湖心一瞧，果見遠遠有兩隻無篷大船，一隻船上兩個人，搖著雙櫓如飛向這邊駛來。鬼面金剛道：「來船也許來渡我們的，我們且不下水，看一看情形再說。」恰好柳摩霄也遙遙舉手示意，似乎叫他們暫且不要下水。片刻兩隻船漸漸駛近，看清搖櫓四個人一色青布包頭，腰插短刀，卻是湖堡的湖勇。

鐵羅漢怒道：「他們怎肯渡我們過去？不知黃九龍又來搗什麼鬼了。」正這樣說著，忽見兩船離岸丈許就停櫓不進，忽聽得內中一個搖櫓的湖勇，向岸上一拱手，高聲喊道：「敝堡主叫俺們解上貴湖寨主同各位好漢。敝堡主說，昨晚一場戰爭，原是出於無奈，倘蒙貴寨總寨主棄嫌修好，敝堡主極其歡迎，貴湖以後有商量事情，盡可派人到敝堡來彼此從善商酌辦理，敝堡絕不會虧待來人。現在敝堡主知道貴湖一時找不出渡船，特地差俺們送兩隻大船來應用，務請不必疑慮，可是俺弟兄們因另有差遣，恕不遠送，好在船上櫓篙俱全，貴湖弟兄們也能使用的。」說罷，一拱手，四個湖勇一齊向船外翻了個空心觔斗，扎入水內不知去向。

柳摩霄這時也無可奈何，只好差幾個識得水性的嘍卒跳下去，把兩隻船攏近岸來，率領著百多個人滿滿的裝了兩船，渡了過去。等到駛出太湖範圍，棄船登岸踏進江蘇境地，大家才把心上一塊石頭落地，先尋了一個僻靜的寺院暫行憩息片時，設法大家飽餐一頓。

柳摩霄這時先把部下檢點一番，查明或死或擒或傷的共有多少？計柳莊方面戰死的雙尾蠍董威、九頭鳥程猛、金錢豹子張鐵鞭，三位寨主，湖堡方面戰死的有常山蛇、鑽雲鷂子、百腳蜈蚣、顯道神四位寨主，被擒生死不明的有蓋赤鳳、飛天夜叉沈奎標、鐵鑄金剛唐凱、伏虎金剛胡弼，以及伽藍神空空、賽林沖烏虬（即使長矛的高個兒）共六人，投降的東方傑一人，其餘嘍卒等或擒或死去掉十分之五。這一場大敗，柳摩霄做夢也沒有想到，外加自己失掉一柄倚天劍，怎不又恨又痛！此時痛定思痛，咬牙切齒，指著太湖方面，頓足大罵。

活無常施奎向他說道：「事已如此，總寨主且請寬懷，如今之計，最要緊的我們趕快回到單提鎮處，商量搭救被擒各位寨主。依我看來，黃九龍那廝著人送船來那一番話，大有用意，對於我們洞庭湖似乎還有點顧忌。大概被擒幾位好漢，未必有性命之憂！我們從此速回江寧想萬全辦法便了。」

柳摩霄道：「照我們現在情形，實在沒有面目再回江寧，可是失陷好漢有單兄派來的沈奎標在內，再說單兄也是主持此事的重要主子，又不能不同他商量一個辦法。事到如此地步，我只可暫忍這口鳥氣，小不忍則亂大謀，且顧全被擒幾位弟兄的性命要緊，報仇的話只可等到我們回洞庭湖再想法子了。」說畢，就在吳江顧了好幾隻快船，直向江寧進行。好在吳江距江寧沒有多遠，當天可到，現在且把柳摩霄這般人按下一邊。

再說湖堡甘瘋子等自從柳摩霄率領著敗殘人馬退去以後，看他那份狼狽情形，彼此相顧大笑，甘瘋子笑道：「今天這一戰，湖堡的威名自然震動四方，但是柳摩霄定必恨如切骨，從此洞庭湖與太湖結下深仇。又加單天爵那廝官盜同流，詭計百出，將來定尚有幾番惡戰，還不知鹿死誰手呢。我們此後也當步步當心，事事周密才好。照今天本堡大勝，全靠地利人和，再加預備得迅速周密，真個要同洞庭湖實力相較，尚無全勝把握。以後本堡須趕快求老師設法培植雄厚實力不可，所以俺故意放走柳摩霄，緩和洞庭尋仇之舉。還有一事我到此刻尚時掛慮，不知范老先生等到了江寧，能否如願而回，萬一江寧有備，豈非自投羅網？現在天已發曉，如果至午不回，那就不堪設想了。」

黃九龍道：「這層後果是可慮，不過有滕老先生一同前去，定能穩全持重，或者可以相機挽救。」這時王元超喜滋滋抱著兩柄不同的寶劍趨近前來，甘瘋子破袖一甩，指著他懷中寶劍笑道：「萬事都是一個緣法，柳摩霄一柄倚天劍，脫手飛去的時候，不偏不倚恰恰落在老五面前，老五正沒有趁手兵器，這一來彷佛鬼使神差送一柄無上寶劍與他。話雖如此，沒有我，你也得不到，老五你自己肚裡明白，應該怎樣謝我，你且說與我聽聽。」說畢，呵呵大笑，連雙鳳姐妹同東方傑都縱聲大笑起來。

王元超一聽師兄這樣說，明明把倚天劍送與自己，高興得嘴都合不攏來，笑說道：「小弟就此謝謝師兄，回頭再敬備美酒一罈，恭請師兄暢飲如何？」邊說邊抱劍深深一躬。眾人正在一片笑聲之際，忽聽遠處一陣火槍聲，黃九龍笑道：「柳摩霄半途又吃苦頭了。」

甘瘋子道：「適可而止，不如再送他一個人情，派一個得力頭目騎匹快馬，傳令停止攻擊，放他過去，橫豎到了湖岸，還有使他難受的在後頭哩。」黃九龍領命，立時飛步走向碉前，指揮頭目照辦去了。

這裡甘瘋子笑向雙鳳一拱手道：「今天蒙兩位女英雄極力臂助，實在感激之至，將來師母方面，也全仗兩位從中調和，倘能使兩位老人家和好如初，兩方面門下合為一體，共圖大業，繼述先輩遺志，豈不是天大喜事？兩位英名將來誰不欽敬，可是今天帶累兩位鬧了一整夜，愚兄弟們實在抱歉得很。」

舜華忙打躬為禮道：「甘先生這樣一說，愚姊妹格外惶恐無地。像愚姊妹這點微末之技，真可算得心有餘而力不足了。至於雙方聯絡的話，愚姊妹久有此心，倘有調和機緣，無不盡力而行。就是此番奉命而來，愚姊妹也抱定雙方疏解的宗旨，幸而范老伯出頭，同黃堡主一見如故，彼此消除隔閡，實在非常私幸。不料范老伯為我們的事，一露面就發生今天不幸的事，萬一此去江寧落入陷阱，如何是好？此刻愚姊妹已經商量一下，想在此刻趕到江寧去探消息，未知甘先生以為如何？」

王元超一聽她們立刻要赴江寧，心裡非常不安，卻又說不出阻止的話，幸而甘瘋子聽她姊妹倆這樣一說，把一雙破袖亂搖，大聲道：「兩位此刻打算去接應已是遲了，何苦白跑一趟？不久定有消息來到，俺自有辦法。兩位一夜未得休息，且請到堡中憩息片時。」

剛說到此處，黃九龍已匆匆走到面前，道：「此刻小弟得到幾批探報，柳摩霄在市口田埂之間，被我們埋伏夾擊，等到傳令停止，已死了不少嘍卒。最後他們奔到湖岸，看得自己船隻一隻不剩，急得要拔劍自刎。現在我仍照師兄主意做去，索性派了幾個湖勇駕兩隻大船渡他們出湖，乘便又派不少精通水性的弟兄，一路暗地跟蹤探聽柳摩霄的舉動回報。」

甘瘋子點頭道：「甚好，現在我們一齊回堡去，靜待范老先生消息便了。此地幾具屍首，和柳莊市口死的人，趕快多派湖勇收拾乾淨。如死的是洞庭寨主，好好裝殮，放置妥當處所，顯得俺湖堡處事寬大。至於被擒的一般強徒，現在暫時軟禁一邊，只要多選幾個幹練頭目問明各強徒姓名，開列清單，分別嚴加看管，好好看待。依我想柳摩霄不久定有說客到來，那時再看情形辦事。」黃九龍、王元超同雙鳳都以為然。

大家正要一同回堡，忽見東方傑兀自到黃九龍面前悄悄說了幾句，黃九龍微一頷首，就向甘瘋子一指對東方傑道：「這就是俺門甘師兄。」東方傑立時緊趨幾步到甘瘋子面前，先自深深一躬，接著就要屈膝下去，甘瘋子忙得一手扶住，連聲道：「足下苦衷俺從旁也看得一點大概，既然蒙足下看得起敝師弟，肯屈身敝堡，此後同舟共濟，無異手足，千萬不要多禮。」

東方傑被甘瘋子一手扶住，整個身子提了起來，想跪下去已是做不到，只好連連打恭，又向王元超、雙鳳一一施禮見過，然後向甘瘋子說道：「在下江蘇丹徒人氏，父親原以保鏢為業，膝下兩男一女，在下居長。舍弟東方豪，自幼跟隨先父好友河南少室山人練習武藝，終年跟著山人遊歷嶺南雲貴等處，到先父故去這一年，才回家來，先父葬事告竣，又跟著山人跑得無影無蹤了。」

甘瘋子聽到此處，忽然哈哈大笑道：「這樣說起來，老夫要托大了，你那位令尊想就是著名江北的老鏢師神刀東方百朋了？」

東方傑愕然道：「甘老英雄如何知道？」

甘瘋子笑道：「豈但知道，還是往年至交多年的好友呢。令尊故去那一年你年紀當已不小，可記得有一天晚上令尊靈帷面前忽然發現兩隻五十兩重的銀元寶，壓著一封無名信，信內寫明兩隻元寶作為喪葬之費，你可記得嗎？」

東方傑一聽此話，啊呀一聲，立時跪倒在甘瘋子面前大哭道：「原來你就是甘叔叔呀，不想今天會碰到叔父的面，想當年先父臨死那一天，囑咐侄輩道：『我一生所交朋友，沒有一個道義之交，只有一個小友，救過我性命，武藝學問，我自愧不及他千萬分之一。可惜這位小友有著聖賢一般的胸襟，卻有奇特古怪的脾氣，只知道他姓甘，其餘什麼也不知道了。我死過以後，因為生平不善積蓄，死後連喪葬之費都沒有，喪葬費沒有卻不關緊，只你們都已長大雖略懂得一點武藝，卻與我一般不懂世故，如何是好？倘然能夠碰著我那獨一無二的小友，千萬求他提拔一下，只說我臨終的最後一句話就是了。』

「先父至死把這句話顛來倒去說到斷氣為止。先父死後，生前朋友蹤影全無，家中又是別無長物，正在不得了時候，忽然一天晚上發現老叔此刻說的奇事。那時侄輩看那信上所說，知道是先父好友，但是猜想起來，除非先父所說的小友，有這樣深情厚意，又有這樣來去莫測的本領，其餘哪有這樣的好人呢？那時侄輩見不著叔父的面無法叩謝，只有在先父靈前禱告一番，又望空拜謝叔父的大德，使侄輩得以安葬先人之骨，不料今天才見著叔父之面。啊呀甘叔呀，叫為侄的怎樣報答你老的大恩呢？」東方傑邊說邊自叩頭不已。

甘瘋子這時倒並不阻止他叩頭，居然半禮相還，讓他叩了幾個頭，才用手扶起，呵呵大笑道：「論起年歲，我比你癡長得沒有幾年，論我與你令尊交誼，雖是忘年之交卻無泛泛。難得你志氣剛毅，深明順逆，從此你且安心同我師弟在一起。至於令弟師父少室山人與我也有一點交情，將來不難見面。現在你把令妹的事詳細說來，這事俺也有不是，只恨俺浪遊四方，致老友後人受人欺侮。總算老友有靈，今天我們無意中會面，又把仇人擒住，令尊同令妹在九泉之下也可瞑目的了。」說罷，連連歎息。黃九龍等聽得這層淵源，從此對待東方傑自然格外親熱。

當下東方傑就把自己妹子慘死的經過說了一遍。原來他的妹子名叫秋英，從小也跟父兄練成一點本領，雖不甚高，尋常練家子卻不是她的對手。死的一年，已經十七歲，長得苗條流麗，婀娜多姿。因為父親死去，家中貧困，賴她做得一手鮮活花繡，換錢幫渡。

有一天丹徒縣城內玄妙觀興建羅天大醮，普渡亡魂，轟動四鄉善男信女，都向玄妙觀禮拜仙佛，順便花點香燭，托觀中住持立個紙牌位超度先魂。這位秋英姑娘也被左鄰右舍女伴們說活了心，也想為自己亡父超度一番，就稟明兄長，隨著鄰家幾個女伴同赴城中玄妙觀追薦禮醮去了。不料這一去大禍惹身，在玄妙觀中碰著淫魔蓋赤鳳，盯來盯去只跟著秋英姑娘腳跟轉。

秋英一看身後一個俊秀華麗的少年不懷好意，屢次想避了開去，卻因觀中任人遊覽，沒法躲避。一想在這萬目之下，自己又有護身本領，也不怕他無禮，索性大大方方任他鬼鬼祟祟的跟著。等到打醮完畢，遊人四散，那少年已無蹤跡，便也放心同鄰女們匆匆回來。不意出城不到二里路，經過一座山腳，山腳下有座破廟，頗為荒涼，那時日已落山，一條長長路上，只她們幾個人。突由破廟中走出一個人來，一聲不響跟在她們身後亦步亦趨起來，秋英一看，又是玄妙觀中碰著的少年，心裡頓犯怙惙。

那般鄰女有老有少格外心慌起來，秋英究與常人不同，便挺身向那少年責問幾句，哪知少年滿不理會，只仰頭自語道：「看不出這樣村姑，居然看不起老子，要知老子這幾天找不著可意人兒，無非饑不擇食聊以充數而已，不想這樣不中抬舉哩。」當下秋英聽他說出這一片輕薄話，登時柳眉倒豎，滿面嬌嗔，一聲鶯叱，就一個箭步，疾飛一掌打去。

蓋赤鳳萬不料這樣村姑身手這樣矯捷，又是仰面看天，無意防備，只聽得劈拍一聲，正結結實實打在頰上。手勢不輕，竟打得他身子一晃，滿面紅光，頰上頓時現出五道纖纖指影。

這一下打得蓋赤鳳惱羞成怒，一聲大喝道：「不識抬舉的東西，竟敢出手傷人，原來你倚恃有幾手三腳貓，好，老子不給你一個教訓，你也不識得老子是何人。」一言方畢，凶睛四射，拳頭捏得格格山響。這般鄰家婦女等閒哪見過這樣陣仗，只嚇得兩條腿像彈棉花一般，連喊一聲都不能了。

秋英雖看得這凶徒不易對付，但已經動手，勢難逃跑，又難棄了同伴不顧，只有把心一橫，存了先發制人的主意。一聲嬌叱，玉臂一分，一縱身就來了一手雙風貫耳。這一招如果打上，原也厲害，但是遇上這位凶魔，何能倖免？只聽得蓋赤鳳哈哈狂笑道：「這樣本領也敢賣弄，既自討死，也怨不得老子心狠手黑了。」邊說邊把兩臂向上一串，霍地一側身，趁勢戟指向秋英酥胸一點，喝聲回老家去吧！

秋英經他一點，身子不由自主望後倒退了丈許，才立定嬌軀，猛覺胸中一陣劇痛，嗓子立時發甜，喊聲不好！極力咬牙忍住，一手握住心口，一手向蓋赤鳳一指，切齒喝道：「凶徒有膽量的通上名來！」

蓋赤鳳哈哈大笑道：「老子行不改姓，坐不改名，長江蓋赤鳳便是。明年今日吃你抓周的喜酒倒是正經，報仇今生休想！」說罷，一聲狂笑，竟自揚長而去。

秋英自知內傷已重，已顧不得同伴，手握住心口提起金蓮，一路狂奔回家。奔進家門，就咯的一口狂血吐了出來，登時面色青白，搖搖欲倒。東方傑看得大驚，趕忙扶住他妹子走到床上，一倒下身，一口口的血接連不斷的吐了出來。

東方傑急得手足無措，幸而秋英神志還清，勉強把路上遇到蓋赤鳳受傷的情形，嗚咽著斷斷續續的道：「妹子已被長江蓋赤鳳打傷，絕難活命！看這凶徒的功夫非常厲害，兄長也不是他的對手，千萬不要冒險代妹子報仇，將來二兄回來，或者可以替妹子雪此仇恨，也須請示少室山人才可動手，切記切記！可憐苦命的妹子，只有等兩位兄長報仇以後再瞑目的了。」說完這番話，登時神色大變，一縷香魂，竟赴烏有之鄉了。

東方傑新遭父喪，又逢慘變，弄得像瘋狂一般，一個人進進出出只把蓋赤鳳三字顛倒地念不住口。好容易把妹子殮葬完竣，立志棄家離鄉，走遍天涯尋弟訪仇。果然有志竟成，弟雖未找到，蓋赤鳳這樣凶徒，竟被他千方百計在今日湖堡尋著報仇機會。

當下東方傑把妹子慘死情形，向甘瘋子等報告完畢，甘瘋子連連向自己頭上擊了幾下，說道：「該死該死，俺怎麼在老友死後不去時時看望老友的後人，弄出這樣不幸的事來。」

黃九龍道：「過去的事且莫提，我們就此回堡把那凶魔提出來，讓東方兄弟早雪殺妹之仇，也使令妹在地下早點瞑目便了。」於是眾人一回齊轉堡中，碉前斷棍折劍以及幾具屍首，自有湖勇們收拾。

只說甘瘋子等回堡以後，就在大廳上依次就座，傳令把蓋赤鳳單獨提出，一忽兒十幾個健壯湖勇，簇擁著五花大綁的蓋赤鳳到來。蓋赤鳳在截去右腕急痛暈倒的時候，自然人事不知，等到被湖勇抬進堡中，代他敷上金瘡止痛藥散，捆上堅實繩束。在地上捆了片時也自悠悠醒轉，睜目四面一看，明白自己被擒入堡，再低頭一看，全身捆綁，手腳一齊緊束，四肢麻木異常，到此地步，已是虎落平陽，無威可發。忍氣一打聽看守的湖勇，知道被擒的人不在少數，洞庭君也險被生擒，還是甘瘋子手下留情，放他逃走的。蓋赤鳳打聽得結果如此，只有一聲長歎，閉目無言。

這樣停了許久時光，忽然擁上許多湖勇，不由分說將他從地上拉起，匆匆解去腳上一道繩束，便簇擁著向裡面行來。將擁上大廳台階，蓋赤鳳抬頭望上一看，甘瘋子等高高在座，最注目的，下首座上東方傑向自己怒目圓睜按刀直注。蓋赤鳳猛然一驚，一想仇人在座，自己已成俎上之肉，轉瞬就要被人剖心刮腹，趁此腳上繩束去掉，走了幾步血脈也活動過來，還不乘此死中求活，等待何時？立法凝神聚氣，潛運一股暗勁布滿周身，未待湖勇們擁入廳內，雙肩一搖，一聲大吼！登時全身捆束紛紛寸斷，落下地來。蓋赤鳳大喜，趁勢左臂一指，推倒身旁幾個湖勇，一轉身，雙足一點，躍到院心，喊一聲：「老子失陪了。」又一躍縱上屋簷。

不料兩腿在簷上還未立定，猛見屋上人影一閃，喝一聲：「下去！」頓覺自己腰上著了一腿，兩腳一軟，一個空心觔斗跌下庭來，還想掙扎跳起，哪知背上又被人家一足踏住，動彈不得。而且這樣一番折騰，右腕赤瘡迸裂，又復痛楚難當，越發無力反抗。踏住腳下，鋼牙一咬，大喊道：「老子今天腦袋結識你們便了，快與我來個痛快，老子十八年後再與你們算帳。」蓋赤鳳這樣急喊，背上踏住他的人滿不理會，只向屋上拱手道：「滕老丈怎麼從屋上回來，我們正盼望著呢！」屋上滕鞏說了一句有勞等候，便自飄身而下。

這時廳內眾人自從蓋赤鳳掙斷繩束飛身逃命的一剎那，頭一個黃九龍飛身追出，其餘東方傑、王元超、雙鳳姐妹都要追趕，被甘瘋子兩手一攔，笑道：「不必，不必，這廝狗急跳牆，到了此地還想逃走，可謂太不自量力。他不知自己手腕折斷筋骨俱傷，還想仗著練過幾年鐵布衫，逞著一時急勁，僥倖掙斷繩束，可是這一來非但瘡口迸裂，四肢筋絡也要痙攣，逃不了多遠，定必自己躺下，何必急急追他。」正這樣說著，蓋赤鳳已從簷頭跌下被黃九龍趕上一腳踏住。

甘瘋子等以為蓋赤鳳如所言瘡發跌下，忽聽得黃九龍在庭心同屋上說話，似乎夾著滕鞏口氣，趕忙一起迎了出來。一見滕鞏從簷上飄身下來，一身塵土，滿臉大汗，雙鳳姐妹關心尤切，迎上一步，急急問道：「范老伯父女怎沒有同來呢？」滕鞏面現苦笑，岔著嗓音答道：「一言難盡，果然不出甘老英雄所料。」

甘瘋子聽得從旁悚然一驚，知道他臨走當口，自己曾暗暗囑咐他，此去范氏父女方寸已亂，定然救婿情切不顧一切勇往前進，萬一中了敵計，千萬趕回飛報，不要一同投入羅網，越發難以搭救。現在滕鞏這樣口氣，當然事情不妙，濃眉一皺，未待他再發言，忙向他一遞眼色，又用手向蓋赤鳳一指道：「滕老丈長途跋涉，身體疲乏，此地非談話之所，快進廳內坐談。」

滕鞏會意，縮住話頭，回頭向黃九龍問道：「這廝裝束想必是洞庭賊徒，為何這樣狼狽？」黃九龍略述所以，便指揮湖勇重新把蓋赤鳳捆在一邊。其實此時蓋赤鳳真被甘瘋子料著，瘡裂筋

第廿一章

斷，委頓不堪，非但掙扎不得，連倔強充硬漢的話也說不出來了，於是黃九龍等邀著滕鞏一齊走進廳內落坐。

眾人知道滕鞏一夜奔波，勞苦非常，先讓他盥洗一番稍進茶點，然後由甘瘋子把堡前交戰情形，匆匆說了一遍，又給東方傑引見一番。滕鞏聽得大獲全勝不覺眉頭略舒，舉目四瞧，卻不見他兒子蹤影，只見王元超側倚著兩柄寶劍，一口正是臨走時交給兒子的太甲劍，不禁脫口問道：「小兒何在？」

黃九龍笑道：「虎弟年輕，未便叫他出陣與人交手，只差他看守堡後，一夜未曾交睫，也多虧他的了。」說畢，回頭囑咐湖勇速請虎爺出來。

滕鞏忙拱手道：「堡主垂愛癡兒無微不至，叫小老兒如何報答？此刻又聽得本堡全勝，實在可喜可賀，但是范老先生父女性命危在旦夕，如何是好？就是老朽也是死裡逃生，惟一希望，全仗甘英雄同堡主們挽救了。」說著老淚婆娑，一臉淒惶之態。

甘瘋子等大驚，黃九龍也同聲急問道：「究竟怎樣情形？快請講明我們好想法搭救！」滕鞏正想開口，忽聽屏後腳步聲響，癡虎兒提著禪杖雄赳赳大踏步趨向前來，向眾人唱個大喏，轉身見父親在座，喊道：「爹，兒子在堡後枯守了一夜，兀自不見一個賊子到來，卻聽到湖勇飛報，堡前戰得好不熱鬧。一忽兒報說殺得賊人一個不剩，弄得兒子心癢難熬，幾次三番想趕到堡前，卻顧著黃大哥將令不敢輕動，這份難受也就不用提咧。」這番話倒惹得眾人大笑。

滕翚一見兒子的面，也是暫收愁容破涕為笑，笑喝道：「休得胡說！」黃九龍離座把癡虎兒拉在自己下首座上，笑道：「我們現在有要緊的事議論，你坐著不要打岔。」於是滕翚把范高頭父女失陷情形一五一十說了出來。

原來滕翚同范高頭、紅娘子、馮義和湖堡撥來的四個健壯湖勇，分坐兩隻快艇，由柳莊直向江寧進發。一路艇如激箭疾比快馬，到了江寧境界，正交半夜子丑時間。范高頭原是舊遊之地，路境非常溜熟，就擇了江寧城外僻靜之所泊舟上岸，囑咐四個湖勇好生看守船隻，靜候救人回來就要開船。

囑咐已畢，四人揀著僻靜道路，飛步而去。片時走近江寧城門，抬頭一看，城樓兩旁旗竿上掛著兩盞半明不滅的燈籠，左邊燈籠底下掛著一個四方小木籠，隨風微晃，卻因城高燈暗，看不清小木籠內裝著什麼東西。四個人中閱歷世故要算范高頭最深，眼光要算紅娘子最尖，兩人一看到這件東西，同時啊呀一聲，嚇得步步倒退，一顆心頓時突突亂跳，滕翚、馮義忙問何事。

范高頭顫著聲音向城上一指道：「這……不是裝腦袋的頭籠嗎？」一語未畢，身後有人一聲慘叫跌倒於地。眾人急轉身看時，卻是紅娘子暈倒於地，急得范高頭連連跺腳。滕翚忙把兩手亂搖，一俯身把紅娘子上身扶起，兩膝一盤，自己運用混元一炁功，舒開兩掌，向紅娘子背後督脈上自下而上按摩了三次，即聽得她肚內咕嚕嚕一陣奇響，接著喉中咯的一聲，吐出一口痰，哇的一聲哭了出來。

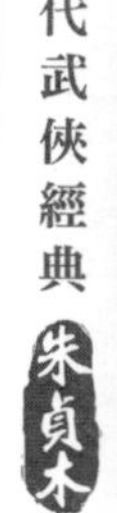

這一聲哭出來又把范高頭急得無路可走，伸臂一夾，把紅娘子夾在懷內，輕輕喊道：「此是何地，快不要哭！」這時紅娘子已清醒過來，嗚咽道：「女兒明明看清頭籠中有個人頭裝著，叫女兒如何不急？」

滕鞏忙接口道：「自從單天爵到此，時時殺人示眾，原不足異，未必與我們有關，姑奶奶且自寬懷。況且已到了龍潭虎口，萬萬魯莽不得，我們且想進城法子要緊。」紅娘子被滕鞏一語提醒，微微點頭，但夫婿關情，兀自懷疑，呆呆的向城頭細望。

范高頭道：「事到如此，我們只可一步步做去，我們且翻上城，順便把籠內人頭看清後再說。但是江寧為古帝王建都之地，一定不比尋常。你看城牆如此高峻，老朽腰卻不比往年，空手上去怕不容易，馮義益發不能了。」

馮義低聲答道：「小的來時已預備下了。」說著從腰中解下一條很長的軟索來，堆在地上道：「請小姐先帶繩子上去，然後放下軟索，我們就可上去了。」

滕鞏道：「姑奶奶心神不寧，還是由我先上去吧。幸而時已夜半，城外沒有行人，由著我們鬧了一陣居然沒有打草驚蛇，想是城上沒有看守的兵卒，也許夜深睡熟了，總算不幸之幸。事不宜遲，我就此上去吧。」說罷，一俯身，把一堆繩束斜套在肩上，走近牆，一翻身，把背脊掌心一齊緊貼牆上，運用壁虎功把整個身子漸漸向上升去，片時爬到牆頂。兩臂向上一翻，攀住垛齒缺口，腰上微一使勁，雙足一舉，翻上城頭。四面一看，卻喜寂靜無人，一探身立在垛齒缺口，把軟索吊下城來。

頭一個范高頭在牆根一手挽住索頭，颼颼猱升而上。紅娘子卻急不待時，在范高頭猱升時候，急退後幾步，便使出燕子飛雲縱天功夫，玉臂一分金蓮一點，便縱起二丈多高，再用右足一蹈左足背，借勁使勁，又縱起丈許，再照樣一縱，已飛上城頭。待她立定，范高頭已安立在垛口，接著馮義也夾著鐵槳上來，四人一起走向旗竿所在。馮義把鐵槳一放，抱住旗竿猱升上去，立時把頭籠解下，提在手上，溜身下來。

四人一起圍住頭籠，借著星月之色，仔細辨認，卻看清籠內裝著一個瘦小枯乾，蓬頭垢面的犯人頭，絕不似金昆秀面目。紅娘子、范高頭同時長長的吁了一口氣，略微放下一寸愁腸，滕鞏也是喊聲僥倖，獨有馮義朝著人頭連連大唾，颼颼颼仍復繫上旗竿。

繫好下來，向著范高頭等向城中遙指道：「那邊一片黑壓壓的瓦當中，有一所氣象威武的大廈，四角更樓，東西轅門，點著天燈的所在，就是提鎮衙門。小的認識路境，當先領導便了。」說罷，四人一起從馬道走下城來，轉彎抹角，穿街過市，沒有多大工夫，就走到提鎮衙。一看大門不閉，望進門內一條長長甬道達到大堂台階，甬道兩旁營房，像蜂窩般列著，卻寂無人聲。

馮義道：「從大堂右側通到花廳，廳前有座花園，監牢就在花園左近，我們不如繞到衙後越牆進去較為便捷。」

范高頭正想依照馮義所說到大衙後，不料紅娘子眼光尖銳，一眼看見大堂不遠甬道旁，矗立著一人高竹竿，竿上又吊著一個四方木頭籠。紅娘子疑心陡起，也不知會眾人，順著甬道直向大堂奔去，范高頭等恐怕有失，慌忙一起跟了進去。一進大門已見紅娘子雙手捧著頭籠，在大堂台階下愣愣的立著一動不動，宛如木雕一般。范高頭等看得詫異，一起飛步過去，一看紅娘子面如死灰，兩眼直勾勾注在籠上，兩臂簌簌的顫抖不已，亮晶晶的眼淚像潮水般直掛下來。連三人奔近身邊，也似毫未覺得。

范高頭大驚，伸手奪過頭籠，仔細一辨認，這番卻是貨真價實，的確是他的愛婿金昆秀的腦袋。而且齜牙咧嘴，目瞪髮立，形相非常難看！好像最後一股悲憤怨戾之氣，兀自表現在砍下的腦袋上，又像知道老丈愛妻都要趕來，特地口眼不閉，表示此仇不報難以瞑目。可是這一下，把他白髮蒼蒼的泰山，不亞於萬丈高樓失腳，只啊呀一聲，登時整個身子也像紅娘子般塑在那裡動彈不得。馮義也已看清，趕緊扶住范高頭，自己卻也急淚滂沱，目眥欲裂，卻又不敢高聲叫喚。

滕鞏雖未見過金昆秀，看得這樣情形，早已了然，救人一步計劃完全失望。又見范高頭急痛到此地步，萬一驚動兩旁營房內的標兵，益發難以收拾！情急智生，急向馮義耳邊低低說了幾句，想趁他們父女昏迷之際，暫且架扶出去，尋個僻靜地方，大家定一定神，再作道理。兩人商量停妥，馮義架著范高頭，滕鞏仗著上了歲數，到此也顧不得嫌疑，就去扶掖紅娘子。

還未近身，忽見紅娘子一動，也不哭叫，也不說話，一轉身，突的向范高頭跪下，斬釘截鐵的說道：「爸爸，女兒今天不殺仇人之頭，誓不生回！情願從金郎於地下，求爸爸恕女兒不能奉養之罪。」

說罷，也不等范高頭回答，倏的立起，金蓮一邁，又向滕鞏哀哀說道：「姪女今天義孝不能兩全，殉了丈夫，就不能再侍奉家父。姪女此刻無論報得了仇報不了仇，拚命一殺，殺一個是一個，立志了此殘生，從丈夫於黃泉的了。但是家父在江湖上洗手已久，風燭殘年，犯不上為兒女再冒大險。姪女只有這樁事放不下心，所以拜求滕叔可憐姪女一片苦心，設法勸家父回去。回去以後，黃堡主義氣深重，定有安置家父的辦法。滕叔啊，你應許苦命的姪女吧。」說罷，跪在地上，仰著淒慘萬狀的淚臉，靜等滕鞏回話，不肯起來。

把滕鞏急得手足無措，又怕被人聽見，不敢高聲，只低低喊道：「你且定一定神，千萬不要胡來，大仇當然要報，絕不能像你這樣辦法，萬一打草驚蛇，非但仇報不成，連你老父都要同歸於盡了。快起來，聽愚叔良言，你看你老父已急得這個模樣，還能再出岔子麼？」

正低聲說著，猛見范高頭一跺腳，兩臂一振，冷不防把身旁馮義衝得一溜歪斜，幾乎跌倒。范高頭似乎毫未理會，一彎身放下頭籠，腰板一挺，一回身，嗆啷啷一聲怪響，從腰下拿出一柄多年不用吹毛斷髮的紅毛寶刀。

這一來真把滕鞏急壞了，明知他們父女倆，此時急痛攻心，神智昏迷，地上跪著一個還未開導明白，禁不住老的再來一手，如何得了！正想趕近身去，忽見范高頭把寶刀向天一舉，白髮飄揚，仰面大喊道：「蒼天啊蒼天，范某一生光明磊落，怎麼年邁蒼蒼，還要受此慘報！也罷，生有處，死有地，這條老命就在此地拚了吧。」這幾聲大喊，在這深夜人靜之際，格外顯得異常宏亮，可是這幾聲大喊不要緊，只把滕鞏、馮義一齊急得魂飛魄散。

說時遲，那時快，在范高頭一聲大喊方畢，大家一愣之際，猛聽得大堂屋上面像怪梟般一陣哈哈大笑，霎時大堂簷口現出幾個手執兵器的人來。同時大堂後面噹噹一陣鑼響，只聽得四下裡震天價齊聲大喊，不要放走了太湖強盜，喊聲四起。大堂的大門外以及兩旁營房，像潮水般湧出無數頭纏黑布披紅心號衣的標兵來，登時四下裡一圍，燈籠火球耀如白晝，長槍大戟密如麻林。

大堂簷口幾個人，個個像飛鳥般縱下地來，一色缺襟戰袍，薄底快靴。為首一個體偉貌凶，當胸盤著一條大辮，赤著右臂，橫著一柄三指寬三尺長雙槽大馬刀，大喝道：「你們這般殺不盡的狗強盜，也不打聽打聽俺們單大人厲害，竟敢太歲頭上動土，深夜劫衙，自投羅網。哈哈，老實對你們說，俺們單大人早已料到你們這般狗強盜要來送死，早已布好了天羅地網，休想逃得一個出去，識趣的快快束手就縛，免得老爺們動手。」

這時紅娘子早已從地上跳起，在背上拔出日月雙刀，同她父親都已視死如歸，毫無懼色。馮義忠心耿耿，看得主人身臨大難，義不獨生，也預備拚卻性命不要，打一個落花流水。

只有滕鞏一面焦急，一面不斷打算救他父女的法子，明知身入虎口，眾寡懸殊，如果拚命力戰，必定同歸於盡。

雖然記得臨別時甘瘋子暗暗叮囑的一番話，但是身處絕境，已無安全辦法。范高頭父女又都視死如歸，勸他們逃去絕不肯聽，何況此刻走也是不易，如果自己一人逃出重圍，如何對得住老友？這喊聲震天禍迫眉睫的一剎那，滕鞏這顆心幾乎粉碎，論起來比范高頭父女還要難受幾分。

正在他一顆心七上八落的當口，對方千強盜萬強盜一陣罵完，范高頭鬚髮怒張，雙眼如火，寶刀一指，呵呵大笑道：「老夫膽大包身，特來送死，但你們這般後輩小子，非老夫敵手，快叫單天爵自己出來。」

話還未畢，紅娘子雙刀向脅下一夾，騰出右手，暗地摸出一把金錢鏢來，鐵青著臉一聲怒喝道：「你們這般無知東西，休得狗仗人勢恃多為勝，先叫你們識得姑奶奶的厲害！」喝聲未絕，身子一矮，金蓮一點，一個燕子鑽雲，縱起一丈多高，半空裡身子像旋風般一轉，那右手金錢鏢，就趁著旋轉之勢，嘩啦啦向四周撒將開去。等到身子落地，又迅速地從鏢囊中拿出滿把金錢，照樣縱起半空，撒向四面。

這樣三起三落，名為「劉海三撒」，原是紅娘子獨門功夫。撒出去的金錢，雖非毒藥製煉卻也鋒利非凡，發無不中，一中在身，輕則受傷，重則致命！經她這樣三撒以後，不亞如十幾張連珠弩箭，一齊向四面分射。登時四周大亂，致命的倒地聲，受傷的呼痛聲，刀槍燈燎撒手磕碰聲，叫囂驚竄，章法大亂。那屋上跳下幾個為首人物，也有三個中鏢倒地。執馬刀的距離較近，一枚金錢鏢貫胸而入，早已仰面跌倒，嗚呼哀哉！其餘未經吃著金錢鏢的，看得一個女娘們這樣厲害，個個嚇得望後倒退，倘然這時范高頭等乘機逃去，也許能夠倖免。

第廿二章　巧計驚人

當時滕鞏也是這樣的心理，看得紅娘子連發金錢鏢打倒許多人，心中大喜，忙大呼道：「此時不走，等待何時？」哪知范高頭怒氣勃勃，滿不在意，高聲喊道：「老弟不必多慮，這般飯桶，多來幾倍，也不在俺們心上，老夫今天不斬單天爵之頭，難洩胸頭之恨。」一語未畢，大堂上颼颼颼又縱出幾個人來，為首一個濃眉蒜鼻，短髯如蝟，穿著一身江湖夜行人裝束，抱著一對虎頭雙鉤，雙足一點縱下台階，厲聲大喝道：「狂寇休得逞能，插翅虎鮑剛在此！」話到人到，雙鉤一晃，已向范高頭分心扎去，范高頭急忙以寶刀相迎。

紅娘子看得大堂上尚有多人，雙刀一掄，就想殺上前去。恰又從台階上跳下兩個短小精瘦漢子，一色純青密扣貼身短衣褲，每人兩手分持著兩把銳利雪亮的短攮子，捏手處飄著一條尺許長的紅綢。只見四條紅綢一晃，兩人霍地左右一分，拍的一跺腳，便見四道白光裹著兩團黑影，著地滾來。

紅娘子驀地一驚，知道這兩個傢伙不好惹，尤其是這種小巧兵器，雖不登大雅之堂，卻也不易施展，能用這樣小的兵器同正式軍器交手，其人必定別有所長。紅娘子現在碰著這兩個傢伙，身形衣服兵器均一模一樣，一見面又用的是地趟十八滾的功夫，把兩柄短攮子施展得如閃電一般，就知道兩人扎手。好個紅娘子藝高膽大，卻也不懼，未待兩人近身，先自芳軀微矮，只幾聲嬌叱之間，便把月雙刀舞得漫天蓋地遍體梨花，四柄攮子只在四周亂轉，卻近不得身來。

這時又聽得大堂內豁啷啷一聲，騰的跳出一個雄偉僧人，舞著一枝鑌鐵禪杖，杖上繫著幾個大鐵環，一路呼呼聲響打下台階。後面還跟著三個彪形怪漢，各仗長短兵器，喊殺下來。滕鞏一看，事已如此，尚有何說？把心一橫，颼的拔出奔雷劍，一縱身就到了那僧人面前，寶劍一指，喝聲：「妖僧通名！」

那僧人不防幾丈路開外一個矮老頭一縱就到面前，吃了一驚，忙一退步把鐵杖一橫，大聲道：「俺少林醉菩提便是，爾是何人？報上名來，俺杖下不死無名小輩。」

滕鞏冷笑一聲道：「虧你不惶恐，出家人也在衙門鬼混，還敢大言不慚，俺也犯不著與你通名，送你到十八層地獄去就是了。」接著一聲大喝，只右臂一振之間，那柄奔雷劍就向醉菩提胸間遞進。

醉菩提忙把鐵杖一掄，格開寶劍，哪知面前劍光一閃，敵人蹤影全無。醉菩提大驚，喊聲不好！忙向前一縱，霍地一轉身，想趁勢將鐵杖橫掃過去，不料滕鞏如影隨形，早已逼近身前，等他轉身用杖橫掃，只滴溜溜地身形一轉，又到他身後。

這時滕鞏要取他性命易如反掌，卻記著自己恩師也是出家人，念在佛門弟子面上，不忍遽下辣手，只左手一起，駢指向他脅下一點，正點在麻穴上。醉菩提這回樂兒可大了，腰兒呵著，眼兒瞪著，鑌鐵杖舉著，端著一個紋風不動的架子，好不怪相，而且口角流涎，額汗如雨，外加氣喘如牛，活像古寺中名手塑的酒醉菩提，倒也名符其實了。

說到醉菩提自從赤城山被王元超嚇跑，久不提及，怎麼又在此地出現呢？原來醉菩提自從在單天爵面前誇下海口，想偷鐵佛寺內家秘笈，落得空自一場忙，反而帶累愛徒金毛犼一命嗚呼，自己也差一點性命不保。單身逃離赤誠山，卻一時沒有臉面遽回單天爵那裡去，弄得茫茫如喪家之犬。幸而仗著為人圓滑，平時綠林道中熟悉朋友不少，溜到浙東金衢嚴一帶綠林道中鬼混了幾天，卻因此被他結識了幾個厲害的角色。

一處是東關雙啞。這東關就是嚴州最著名的嚴東關，在之江上遊七里瀧嚴子陵釣台相近，雖是小小縣份，卻靠山面水，風景清幽。距嚴東關不遠有座山塢，叫做鬥牛塢，其實該地俗喜鬥牛，原名打牛塢，被該地讀書人一總文，變作鬥牛塢，卻好聽得多了。塢內也有幾百戶人家，習俗尚武，不論老幼都會幾手拳棒。其中卻有兩個特殊人物，是一家姓祝的孿生兄弟，天生是一對啞巴，卻又天生鋼筋鐵骨武術架子。

祝姓本是武術世家，世傳有一百零八手地趟拳馳名遐邇，到了這對啞吧弟兄二十幾歲時候，長得一樣短小精悍，武功獨步。非但一百單八手祖傳獨專地趟拳，練得勝祖跨父，而且從小出門尋師訪友，又練成一身輕身功夫，十幾丈高樓，踩踩腳就上去，眨眨眼就下來，真可算得輕逾飛燕，捷勝靈猴。弟兄倆在外回來，因為家道小康，就安居家園，逍遙度日，早晚依然練習功夫，寒暑不間。

兄弟二人真還非常友愛，互相切磋，其樂融融。又因打熬氣力，都不肯娶妻生子，古人說得好：業精於勤，熟能生巧，擋不住兄弟倆孜孜此道，幾年下來，居然從祖傳地趟拳內，悟化出許多絕妙招數。特地採選煉精鋼，每人打成兩柄尺許剸犀貫革鋒利無比的匕首，俗名攮子。兄弟倆把這兩柄匕首視同性命，逢到同人交手，無論來人用如何長槍大戟、闊斧關刀，他兄弟二人只用這兩柄小小匕首，就可穩占勝利。

有人見到他兄弟倆同人交手時候，只見兩把匕首上下翻飛，宛如千百條銀梭，閃電般來回飛織，到後來愈舞愈緊，但見兩道白光，如水銀瀉地，無從捉摸，哪有一些人影？因此兄弟倆聲名非但威震嚴東關，四方好漢也多慕名來訪，所以因友及友，碰著這位善於交際的醉菩提，被他抬出單天爵的官銜勢派，說出自己是單某師兄，平日言聽計從勝於手足，新近俺師弟單將軍榮升江寧提鎮，兵權在握，好不威風！我們那位師弟單將軍雖然到此地位，卻喜交英雄，廣羅豪傑，貯為國家干城之選。此番特地請俺各處物色異材絕藝，聘到江寧，定必虛懷延攬，量材為用。

這一番鬼話，說得好不冠冕動聽，卻未料雙啞兄弟倆雖然天生啞巴，也有一片雄心，正想把身上幾年苦功到外面露幾手，弄點事業做做，醉菩提一番鬼話正巧打動心腸，滿腹奇癢，外帶著弄個巧還有錦繡前程的希望，立時把醉菩提看得更像活寶一般。

你道醉菩提為何要說出這一大篇鬼話？原來他在金衢嚴一帶混了幾天，已被他打聽得單天爵升任消息，心中一盤算，知道沒有內家秘笈，空手怎能回見單天爵？即另編一套瞎話混蒙一時，單天爵也是個精明厲害角色，絕討不了什麼好處。好在單天爵一副野心，早已看透，不如投其所好，招幾個能手同去投靠他的部下，顯得自己不辭勞瘁，到處體貼他的心意，代為物色爪牙。這一著敲門磚十敲九穩，非但從此在單天爵面前站得住腳步，就在江湖上也顯得自己廣通聲氣，夠得上響噹噹的角色。至於秘笈那檔事，不妨全推在太湖黃九龍身上，只說被他趕在自己前頭，搶先得去，藏入太湖，將來想法除掉黃九龍，剿入太湖，那冊秘笈仍可穩穩到手。這樣一說，單天爵格外恨他切骨，太湖又離江寧不遠，或者單天爵一怒之下，大舉進剿，豈不藉此可以雪自己失杖之恥，報愛徒喪命一仇，一舉三得，何樂不為？

醉菩提鬼計定當，恰巧碰著東關雙啞，忙把這套大江東吹得噹噹聲響，不消一二日功夫，東關雙啞已被他說得死心塌地，求他攜帶同到江寧。醉菩提卻又裝模作樣，囑咐雙啞暫且在家靜候，還有幾路好漢也是求他攜帶，必須前去通知，然後方能一同前去。說罷，竟自揚長別去。

原來醉菩提還嫌雙啞弟兄只有兩人，似乎多攜幾個，格外好看。記起綠林道中朋友尚有金華三虎同衢州一鴞，本領非常了得，都是跺跺腳四城顫動的角兒，何妨憑三寸不爛之舌，像雙啞弟兄般一同引到江寧，豈不大妙？這樣心頭一轉，急急別了雙啞，尋找幾個熟悉朋友，居中一介紹，又照樣向三虎一鶚大吹大擂起來。

說到金華三虎是三個異姓結義弟兄，原來是浙閩洋面的海盜，新近因海上買賣不大順手，在金華葵花峪火併了一處無名強寇，占據了作為陸上寨基。為首的叫做飛虎頭陀，第二個叫做插翅虎鮑剛，第三個叫做笑面虎周昂。插翅虎膂力過人，善使一對虎頭雙鉤，笑面虎機警過人，善使兩柄雁翎刀，這兩虎雖亦有點功夫，尚不足奇。獨有為首的飛虎頭陀，卻是個扎手貨，倒頗厲害。

這飛虎頭陀原是台灣生番種族，從小混入海盜，卻被他練得全身本領。曾經一度被官軍截獲，居然被他越獄逃走，從此改裝披髮頭陀，依舊糾合黨徒，橫行海面。生得一副怪面目，蟹臉魚睛，捲鬚拗鼻，卻又身軀奇偉，遍體虬筋，披著一頭黃灰捲髮，束一道如意金箍，遠看去便像山精鬼怪一般。據說他水陸功夫都異樣驚人，尤其腰上束著一支丈許蛟筋藤蛇棍，施展開來，軟硬兼全，好不霸道。

至於衢州一鶚的出身，又與三虎不同。一鶚姓尤，原是衢州城內破落戶的子弟，少時也念過書，進過學，本是文質彬彬的人物。但自進學以後，便文運不濟，接連幾場，都名落孫山，弄得他心灰意懶，無意功名，父母又在二十歲以前相繼去世，益發弄得衣衫襤褸，落拓不羈，有一天閒遊郊外，無意中碰見一位衣冠整齊身表偉岸的老紳士，兩眼如電，發聲若雷，幾句話說得尤一鶚五體投地，從那天起衢州不見了尤一鶚。有人說那老紳士不是本地口音，尤一鶚是跟老紳士到外鄉去了（老紳士的來歷後文自有交代）。

過幾年後，尤一鶚突然從外鄉回來，可與從前寒酸的尤一鶚大不相同了，體貌豐腴，衣冠華麗，儼然紳士態度。頓把舊日門庭煥然一新，婢僕之類，無非就地招應，供他使喚而已。有人問他這幾年何處發財回來，怎麼不娶一房媳婦，主持中饋呢？每逢有人這樣問他，尤一鶚只微微一笑，誰也猜不透他發財的來歷，也猜不透他不娶老婆，抱著什麼主意。人家看他依然文質彬彬，也轉不到別的念頭上去，可是他回鄉以後，一年之中總要獨立出遠門一趟。

有一年冬天，尤一鶚又出遠門，隔了數個月快到除夕這天晚上，尤一鶚忽然騎著一匹高頭大馬從外鄉回來。婢僕們一聽主人回來過年了，個個精神抖擻，開門迎接。有幾個男僕想格外討好，一看主人別無行李，只一人一馬，等主人跳下馬來，忙拉住馬韁想牽馬進門。哪知尤一鶚一揮手讓僕人不動手，自己挽住嚼環，輕輕牽進門來。一進門，第一句囑咐男女下人，快把前廳打掃乾淨，多點燈燭，吩咐廚下趕快預備一桌豐盛酒席，愈快愈好，不得違誤。

尤一鶚一面吩咐，一面自己把馬肚帶一鬆，輕舒右臂，夾起全副馬鞍，然後把馬交與僕人牽往廄中，自己脅下夾著馬鞍大踏步走向廳內，把馬鞍放在大廳正中紅木大桌上。卻聽得馬鞍放在桌上時，一張雕刻精緻的紅木鏡面桌，無端格格兩聲怪響，似乎禁不起這副馬鞍的樣子。尤一鶚把馬鞍放好，也不進內，就在大廳上略自盥洗拂拭，便指揮僕人們調椅抹桌布置酒席，好像立刻有貴友到來一般。

這般僕人看得主人此番回來，與往常不同，言語離奇，舉動特別，個個猜不透主人是何意思？但也不敢動問，只有遵照主人吩咐手忙腳亂的安排起來，一霎時安排定當。尤一鶚又指揮席上安設三副杯箸，自己居中一坐，提起酒壺，先自淺斟低酌起來。一面自斟自酌一面時時回轉頭去看看紅木桌上的馬鞍微微發笑，弄得兩旁立著的男女僕人，驚疑不止，幾乎疑惑主人在路上得著瘋病回來。

尤一鶚這樣獨飲了片時，已到魚更三躍。這時正是嚴寒時節，雖然廳上爐火融融，兀自禁不住夜深風冷，兩旁僕役只凍得拱肩縮頸，宛如兩行鷺鷥。這當口忽聽得一陣颯颯風響，廳上簷沿和庭前樹梢落葉，都一陣陣奏起交響樂來，廳內卻岑寂得地上掉下一根針都聽得出來。尤一鶚端杯側耳，仰面微笑，猛然手執酒杯衝外一舉，哈哈大笑道：「在下早知道兩位要光降敝廳，特地設席恭候。遠道跋涉不易，快請進來，吃幾杯薄酒，擋擋寒氣。」

語音未絕，對面廳上霹靂般幾聲狂笑，喝一聲：「尤先生真有你的，佩服佩服！」話到人到，廳上燭光一陣亂晃，就見席前立定兩個勁裝背劍豎眉努目的精壯漢子，一齊恭身卓立，抱拳當胸道：「俺們有眼無珠，枉自在江湖上混了這些年，竟看不出尤先生是大行家，慚愧慚愧。」尤一鶚微微一笑，離座而起，也向兩人拱手道：「紅花綠葉白蓮藕，三教原來共一家，咱們不見不識，不敘不親。兩位遠道到此，兄弟理應稍盡東道之誼，快請坐下吃杯水酒，彼此可以暢談。」說罷，親自執起酒壺，向兩邊客座上斟了兩杯，又指揮僕役把自己椅子移到下首相陪。

兩人一聽尤一鶚說的江湖門檻話，明白是行中高手，也就心照不宣，無庸客氣，彼此拱手就座，暢飲起來。尤一鶚問起兩人姓名，走的哪一條線，燒的哪幾炷香，老大是誰？兩人也就直言無隱，還把兩人一路跟到此地的原因，也說得詳詳細細。

原來這兩人是河南撚黨首領張洛行的部下，一個叫做摘天星岳羽，一個叫做滿天飛仇琳，專在河南一帶阜道上劫掠過路富商鉅宦，但非探得確確實實行囊有萬金以上不輕易出手。凡過路的商宦行囊中金銀珠寶除非沒有遇上，一經他們兩人過眼，不必細細打探，只要一看蹄痕車跡的深淺，就能知道行囊中是金是銀，還是珠寶一類，連多少份量都能一望而知，百不爽一。

這一次尤一鶚從北方滿載而回，騎著千里良駒經過河南，被摘天星滿天飛遇見。一看尤一鶚人物軒昂，衣冠華麗，卻是單人匹馬，別無行囊，滿以為沒有多大油水，再一留意馬後蹄痕，不覺吃了一驚。按照他們兩人經驗，這人身上所帶黃金，足值數萬兩，單身匹馬竟敢帶這許多黃金，膽量真也不小。而且一無伴當，二無箱囊，只馬後捎著一個薄薄的鋪蓋卷兒，輕飄飄的隨著馬屁股一顛一聳，看出也沒有多大分量，那身上許多黃金藏在何處，竟看不出來，豈不奇怪？這人又一派斯文氣象，外表竟似初出茅廬的雛兒，弄得兩人越看越糊塗，一道暗號，直跟下來。

到了宿店，只見這人一下馬，自己牽著韁溜了幾轉，把馬鞍鬆下，將著那個輕飄飄的鋪蓋卷，漫不經意的向房內一丟，卻非常愛惜那匹馬，再三叮嚀店東，好好餵料，當心看守，似乎一身以外只有這匹馬是寶貴的。兩人一連跟了幾天都是這樣，總看不出如許黃金藏在何處，反而疑惑自己走眼，不敢冒昧下手，卻也並不死心。因為這樣白跟了幾天，空手回去，豈不英名喪盡，還留個話柄與人。最奇怪兩人銳利眼光，非但看不出黃金藏在何處，連這人是商是宦都有點看不透。越想越奇，一狠心索性跟他下去，非討個水落石出絕不甘心，故而一直跟到浙江衢州。

眼看尤一鶚進了自己大門，兩人還是莫名其妙，這樣賠錢費時，送了一個不相干的人直到千里以外，當然不肯罷休！兩人暗地一商量，決定當夜等到更深夜靜，施展本領，進去探個實在。萬不料尤一鶚一路回來，早已把兩人舉動看得雪亮，明知兩人不甘心，非要進來不可，特地置酒相待。這時摘天星滿天飛已看出尤一鶚也是江湖上的高手，索性直言不諱，又請教他黃金究藏何處。

當下尤一鶚微微一笑，先執起酒壺又替他們滿滿斟上兩杯，然後徐徐開言道：「兩位眼光卻也驚人，所估黃金價值倒也不差多少，可惜兩位一路心裡只管疑惑，並沒有細細研究，白白跟了千把里路。要知道兩位既然看準兄弟帶著許多黃金，總共一人一馬，絕不會吃在肚裡藏在馬腹的。」邊說邊自離座走向上首紅木桌邊，從馬鞍上解下兩個踏鐙來，拿著回座，把踏鐙放在席上。一翻衣襟，從腰上掣出一柄爭光耀目的解腕尖刀來，隨手拿起一個踏鐙一陣削刮，鐙上漆片紛紛削落，霎時燦然放光，變成一個黃澄澄純金打就的馬踏鐙。再把那個也照樣削去外層髹漆，並置席上，看得兩人倏的起立，拍跳大呼道：「噢，原來如此，這樣說來，那馬鞍同全套什件，當然都是金子的了，好計好計，佩服佩服！」

滿天飛又道：「馬鞍藏金，果然妙絕！俺最佩服一路行來每逢宿店當口，尤先生把馬鞍隨意輕輕一抛，卻故意把那匹馬看得寶貴得異常，使俺們萬萬注意不到這撈什子上去。」摘天星也笑道：「俺們當尤先生是斯文一流，倘然馬鞍內藏著黃金何等沉重，豈是手無縛雞之力所能提來攜去的，故而益發想不到這上頭去了。」

尤一鶚大笑道：「老實說，馬上全副鞍件除嚼環外，純用金子作底，內外敷上幾道厚的油漆，重量真也不輕。兩位說我故意聲東擊西注重那匹代步，這倒未必盡然。你想那種重量，要跋涉千里長途，豈是常馬所能勝任？兄弟這匹王獅子，也可算是千里神駒呢，在兄弟方面如果失去這匹神駒，比失掉萬兩黃金還要心痛萬倍，焉得不寶貴呢？再說半途真個要失掉這匹神駒，那許多黃金就要大費手腳了。」說畢，神采飛揚，呵呵大笑，把摘天星、滿天飛弄得面面相看作聲不得。

尤一鶚一看兩人神氣肚內暗笑，又徐徐笑道：「兄弟雖然不常出門，說起來同兩位很有淵源，並非外人。兩位回到河南拜上張洛行張老英雄，只說艾八太爺關門徒弟尤一鶚寄語請安，就可明白彼此不是外人。倘然半途中兄弟早知兩位是張老英雄的門下，也絕不敢勞動兩位跋涉長途了。現在既承兩位光臨，也是緣分，兄弟無物可表敬意，權將這一對馬踏鐙奉送兩位，聊表薄忱，務請賞收。」

兩人一看這對金鐙分量非輕，何止千金？雖亦滿心奇癢，垂涎三尺，但兩人也是河南響噹噹的角色，江湖門檻爛熟胸中，聽得尤一鶚說的一番話，表面異常動聽，骨子裡暗含著有點挖苦他們。而且尤一鶚抬出艾八太爺是江湖上最厲害的魔頭，師徒一轍，尤一鶚的為人可想而知，絕不是容易招惹的。就是自己老大張洛行碰著他們，也要低頭讓步，何況自己？而且按江湖上規矩行不吃行，自己跟了人家這許多路明明顯得道路不對，豈能輕收這份重禮？再說尤一鶚嘴上說得好聽，未必真心慷慨，也許藏著毒門兒試試我們的心，倘然真個受下，定必另出花樣弄得兩人叫苦不迭為止。

當下兩人以目示意，趕忙離席而起，連稱萬不敢當。滿天飛嘴也來得，搶著說道：「俺兩人正自恨有眼不識泰山，非常抱歉，尤先生不責備我們已經感德非淺，怎敢無功受賞？俺兩人就此告辭，改日再正式登府道歉。」兩人這樣一說，還真不愧是老江湖，尤一鶚果然是個毒如蛇蠍的人物，何嘗真心相贈，無非試試兩人知罪不知罪罷了。萬一兩人見財眼開，直受不辭，尤一鶚必定另有毒計，非但金鐙拿不回去，連性命也難保了！兩人既然極力謙讓，彼此總算心照，尤一鶚也不能再為難他們，看在張洛行面上，另外拿出幾十兩銀子送與兩人作為路費，兩人推辭不得就當夜別去不提。

尤一鶚經過這番舉動，當時看到這事的僕人，難免不張揚開去，尤一鶚的為人，衢州人們也漸漸明白了。好在尤一鶚絕不在本地面作案，反而有尤一鶚在衢州，百里以內盜賊蹤影全無，大家受恩不淺！尤一鶚的名頭也漸漸大起來，居然又被醉菩提挖空心思結交得這個朋友，醉菩提一番花言巧語，尤一鶚也居然一口允許同到江寧，醉菩提樂得像得到活寶一般。其實尤一鶚這樣精靈人物，豈會被醉菩提利用，無非將計就計另有作用罷了。

這樣衢州一鶚、東關雙啞、金華三虎，都被醉菩提邀到江寧。自己又設法另打起一枝九環純鋼禪杖，比失掉那枝禪杖格外來得威武好看。果然單天爵正在收羅各處好漢，對於醉菩提引薦人物，非常優待，醉菩提面上頓時光采異常，恰巧醉菩提等到江寧這一天，正值柳摩霄率領群雄襲擊太湖那一天，單天爵就把安排計劃向醉菩提等一說，請新到幾位人物保護衙門暗張羅網。金華三虎、東關雙啞正想露幾手給人瞧瞧，自然一口允諾，惟獨尤一鶚文縐縐的不露聲色。

等到晚上果然聽得大堂前面殺聲震天，雙啞三虎跟著醉菩提揮動兵器殺將出去，單天爵自己也紮曳停當，率領手下也要出去督戰，尤一鶚才始徐步而出。尤一鶚一出大堂向下一看，正看到醉菩提被一個矮老頭點穴點得紋風不動，尤一鶚微微一笑，一跺腳就縱到醉菩提面前，一伸右掌向醉菩提肩上一拍，醉菩提哇的一聲，如夢方覺。

當時滕鞏一看尤一鶚丰神倜儻，朱履長袍，宛然是個紳士，卻也有這樣能耐。見他把醉菩提點轉以後，即從袖內抽出一柄二尺長的折扇出來，笑嘻嘻對著滕鞏向自己鼻樑一指道：「在下衢州尤一鶚，初到江寧，偶爾同朋友寄寓在此，談不到怨仇兩字。看得足下點得一手好穴道，不覺技癢，代敝友解了圍，未知足下高姓大名、何路英雄？乞道其詳，在下也可見識見識。」

滕鞏聽他吐語不俗，知是個特殊人物，只看他手上那柄折扇，定是精鋼為骨，凡用這種鐵扇子的，定是點穴專家，此人是個勁敵恐怕不易對付，憑自己本領倒也並不懼他。不過四面一看，堂上堂下已密密層層布滿了官軍，大門外又人喊馬嘶人頭簇簇，想已震動全城，各處兵馬都已到來。而且這時范高頭、紅娘子、馮義對敵的都不止一人，只見一把紅毛寶刀兩把日月雙刀一枝鐵槳在人叢中左衝右突，滾來滾去，已是互相混戰，看不見他們整個身子。自己左右前後也有不少人包圍上來，在這危機一發五內如焚當口，哪有閒工夫同尤一鶚答話，心想先救出范高頭再說。便不理會尤一鶚，只雙足一跺，從幾個人頭上飛掠過去，一落地，還未看清范高頭所在，猛覺腦後金刃劈風的聲音，急從斜刺裡一個箭步縱了開去。

回身一看，只見一個黑面大漢曳襟紮領，提著一柄雙刀帶大步趕來。原來這人姓余，綽號余二麻子，勇力絕倫，是單天爵部下的一名守備，正在指揮兵士，忽見人上面飛過一個矮老頭來，滿想乘人立身未定，抽冷子從後面劈去，不料劈了個空，氣得哇哇亂叫。隨復掄刀趕上，滕鞏看他來勢甚猛，未容近身，先自健腕一翻，使個怪蟒吐信，從側面刺去。余二麻子仗著器長力猛，一味豎劈橫掃，一把雙刀連舞得呼呼山響。

哪知刀劍才一接觸，便聽得嗆啷啷一聲怪響，余二麻子的雙刀憑空削去了半截。余二麻子大驚，嚇得拖刀而逃，滕鞏並不追趕，一翻身向人叢中殺去，驀見許多官軍忽地分波裂浪般向兩旁倒退，殺出一個滿臉血汙衣襟破碎的人來，那人迎面碰著滕鞏，大呼道：「我主人何在？」

滕鞏看他手上鐵槳才知是馮義，急答道：「我也正在找他們，幾次被人絆住，此刻才得殺退。」

正說著，忽聽大堂台階相近喊聲如潮，似乎夾著范高頭大呼的聲音。馮義一聽聲音，來不及說話，一聲大吼，掄起鐵槳，重又翻身殺向前去。滕鞏正想跟蹤殺人，不料有不少豎眉橫目的標兵，挺著十幾竿花槍，八下裡向他攢刺過來。滕鞏大怒一伏身，使個撒花蓋頂，劍隨身轉，四面一絞，只聽得一陣喀喇之聲，把近身十幾枝槍竿一齊削斷。餘鋒所及，頓時斷足折臂，倒下不少標兵。

滕鞏正殺得興起，猛聽得人叢內喝聲如雷，竄出一個披髮的頭陀，倒拖著蛟筋藤蛇棍，迎面趕來，喝一聲：「飛虎頭陀在此！」滕鞏更不答話，奔雷劍一揮，兩人就搭上手大戰起來。這一交手滕鞏才知道這莽頭陀真有幾手，尤其手上那條藤蛇棍軟硬兼全不怕寶劍，被他這樣纏住，一時不易脫身，未免又耽擱不少工夫。哪知就在這當口，范高頭、紅娘子、馮義三人已成網中之魚了。

原來范高頭先同插翅虎鮑剛鬥了幾十回合，鮑剛漸漸不敵，卻又添上飛虎頭陀同玉面虎周昂，三人走馬燈式把范高頭圍在核心。范高頭一把紅毛寶刀上下翻飛，兀自拚命力戰，毫無懼色。那紅娘子被東關雙啞纏住也只能看關定勢，不能殺上前去，工夫一久，未免香汗沾鬢，卻又望見老父被一僧兩俗圍住大戰，格外擔心！忽然情急智生，覷個破綻，奮力向圈外一縱，急把雙刀一並，右手向鏢囊一摸，不好了！一囊金錢鏢，在施展劉海三撒時，全部施展，用得一枚不剩。一咬牙，只可雙刀一揮，重又奮勇向老父所在殺上前去，近得一步是一步，要死也要同老父死在一處。

這當口大堂內，又擁出許多抱刀弁勇，簇擁著一個體貌雄偉蓄著八字鬚，穿著一身官家便服，抱著一枝九節鋼鞭的人來，立在台階上高聲喝道：「本提鎮在此，賊徒還不就縛，等待何時？」

范高頭離台階甚近，一聽這人語氣勢派，就知道是單天爵本人，立時雙眼冒火，鼻竅生煙，大吼一聲！用盡平生之力，把紅毛寶刀一陣亂削，蕩開近身兵刃，一縱身跳上台階，連人連刀向單天爵當頭砍下。單天爵並不驚慌，喝一聲來得好！掄起鋼鞭相迎，幾個照面，單天爵就虛掩一鞭，回身縱入大堂。范高頭報仇心急，不辨虛實，急提刀追進堂內。

此時紅娘子也看清單天爵本人出來，老父已奮勇殺上前去，心裡一急，恨不得立時手刃仇人。無奈兵刃像雨點般裹上身來，一時怎能殺出重圍？不料遠遠幾聲呼哨，頓時四周兵刃像潮水般望後倒退下去，紅娘子心無二用，不分青紅皂白，趁此殺出重圍，縱上台階，居然毫無阻擋，被她殺進大堂。瞥見自己老父正提刀趕進大堂右側一重門內，忙一個箭步，向側門縱去。一進門，父女相差不過丈許遠近，正想開口叫喚，不好了！一陣鑼響，遍地絆索齊起，索上還附著無數倒鬚鉤。范高頭、紅娘子從外面燈籠火球之下趕到側門內，卻是一片墨黑，眼光還未聚攏，腳下已被絆索絞住，一個措手不及，同時兵刃出手，一齊絆倒。還想掙扎跳起，可恨衣襟均被倒鬚鉤掛住，愈滾愈多，越絆越緊，竟成了網中之魚。
霎時假山背後跳出無數健勇，連人帶索一齊按住，捆個結實。原來是單天爵預定計劃，明知善者不來來者不善，這幾隻大蟲一時不易擒捉，等外面戰到分際，特地在花廳相近布置好絆索，然後親自出來誘敵。故使手下呼哨為號，叫迎敵的人們散開讓路，好引范高頭父女趕來自投羅網。

在范高頭父女接踵殺進大堂時，正值鐵槳馮義碰見滕鞏以後，重又殺入重圍，宛如瘋虎一般，掄著一柄鐵槳左衝右奪，到處尋找主人。擋不住一人拚命，萬夫莫當，竟也有不少標兵，死在鐵槳之下，自己也受了幾處槍傷，滿身浴血一般，兀自大呼奮砍。正在捨死忘生當口，忽聽得大堂有人大喊道：「范高頭、紅娘子已被提鎮大人擒住，大人有命，把這兩個亡命囚徒，或擒或殺，快快了結！」

這人喊畢，堂上堂下個個奮勇大呼，密層層裏上前來。滕鞏同馮義雖是兩處死戰，卻都聽得清楚，只嚇得心驚膽戰！尤其馮義聽得肝膽欲裂，怒髮衝天，一聲大吼，奮起神威，舉槳一陣亂擊，怎奈久戰力盡，遍體創痕，一霎時亂刃交下死於非命。這邊滕鞏也是心慌意亂，禁不住飛虎頭陀越戰越勇，四下裡又無數兵刃逼近前來，心想此番吾命休矣！正在危急一髮當口，忽聽大堂後鑼聲亂鳴。火光衝天，人聲如潮，標兵大亂，大堂口有人大呼道：「大人有命，快分兵保護內宅搜捉奸細。」

這人一嚷，無數官兵向大堂亂擁，只剩飛虎頭陀同插翅虎鮑剛，另外幾個千總守備之類，兀自困住滕鞏，想活捉獻功，因此滕鞏尚能支持。那醉菩提一聽內宅有警，慌不迭的邀齊尤一鶚、東關雙啞和笑面虎周昂，也飛進內堂去獻殷勤去了。這一獻殷勤，倒便宜滕鞏不少，但力敵多人究難持久，已是氣促汗淋，眼看就要落敗，忽聽得半空裡霹靂般一聲大喝：「老英雄休慌，俺們路見不平，助你一臂。」

喝聲未絕，從大堂簷口飛下兩人，卻是一老一少。老的河目海口，白面黑髯，穿著一件寬博道袍長袖飄揚，頗有瀟灑之概，也未攜帶兵刃。少的面如重棗，目如朗星，一身勁裝，兩把長劍。兩人一落地，老的長袖就闖入圍中，同飛虎頭陀周旋起來。

說也奇怪，那老的雖是赤手空拳，一雙長袖舞得獵獵有聲，宛如摩空雕翮一般，那條蛟筋藤蛇棍，略一沾黏，被反激過去，震得飛虎頭陀兒乎脫手。那使雙劍的少年，也是一個箭步跟蹤而入，腳方點地，即把雙劍一分，使了一招孔雀展屏，便將滕鞏面前許多兵器一齊擋住。緊接著又是一個怪蟒轉身，把雙劍向左右一撩一絞，只聽得一陣叮噹喀嚓之聲，削掉許多長兵短器。插翅虎飛虎頭陀齊吃一驚，未免略望後退，那老者趁此機會，回頭向滕鞏道：「足下此時不走，等待何時？」

滕鞏點頭會意，忙托地跳出圈外，再兩搏振，一個旱地拔蔥，縱上大堂房簷。低頭一看，正看到台階下面一具血肉模糊的屍首，身旁放著一枝鐵槳，面目雖看不清楚，看這身旁兵器當然馮義無疑。憐他忠心耿耿，竟能身殉其主，實在難得。又想到范高頭父女被擒，性命危在旦夕，孤掌難鳴，如何是好？就算老少兩人仗義臂助，也是眾寡懸殊，絕難勝利。心裡一陣傷感，竟迷迷糊糊立在尾上，忘記逃走。猛覺左右有人架住自己兩條臂膊，全身騰空，一霎時腳不點地，被兩人竄房越脊架出提鎮衙門。

滕鞏忙定神一看，已立在一家縉紳人家的花園亭榭上面，身邊立著兩人非別，就是拔刀相助的一老一少。打量園中，花木扶疏，頗是僻靜，忙向兩人一恭到地，誠懇的謝道：「承蒙兩位相救，不啻死裡逃生，此恩此德，沒齒不忘，未知兩位英雄貴姓大名，因何入衙救人？」

那老者搖手道：「且莫閒談，此地離衙甚近，難免有人追搜到此。我們急速設法逃出城外，方算脫離虎口，事不宜遲，你們快隨我來。」說罷，只見他道袍一撩，喝聲走，就縱出四五丈遠，一眨眼已遠遠的只見他一點很小的影子。滕鞏知是高人，同那少年各自施展輕身夜行功夫，追蹤前去。三人這樣在屋脊上面一路地疾行，真是飛行絕跡，一塵不驚，眨眼就到了城牆腳下。幸喜所立之處離譙樓尚遠，並無兵士看守。那老者已立在城牆上面，向兩人招手，身影一晃，先已飛出城外去了。兩人接縱飛上，向城外一看，老者已立在護城河對岸。原來此處是水城門相近，所以格外僻靜。

滕鞏同那少年一躍而下，又一縱跳過城河，三人一起又飛行出去好幾里地，在一個路旁茅亭底下，權且少憩。那老者先開言道：「在下別號少室山人，率領敝徒東方豪到此尋訪一個人，無意中碰見足下同幾位老少英雄身入虎口，危險萬分。又看到足下使的招數是峨嵋宗派，彼此都有淵源，故而使出調虎離山之計，在內衙放火，引誘他們分開兵力，得助足下脫險，可惜那幾位貴友深入虎穴已遭毒手，但未知足下貴姓大名從何到此，與單提鎮有何怨仇？統乞見告為幸。」

滕鞏連連道謝，又把自己姓氏同范高頭到江寧的大概情形，匆匆一講。少室山人驚異道：「哦，原來如此，太湖王、范老英雄等久已聞名，甘瘋子還見過幾面，是個江湖上不可多得的人物。這樣說起來，太湖方面有他主持，柳摩霄等絕難占得便宜！倒是此地范老英雄父女性命危在旦夕，足下一人孤掌難鳴，須趕快回轉太湖，與甘瘋子等幾位大英雄急速設法搭救才好。在下與敝徒因為訪人未著，在此尚須逗留幾天，倘能見機行事，暗中保護范氏父女，定必盡力而行，等足下請得救兵到來，也可從旁稍助一臂。時機危急，足下快去快回吧。」

滕鞏聽罷，連連向他二人作揖而別，務請暗中保護范高頭父女。滕鞏思前想後，頓然悟到單天爵早已埋伏周密，自己幾個人泊舟時候有人尾探，早已洩風，所以城樓上也做出無戒備的氣象，使俺們放心輕入，自投陷阱，連兩個人頭也是誘敵之計。這樣一想，這兩隻快艇四個湖勇，定已同遭毒手無疑的了。到此地步，只可振作精神施展陸地飛行功夫，趕回太湖，幸而從江寧到太湖這條路，往常走過幾次，不致迷路走錯。而且一想到范氏父女兩條性命，就像懸在自己手上一般，恨不能背生雙翅，足具四腿，只可盡平生之技，拚命的一路飛行。

真是心無別注，目無旁矚，足不沾塵，身如激箭，好容易趕到太湖，日已東升，來不及找尋渡船，仗著混元一炁，一口氣半泅半蹈的飛渡而過，直叩碉前，一看碉柵嚴閉，縱身而上，便從碉側土脊上越過土碉，再從堡外跳上牆頭，越屋而進。他這一路不要命的奔馳，功夫雖高，究竟是上了歲數，難免神敝氣促，在途中救友心切，頓忘辛苦。等到目的已達，彼此見面，又把范高頭父女被擒、馮義殉主、自己遇救情形，滔滔不絕的講完，坐在廳上，就覺心神搖晃頭暈目眩起來。

第廿三章　虎穴龍潭

這時在座眾人聽他說畢，個個血脈僨張，同仇敵愾，都主張立時傾堡出發，與單天爵一決雌雄，救出范氏父女。尤其東方傑聽得自己兄弟已到江寨，自告奮勇願作嚮導，順便可以會看同胞。獨有甘瘋子早已看得滕鞏形神憔悴，坐立不安，知道他辛苦已極，有友如此，真是令人佩服，先不理會眾人，忙向滕鞏說道：「滕兄一夜奔波，氣脫力竭，須安睡一回才好。俺現在已明白其中情形，一切自有俺們調度，盡我們力量誓必去救范老英雄出險，滕兄盡可放心，快到裡邊自管靜心安睡去。要知我們練內功的人，最忌用力過度，萬一氣分受傷，其害不小。」

黃九龍也說道：「滕老英雄果然面色有異，虎弟快快陪你令尊到我房內去，這裡自有我師兄同我們商量搭救辦法。」癡虎兒聞言，忙走向父親身旁攙扶起來。

滕鞏被眾人一說，也覺得實在難以支持，不禁眼中垂淚道：「我年邁無用，有負老友，全仗甘老英雄黃堡主同諸位搭救的了。但是單天爵那賊心狠手辣，也許我老友已……」說到此處，喉中嗚咽著不忍再說下去。黃九龍不等他再說下去，振臂大呼道：「我們在今天一日內，好歹要救出范老英雄，你且寬懷進內去吧。」滕鞏含淚點頭，顯著無可奈何的神氣，被癡虎兒扶進去了。

滕鞏一進去，甘瘋子破袖一甩，拇指一豎，大聲說道：「患難中才見得到朋友的生死之交誼，從江寧到此少說也有幾百里路程，滕老丈血戰以後，在幾個時辰內一口氣趕了這許多路，人非鐵鑄，無論內功如何高妙，身體也要大受損傷，滕老丈到此以後還能滔滔不絕的講得一字不遺，足見平日內功何等精湛。雖然如此，也得休養多日才能復原，在這幾天內萬不能再叫他勞心的了。」

瑤華聞言，心想救人如救火，如何禁得耽延時候。倏的盈盈而起，嬌滴滴的說道：「時將近午，范老伯父女已成俎上肉盆中魚，我們萬一搭救不及竟遭毒手，那時候把單天爵碎屍萬段，也難彌此缺恨。」王元超、黃九龍也隨聲附和，請甘瘋子立刻調度齊赴江寧。

哪知甘瘋子巍然危座，一任眾人焦急，只微微冷笑，態度好不從容。眾人看得非常詫異，不知他葫蘆裡賣些什麼藥。黃九龍忍不住走近一步，悄悄問道：「事已緊急，師兄為何默不發言？」

一言未畢，甘瘋子呵呵大笑道：「范老英雄同我們休戚相關，豈容坐視？兩天以內，在我身上，包管你們見到白髮蕭蕭的范老丈、淚珠簌簌的紅娘子就是了。不過其中還有一點轉折，我正在默默籌劃，被你們一陣搗亂擾得我心神不安，這是何苦呢？」

黃九龍同眾人聽甘瘋子說得離奇，越發丈二和尚摸不著頭腦。只有王元超仔細一咀嚼，恍然大悟，不覺喜動於色，拍手歡呼道：「我師兄所說果有道理，諸位且寬懷，不久定有好音到來。」他這樣一說，舜華、瑤華秋波齊注，滿臉疑惑之色。

瑤華情不自禁的問道：「元超兄既領悟玄機，何妨直接痛快的宣布出來，這樣悶葫蘆一個個套上去可不得了，真要把人活活憋死了。」眾人聽她說得又爽利又俏皮，個個縱聲大笑。瑤華被眾人一笑，頓覺自己說得過於熟溜，未免嬌靨微紅淺窩帶暈，連王元超面上也訕訕的不自然了。

正在一片笑聲中，忽見廳外台基上匆匆趨上四名湖勇，一進廳垂手肅立，向上躬身施禮。黃九龍一看，認得這四人就是自己指派跟范高頭等到江寧去的湖勇，忙大聲問道：「聽說你們失事被擒，怎能脫身回來，而且回來得這樣快呢？」

那四人聽堡主問話，本來要報告許多話，就緊緊趨上幾步朗聲報告道：「小勇們奉命跟范老英雄等從柳莊出發，到了江寧，遵照范老英雄吩咐泊在城外僻靜處所，等候范老英雄回船。不料范老英雄離舟沒有多久，突然岸上一聲口哨，搭下許多撓鉤把兩隻快艇鉤住。小勇們四人一看岸上人多不敵，想跳水扯滑。哪知水中也有伏兵，小勇們措手不及都被擒住，蒙住頭臉綁進城內，關入一間黑屋，卻隱隱聽得遠處有喊殺聲音，不久又岑寂起來。

「關了許久，突又闖進無數號衣兵勇，執著火把軍器把小勇們一齊擁進一座衙門大堂底下，堂上燈火燭天，刀光耀目，公案上面坐著一個翎頂輝煌的官員，兩旁雁翅般排列無數武裝官弁，背後還立著不少服裝奇詭人物，又一眼看到公案下面立著兩個腳鐐手銬的犯人，正是范老英雄父女兩位。

「小勇們一看連范老英雄都被他們擒住，只嚇得心驚膽戰，定知凶多吉少！卻又見范老英雄在堂內挺身不跪高聲大罵。猛聽得驚堂一拍，堂內眾官弁震天價一聲吆喝，登時足聲雜遝。無數官弁擁出范老英雄父女兩位在大堂台階下面立定，背後都已插定兩面標斬，每人身旁夾著兩名手執鬼頭斬刀的紅差，甬道兩面直到大門口無數號勇，密層層圍住殺場。又把小勇們也擁入殺堂內，在范老英雄肩下一字排定。小勇們自分必死，倒也生死置諸度外，偷眼一看范老英雄父女兩位，依然面不改色，屹立當場。

「范老英雄白鬚飄揚哈哈大笑，回顧左右紅差喝道：『你們這種無用爛鐵，要服侍我這顆老頭顱未必中用，快取我那柄紅毛寶刀來送老子歸天。』可是范老英雄雖這樣高聲大喊，並沒有人理會。猛見台階上紅旗一展，焦雷般大喝一聲：開刀……」

那湖勇一口氣講到此處，略一停頓，預備換口氣再講。哪知座上瑤華、舜華啊呀一聲，驚得直立起來，連甘瘋子也有點忍不住氣，暗想這事要糟！自己一番妙算，也要跟范老英雄的頭顱一刀兩段。急得破袖亂揮，指著報告的湖勇喝道：「以後怎樣？快講快講！」

那湖勇也看出眾人著急的意思，急接著說道：「那時台階上高喝一聲開刀，幾柄明晃晃的鬼頭刀都已高舉過頂，正待斬下。說時遲那時快，猛聽得大堂屋上有人高聲大呼道：『太湖全體英雄在此，單小子快來納命。』喝聲起處嘩喇喇砸下無數屋瓦，滿天飛舞。這許多屋瓦竟像生眼睛似的，一大半都砸在高舉鬼頭刀的劊子手身上。只砸得幾個劊子手頭破血流，抱頭亂竄，登時人聲如沸，法場大亂。

「小勇們原已閉目等死，這樣一驚，心裡以為堡主真個到來，急睜眼抬頭一望四面屋上，何嘗有半個人影？卻見不少官弁同幾個不僧不道的人飛身上屋四面搜尋，下面的法場依然圍著鐵桶相似。那時范老英雄也像小勇們一般總以為救兵到來，一聲大吼，全身骨節格格山響，似乎想掙開鐐銬的樣子。後來飛了一陣瓦片毫無動靜，只落得一聲長歎。

「一忽兒見台階上跑下幾個懷抱長刀的凶漢，後面押著一個高舉著令箭的武官，耀武揚威闖入法場，厲聲喝道：『大人有命，快快一齊開刀，不得違誤。』一聲喝畢，四面標兵又是震天價一聲威喝。幾個長刀手登時分開代替受傷的紅差，兩人服侍一個，夾住小勇們，拉辮的拉辮，舉刀的舉刀，這時除出引頸挨刀還有何說？那知生死有命，一毫勉強不得。刀還未下，耳邊又聽得遠遠有人連喊：『刀下留人！』這一聲大喊，居然幾把雪亮的大刀停在半空，小勇們不由得又睜開眼來。

「只見大門口圍住圈子的標兵紛紛向兩旁讓路，擁進黑壓壓的一堆人來。那時天光早已大亮，旭日高升，為首的一個長臉道裝的人，背負著長劍，率領著許多高高矮矮裝束不一的凶漢，個個手持兵器如飛的向大堂跑去，邊跑邊喊刀下留人，有幾個喊著：『柳道爺回來了，待道爺見過大人再斬未遲。』那般官兵似乎對於那個長臉道士非常敬畏，一路過去，個個向他躬身為禮。

「那時小勇們幾條性命，活似又從鬼門關上叫回來，心裡迷迷糊糊也不知怎麼一回事？只見這般人進去以後，身邊的長刀手把刀放下，同法場上的兵弁們交頭接耳不知議論些什麼。又一個伸著腦袋，望著大堂上觀看動靜。這時范老英雄卻又大罵起來，小勇們不敢向他老人家多語，只有讓他罵不絕口。約隔了頓飯時光，從大堂內跑來幾個兵弁指揮標兵又把范老英雄父女倆擁入大堂，另外一批標兵把小勇們擁進甬道旁一間小小的營房內看守，湖勇們幾個標兵一齊退了出去。

「接著門外人影一閃，走進一個袍褂整齊的彪形漢子，倒提著一柄金背鬼頭大砍刀，一進門把刀夾在肋下，代小勇們退去手腳上鐐銬，很客氣的對小勇們說道：『我是洞庭柳寨主部下，鬼面金剛雷洪便是，柳總寨主在太湖已與你們黃堡主講和，所以連夜趕回，把你們從刀頭上救下性命。此刻我奉柳寨主同單大人的命令，當夜把你們四人先行放回，免傷和氣。還叫我同你們到太湖去拜見你家堡主，面呈要信，外而已預備好五匹快馬，我就此陪你們出去吧。』

「小勇們聽得半信半疑，一想這幾條命已是從鬼門關上追回，再世為人，怕他什麼？立時同那鬼面金剛走出提鎮衙門攀鞍上馬，一口氣跑出城門。鬼面金剛在前引路，連連加鞭拚命疾馳，似乎比小勇們還要心急，恨不得一鞭就到。幸而這幾匹代步腳程真快，居然趕到堡前剛剛過午。現在鬼面金剛未敢擅入，在堡外候傳，先叫小勇們進來報告一切，並請示堡主要不要傳他們進來面遞信件。」

湖勇講畢，頭一個甘瘋子心上一塊石頭落地，先自長長的吁了一口氣，突又呵呵大笑道：「如何，現在諸位可以明白了吧？」

黃九龍笑道：「師兄說的時候真不易領會，等到一見他們四人安然回來，就已瞧料幾分，現在據他們報告的情形，定是柳老道想走馬換將無疑了。但是其中也許別有狡計，倒也不得不防。現且見過這鬼面金剛，看他信內怎樣說法，再定主意，師兄以為何如？」

甘瘋子點頭道：「好，叫他進來。」

四個湖勇領命轉身出去，一忽兒領著鬼面金剛進來。黃九龍一看鬼面金剛居然也披著一身整齊袍褂，假充斯文，做出一步三搖的樣子走來，神氣非常可笑，同昨夜堡外交戰時候截然地不同。鬼面金剛一腳跨進廳門，一雙圓圓怪眼先自骨碌碌四面一打量，然後向上作了一個連環大揖，走近幾步粗聲粗氣的說道：「在下鬼面金剛雷洪，奉洞庭柳總寨主的命，解上黃堡主暨各位英雄，面遞要信，順便護送貴湖四位好漢回堡。江寧情形，四位好漢定已詳細報告，敝總寨主一番苦心當也蒙堡主明鑒了，現在還有敝總寨主一封親筆要信，命雷洪當面投遞。」說罷，從懷內掏出一封信來，雙手獻上。

黃九龍一拱手接過信來，先不拆看，向雷洪笑道：「有勞雷寨主親身到來未曾遠迎，望乞恕罪。想雷寨主鞍馬勞頓，且請外面客廳寬坐，不嫌簡慢，務請在敝堡用過午飯再回。讓在下同敝師兄們看明來信，如要覆信的話，就順便托雷寨主費神帶回。」

雷洪慌忙答道：「不敢叨擾，倒是回信務請見賞，以便回報。」

黃九龍一面答應，一面指揮得力頭目陪雷洪到外廂款待。雷洪出去以後，黃九龍把手上一封信送到甘瘋子手中，笑道：「師兄且看這牛鼻子有何話說。」甘瘋子一笑，把信拆開攤在桌上，同眾人細看。只見上面寫道：

「太湖堡主九龍閣下，化干戈為玉帛，泯嫌隙以召祥和，宏謀遠略，欽佩至深。詎意整旅旋寧，正值范高頭等轅門投首，摩霄愛屋及烏不念舊惡力為挽救，幾至舌敝唇焦，始獲單將軍首肯，並先釋貴湖四健兒回報，借釋遠懷。耿耿於心，當可洞察。閣下英武軼群，燭微知著，定能推己及人，當仁不讓，以副區區之微忱焉。爰貢寸箋，敬俟後命。洞庭柳摩霄拜手。」

眾人看罷，甘瘋子先自呵呵大笑道：「取瑟而歌，音在弦外，果然不出俺所料。你們看他信內雖不明說走馬換將，可是信內『推己及人當仁不讓』兩句話已包括無遺，看不出這牛鼻子也有如許心計。在他以為有范老丈父女挾制我們，不怕我們不釋放洞庭各寨主。哈哈，既然如此，俺倒偏要顯個神通同他開個玩笑，非教他服輸到底不可，才識得俺甘瘋子的手段。」

說罷退坐椅上脖子一仰，兩眼望著屋樑只管出神，眾人不知他有何用意，唯黃九龍、王元超深知這位師兄事事遊戲一味獨斷獨行，雖料他此時暗籌奇計，想折服柳摩霄，又犯著他怪僻好奇的性子了。

但是在黃九龍等一般意思，只要顧全得范老頭子父女兩條命，也不顧再計較短長。當下向甘瘋子笑道：「柳摩霄信內無非要求我們釋放他幾個部下，其實俺們並不願與他固結深仇，只要范老丈父女安全回來，走馬換將也未始不可。不過其中蓋赤鳳是東方兄弟的仇人，萬難釋放！好在蓋赤鳳也非洞庭嫡係，人已殘廢，柳摩霄心狠手辣未必再戀眷於他，只說當場格傷早已亡命，就可搪塞過去了。」

甘瘋子微微點頭，忽然一躍而起，一疊聲喊侍立湖勇取過筆硯，提起筆來颼颼颼就在來信後面空白上龍飛鳳舞的批了幾行字，然後擲筆大笑道：「這樣就可回覆他們了。」眾人看時，只見寫著『示悉。謹於明晚月上，陪同貴湖諸好漢候教柳莊。龍拜覆』寥寥幾個字。

王元超道：「這樣最好。柳莊在我範圍，不怕他們另做手腳，又不怕他們不乖乖的送范氏父女來。」

甘瘋子笑道：「天下事逃不出一個『理』字，一個『勢』字。柳摩霄起初妄想暗襲湖堡，是虧於理，現在要救自己幾個羽翼，沒奈何忍氣吞聲，情願救下仇人的命來掉換被擒幾個寨主，這是屈於勢。所以凡做了理虧的事，到後來沒有不屈於勢的。話雖如是，俺聽滕老丈所講江寧情形，單天爵那邊似乎添了幾個能手，難保不另生鬼計。俺決定在今晚獨自一人到江寧去探看一番，順便會會少室山人，免得他久盼滕老丈的回音。倘然機會湊巧，也許能夠行我密計。」

甘瘋子語音未絕，東方傑挺身而出向甘瘋子道：「在下情願跟甘老英雄走一趟，順便叫俺舍弟一同來堡聚義，也可同斬仇人之頭，稍洩心頭之恨。」

黃九龍大喜道：「倘蒙令弟光降，本堡又添一個得力臂膀，真是萬分歡迎。不過俺師兄同東方兄都熬了一夜，怎又要遠遠的再跑一趟，未免太累了。」

甘瘋子微微一笑道：「你們恐不知道俺今夜前去的意思，為范老丈的事說不得只好多受點累了。東方兄既然願意同去，也好，但是二人已足，你們千萬謹守湖堡，靜候俺的消息。無論俺到江寧順利與否，在明天午前必定趕回便了。」

黃九龍、王元超聽他口氣，已有點明白他師兄前去的用意。其餘雲中雙鳳、東方傑聽得甘瘋子說話若明若昧，還以為無非暗地偵探一番便了。午後黃九龍獨自走出外廂，敷衍了鬼面金剛一陣，把批好原信交他帶回，又叮囑幾句，然後叫幾個頭目直送雷洪到三座碉外，珍重而別。雷洪走後，甘瘋子、東方傑二人在堡中飽餐一頓，就別過眾人也向江寧進發去了。廳上就只有雲中雙鳳同王元超、黃九龍隨意談談說說。黃九龍忽然想起雲中雙鳳也熬了一夜，應該讓她們休息休息才好。可是女流之輩，堡中並無侍應女僕，怎好留宿？如果請她們仍回柳莊去，那邊主人不在供應難周，殊非待客之道。這一件小小瑣事，倒有點為難起來。

哪知黃九龍這樣為難，有一個體貼入微的王元超，早已代他師兄布置妥貼了。他們正在廳上談話，忽見一個湖勇領著兩個年老女人，另一個湖勇扛著兩副卷蓋兒一同進來。黃九龍愕然，莫名其妙，王元超忙笑道：「這是小弟差人到柳莊叫來侍候兩位女英雄的。」

黃九龍大喜，心中委決不下的事立時解決了。呂氏姊妹原認識這兩個女僕是范宅的人，而且兩副鋪蓋也是范宅用過的，忙向黃九龍致謝道：「堡主何必這樣費心？愚姊妹仍到柳莊去寄宿也是一樣的。」

王元超接口道：「那邊冷清清的如何使得？愚兄弟有事請教也覺不便。」

黃九龍也笑道：「此間專為接待賓客的屋宇很多，兩位不嫌簡慢就是。」說罷立時指揮湖勇打掃一間精緻客舍，領兩個女僕先去布置起來。一會兒布置妥貼，呂氏姊妹也就不客氣，道聲打擾，同黃九龍王元超別過，走向客舍休息去了。

黃九龍、王元超先到後面探看滕鞏，一看滕鞏鼻息沉沉，癡虎兒也守在床前枕臂而臥，不敢驚動他們，退出回到監禁被擒各強徒處所查勘一遍，叮囑各頭目幾句，也就各自回房略事休息。

王元超一走進自己房內，猛想起那冊秘笈同呂氏姊妹在柳莊閃爍的言語，急把藏好的秘笈拿出來，拆開外面密密的封裹，赫然露出兩本古香古色的秘笈來。翻開書頁，一行行的蠅頭小楷，還加上密層層硃批，中間又畫著不少式。但是這時王元超無暇細細研究，只惦記著舜華、瑤華的輕顰淺笑，思索著她們對自己若有情若無情的舉動，又想起自己在家中對兄嫂斬釘截鐵的說過誓不再娶，未免一顆心突突發跳忐忑不寧起來。一個人坐在窗前，桌上攤著書，無意識的把兩本秘笈一頁頁的翻過去，書上一行行蠅頭小楷發誓也沒有半個字看進眼裡去。翻來翻去，一本書將要翻完，驀地眼前一亮，似乎書內夾著一張姣豔的信箋，同時一陣非蘭非麝的幽香也從書縫內透洩出來，中人欲醉。忙把翻過去的幾頁又小心地翻過來，果然從書內抽出一張緋紅的精緻湘箋來。

王元超見到這張湘箋，就想起在赤城山彌勒庵內那晚一陣微風，膝上發現一張信箋，同這張湘箋顏色尺寸一模一樣，這樣就可明白這張湘箋是誰夾在書內的了。王元超這一喜非同小可，先不細看箋上有字無字，忙迅速地跳起身來把房門砰的一聲關好，再回到窗前坐下來把那張湘箋仔細一看，只見上面寫著幾行簪花小字，題著一首小詩，低聲吟哦道：

玉宇舞嫦娥，皇皇日月梭，
下有雙俠女，英氣漸消磨。

王元超把這首詩反覆吟哦了十幾遍，覺得詩中意思於自己沒有多大關係，雖然認得字跡確是雲中雙鳳的手筆，但是看出語氣無非平常寄感的意思，把王元超一顆滾熱的心，霎時像拋在冰桶裡一般。正想撂在一邊，猛然又記起昨晚同雙鳳在柳莊候敵時際，雙鳳曾經叮囑過如看秘笈時不要與人同看的一句話，又覺得事非偶然，這首詩定有深意。這樣一想，把掉在冰桶裡的一顆心，仍舊撈起來擱在火爐上去了。等他第二次把那首詩箋攤在桌上，聚精會神的把二十個字一個個推敲起來，總算虧他精誠所至，上可格天，居然被他參透玄機，豁然貫通，喜得他忘其所以，拍案驚呼。幸而門外無人，春光並未洩漏。

你道他怎樣參透詩中暗藏機關？原來這首詩總共只二十個字，十字一行，兩行並寫，不留意看去，無非隨意做的一首絕句，仔細一看，中間卻嵌著方方正正四個字最要緊，與王元超最有關係的字，這字非別，就是「娥皇女英」四個字。娥皇女英是兩個女人的名字，也是虞舜的一后一妃，卻又是同胞姊妹，雲中雙鳳故意把四個字嵌在一首不相干的詩內，明明是說我們姊妹願效古時娥皇女英共事你一人，這樣天外飛來的喜事，又是一箭雙雕，怪不得王元超驚喜欲狂了。

但是王元超在這當口，兩眼直勾勾的注在詩箋上，彷彿在夢裡一般，只管呆呆的出神，心裡反弄得七上八落不知如何是好。正在這樣出神的時候，忽然卜卜的敲門聲一驚，忙把詩箋折疊起來貼胸藏好，再掩好秘笈，然後假裝睡醒模樣把門一開，卻見黃九龍笑嘻嘻跨進門來，手上舉著一支女人頭上的鳳釵笑道：「這就是呂舜華頭上的東西，昨天交手時節拿了過來，現在倒後悔起來，一時又不便當面還她，現在已經轉敵為友，益發不能現出一點輕視之態。這事只有請老弟費神，代愚兄想個婉轉的法子交還她們吧。」

哪知王元超見了這支鳳釵，想到自己密藏著瑤華的鞋劍和詩上機關，三面一印證，好像是天賜良緣，這鳳釵、鞋劍就是絕妙的文定之物。心裡這樣一琢磨，對黃九龍不免囁嚅了半晌答不出話來。

黃九龍倒並不疑惑，以為他代人送還這樣東西也有為難之處，不等他開口又呵呵笑道：「你不必為難，你替我代還總比我自己還她們容易些。老五，你多多費神吧。」剛說到此處，恰好跑進一個湖勇，說外邊頭目有要事面稟。黃九龍一聽外面有事，就把鳳釵向王元超手上一塞，口內又說了一句費神，就匆匆出門而去。

王元超看黃九龍去遠，一轉身又坐在窗前椅上，手拿著鳳釵默默的籌思了一回，暗自得了一個主意，把懷中藏著的鞋劍也拿出來，尋了一個精緻的小盒，把鳳釵、鞋劍一齊放了進去，那張詩箋折疊起來，卻不放在盒內另外密藏起來。然後提起筆，在盒上面端端正正寫了幾個恭楷，是「永夜燈花結，同胞愜素心」十個字。

原來這十個字裡面也暗藏著緊要機關，只要把兩句首尾四個字聯接起來就發現「永結同心」四個字，這四個字正針對著雲中雙鳳詩內嵌的「娥皇女英」四字，彷彿一問一答，一方問的是，我們姊妹倆情願嫁你一人。一面答的是，好，從此我們永結同心白頭偕老。這樣就是讓別人看見，無非以為是幾句歪詩，罰咒也看不出藏著如許奧妙。最妙不過一男兩女的婚姻大事，就在這幾個字上輕輕的解決了。

閒話休提。當下王元超辦完這件機密大事，自己看了又看，眉飛色舞得意非凡，又想怎樣將這個盒子送去？暗自籌劃停當，然後暫把盒子揣在懷內，順手把桌上秘笈收起，也無心再看，一臉喜氣，飄飄欲仙的走出房來，信步向癡虎兒屋內走去。剛走進房門正想掀簾而入，忽聽得裡邊鶯聲嚦嚦，嬌語如簧，恰正是呂氏姊妹也在房內同滕鞏談笑，頓覺心頭突突亂跳，面紅耳熱起來，忙連連倒退強自按定心神。一想她們定已料到他回房見過詩句看破機關，這樣貿然進去，彼此見面何以為情，不如回去吧，但又捨不得離開。

正在這樣心口相商，進退維谷當口，忽聽得後面有人呼道：「五弟為何欲前又卻？聽說滕老丈精神已恢復過來，此刻並未安睡，不妨進去略談片刻，愚兄也是來看他的。」這樣一來，王元超無法脫身，只得硬著頭皮跟在黃九龍後面進去。一進門，滕鞏、癡虎兒同舜華、瑤華一齊抬身相迎。在大家一陣寒暄歡笑之中，有六道奇異的眼光碰在一處，發出不可思議的神秘，真非筆墨所能形容，只覺各人心頭突的一動，急各把眼光移開，面上格外莊重矜持起來。如果旁邊沒有人留意三人舉動，也容易瞧料，因為三人面上變化竟是一個模樣。

幸而在這一剎那間，滕老丈正向黃九龍殷勤致謝無暇留神，癡虎兒爛漫天真領會不到。等到寒暄告畢，王元超同雙鳳已強自鎮定不露痕跡了。雖然不露痕跡，三人坐在一屋內，各都懷著鬼胎不敢開口交談，瑤華、舜華只向滕鞏、黃九龍兩人問長問短。恰好為時不久，日落西山燈燭交輝，黃九龍因呂氏姊妹是客，滕鞏初到，復又盛張酒筵相待。這一席酒，王元超同雲中雙鳳依然落落寡言，雙鳳也失掉從前活潑之態，黃九龍等以為正念范氏父女，也不在意。

等到酒闌人散，各歸臥室，王元超回到自己房內，先自和衣假寢，片時聽到魚更三躍，蹶然躍起，把外衣脫掉穿著一身夜行衣服，也不攜帶兵刃，只把那個盒子帶在身邊，從窗戶一躍而出，一看無人，轉身再躍上屋頂向客舍跑去。一忽兒到了雲中雙鳳寄頓所在，仔細一打量，原來是個小小院落，並排著三間樓房，院內兩株參天古柏高與樓齊，亂枝四出，森森龍吟。

王元超從牆頭兩腳一點，飛上左首柏樹，立定身，向樓上一望。只右首一間燈光外射，窗戶未閉，王元超料得雲中雙鳳定宿這一間屋內，忙來了一個黃鶯織柳又飛到右首柏樹上，再一騰身鑽上樹巔，隱身在翠葉中向有燈光的樓內望去。卻見房中羅帳高懸錦被山疊，並無呂氏姊妹蹤影，只兩個老嫗坐著打盹。心想怪呀，這時候兩姊妹還上何處去？這倒好，趁她們不在就把這件東西放入樓內便了。

恰好這株柏樹距樓甚近，立身的枝幹逼近窗口，一縱身便輕輕飛入窗內，一看靠桌打盹的兩個老嫗兀自呼呼打鼾，毫未覺得。立在樓板上四面一打量，樓內琴棋書畫位置楚楚，襯著錦枕香衾，倒也精雅非凡，堡內許多屋子真還比不上這間屋子，也算沒有虧待兩位俏佳人的了。王元超癡癡的鑒賞，竟也有室邇人遐之感，猛然想起萬一此刻她們回來倒顯得老大沒趣，急拿出盒子四面一看，想尋一安放之處而且要容易注目的地方，靈機一動，躡足近床，一俯身把盒子端端正正擺在褥上，位置妥當，猛可轉身過來正預備向窗口飛出，萬不料一抬頭，窗前正悄悄的立著兩個俏佳人，兩雙妙目水汪汪的注著他的身上，而且眉尖嘴角似喜似嗔。

王元超這一驚非同小可，立時烘的徹耳通紅，心裡迷迷糊糊，四肢百骸如中了蒙汗藥一般，兩腳釘在樓板上可憐竟一步動彈不得。可是立在窗前的舜華、瑤華，起初回到樓上碰著王元超，心裡原已預備了一番話，不料被王元超這樣一來，兩姊妹也像觸了電似的喉嚨內也像堵住了東西，羞得一句話都說不出了。

你道舜華、瑤華怎回來得這樣巧呢？原來白天她們倆在滕鞏房內碰見王元超，看他面上那種尷尬神氣，就瞧料秘笈內的機關已被他看破，但不知道他肚內打什麼主意，女孩兒家這種終身大事何等重大？何況姊妹同心，娥英一志，等到席散回房，姐妹倆暗一商量，越想越不安起來。結果想出一個偵探辦法，等到夜闌人靜，姊妹倆略一結束，向兩個女僕推說遊行堡外，賞覓月景，竟自雙雙飛出窗外，竄房越脊向王元超臥室尋來，巧不過王元超不約而同，也在這時飛身上屋。

不過舜華、瑤華初到，地面方向都不大清楚，堡中房屋又是依山為屋，高高低低與普通房屋不同，兩方面一來一去，卻非一條路線。可是舜華、瑤華因為路徑不熟，盤來盤去離自己住的所在還沒有多遠，忽見大廳屋脊上一條黑影，一溜煙似的向自己住的所在奔去。姊妹倆因為距離頗遠看不清那條黑影是誰，反疑惑是刺客一流，姊妹倆急回身追來，將近自己住的樓房，已見一條黑影從這邊樹上飛到那邊樹上去了。

姊妹倆一矮身伏在牆頭，看這人如何舉動？片時只見這人雙足一點飛入樓內，卻因此窗內燈光一晃照見這人身影，不覺又驚又喜，喜的是並非刺客原來是他，驚的是不知他來意如何。姐妹倆悄悄一打招呼，也照樣飛上柏樹暗窺他作何舉動？卻見他背身立在床前癡癡的出神，姊妹倆以為他特地乘夜靜更深找她們當面商量。

兩人一想，彼此都是俠義英雄，原不應效世俗兒女羞澀之態，趁此機會何妨挺身而出，見他一見。姊妹倆同心以後，又故意施展一手絕學，乘他背身之際輕輕飛入窗內，真像兩團棉花似的毫無聲息。果然王元超神遊角枕錦衾之間絲毫未覺，等到轉身覿面，大家愣愣的相對當口，舜華、瑤華身不動，眼光卻已瞧到床上，看見了那個小盒子。姊妹倆都瞧料盒內藏著自己東西卻又錯會了意，以為王元超送回東西來，似乎好事不錯，所以嬌臉上帶著幾分薄嗔。偏碰著這位王元超並非憐香惜玉的行家，驀地相見窘得說不出話來。

可是這樣僵局，無非片刻之間，王元超絕不能無言而別，到底還是他按定心神，向她們一躬到地，滿面惶恐的說道：「深夜造訪冒昧萬分，望乞恕罪。」

舜華、瑤華齊聲答道：「愚姊妹偶然外出有失迎迓，亦是不安。但未知王兄駕臨，有何見教？」

這一問已是單刀直入，王元超真有點不易回答。在他的本意，盒子暗地一送，讓她們同自己一樣在暗地猜想啞謎心照不宣，將來再請月老出頭成其好事罷了。不料現在鑼對鑼、鼓對鼓，雖彼此都是俠義英雄與平常世俗兒女偷偷摸摸不大相同，但是那時候禮教束縛何等謹嚴，越是響當當的好漢越不能胡來一起，因此王元超被她們一問又大僵而特僵。在舜華、瑤華這方面，明知這一問人家不易回答，可是在這緊要關頭，幾句話就可定姊妹倆的終身的幸福，有不能不問之勢。

恰好在王元超囁嚅難答之際，靠桌打盹的兩個女僕聞聲驚醒，瞇著眼啊喲一聲直立起來，口內叨念道：「該死該死！竟不知小姐們回來得這樣快法。」一眼看見王元超一身勁裝立在床前，悚然一驚手足不知所措。其實王元超幸虧她們一陣打岔，肚裡已打定了主意，卻又聽得舜華向那女僕笑叱道：「不要囉嗦，快去沏點香茗來就是。」兩女僕連聲答應，邁開鯊魚大腳蹣跚而去。

這裡姊妹倆重新施禮遜坐，彼此又一陣謙虛。

王元超趁此一轉身，拿起床上小盒，恭恭敬敬的擺在近身桌上，然後微笑道：「小弟專為此盒而來，順便向兩位拜謝見贈秘笈的美意。」說了這句頓了一頓，又輕輕的說道：「小弟一片真誠盡在盒上。務請兩位恕余唐突，現在時已不早，就此告辭。」這幾句辭不達意的話，在王元超已是搜盡枯腸，自謂要言不煩的了，而且相對如坐針氈，說了這幾句話就想脫身。

不料那兩個女僕在這當口手托香茗分獻主客，其勢又不能不稍留，起初幸而女僕打岔，此刻又恨她們多事了。這時舜華卻比他老辣十倍，一面遜茶，一面眼波如流，已把桌中盒子上的字看得清清楚楚，那「永結同心」四個字的啞謎，也已深深嵌入芳心之中，登時嬌靨含春，情苗怒茁，尤其是翦水雙瞳脈脈深注，恨不能揮退女僕，一罄衷曲。王元超這時也窺破對方神情，知已啞謎揭曉，佳人心許，頓覺心神交泰，豔福無儔，卻又戀戀不捨起來。

正在彼此相喻無言，領略溫馨的當口，猛聽得堡內瞭台上警鑼亂鳴、人聲嘈雜，王元超同舜華、瑤華齊吃一驚，奔向窗口一望，只見廳前廣坪上火燭沖天，聲聲大喊：「捉奸細！」三人一聽，趕緊一齊躍出窗外，飛上屋頂四面一看，只見大廳屋脊上有幾條黑影捉對兒混殺在一起。王元超來不及同雙鳳打招呼，雙足一點飛出牆外，一落地直向前廳奔去，正轉過屏風，正與一人撞個滿懷，把那人撞得突突倒退幾乎跌倒。

定睛一看卻是癡虎兒，赤著膊一手抱著一支精鐵禪杖，一手夾著兩柄寶劍，一見王元超大喊道：「我的王老師教我找得好苦！我上不得屋急得沒有法想，老師快上屋捉奸細去呀！」

王元超無暇理會，一看他手上寶劍有一把正是自己新得的倚天劍，不由分說奪過自己寶劍，一縱身飛出廳外，再轉身一個旱地拔蔥直上廳屋。一看黃九龍白虹劍劍光滾滾，正與一個披髮頭陀大戰，還有滕鞏仗著奔雷劍敵住兩個短小精瘦的漢子，都是一聲不響啞聲兒拚殺，下坪上卻火球如籠，無數湖勇個個張弓搭箭大聲嘶喊。王元超知道滕鞏剛才休養片時精神還未復原，急急一聲猛喝向兩個短漢殺去。哪知他一上前，那個披髮頭陀一聲口哨，同兩個短漢一齊拔腿飛逃，滕鞏大喊道：「這三個奸細是江寧的惡徒，不要放他們逃走！」

那三個奸細本領卻也不小，在屋面飛跑如履平地，後面黃九龍等也是一路飛追首尾相接。那披髮頭陀看得難以脫身，倏的左手向後一揚便見兩個寒星迎面飛來。黃九龍哈哈一聲狂笑，喝道：「賊頭陀伎倆不過爾爾。」只雙肩微斜，一舉左手疾伸兩指把迎面一點寒星鉗住，一看卻是一支三稜毒藥鋼鏢，還有一鏢擦身飛向後面，正回頭叫聲：「五弟仔細！」王元超已舉劍一格，叮噹鏢落瓦簷。這一來腳下未免少停，三個奸細已由廳屋躍過側房。

黃九龍心裡一急，就勢把鉗住鋼鏢向前一擲，鏢去如風眼看中在頭陀背上，卻又聽得叮噹一聲響，鋼鏢滑落，那頭陀沒事人似的依舊沒命飛逃。黃九龍倒也暗暗吃驚，知道他練就金鐘罩一類功夫，故而皮堅逾鐵。急忙腳步一緊，獵狗逐兔一般飛追過去。

第廿四章　顧盼情癡

前面逃的兩個短漢在前，頭陀在後，竄房越脊已逃到堡門不遠。不料前面遠遠一堵高牆上，現出兩個俏佳人來各橫短劍，迎頭攔住，一聲嬌喝道：「賊徒到此，還想逃命不成！」喝聲未絕玉臂齊揮，鏢彈交下。這樣前後夾攻，三個奸細不由得魂飛膽落！前面兩個短漢雖然矯捷非凡，禁不得鏢發連珠彌如密雹，躲過了鏢躲不了彈，一個心慌失措腿肚上各中了幾顆蓮子彈，兩腿一軟便一齊骨碌碌滾向下去，下面湖勇們一聲吶喊，一窩蜂趕將過來便把兩短漢四馬攢蹄捆將起來。

那屋上還剩一個披髮頭陀，看得夥伴被擒，急得一聲怪吼，把手上一支蛟筋藤蛇棍舞得呼呼山響，沒命的衝向前去，鏢彈像雨點般打在身上，竟一點傷他不得，直被他縱上堡牆跳落堡外。黃九龍、王元超、滕鞏、舜華、瑤華合在一處，一起追出堡外，眼看他翻山越嶺捷逾猿猴，直追出三座碉堡將近湖岸，黃九龍首先追及，喝一聲：「賊頭陀還往哪裡跑！」白虹劍電也似的向前掃去。那頭陀卻識得厲害，並不回頭招架，只雙足一點直竄出丈許遠，已到湖岸茅亭底下，一轉身屹然立住，瞪著一雙圓彪彪的怪眼，把藤蛇棍拍的向地上一擊，大聲喊道：「來來來！俺再與你戰三百合，教你識得俺飛虎頭陀的手段。」

黃九龍大怒，一聲厲喝，把白虹劍一挺，使個玉女穿梭的著數，連人帶劍直搠將進去。飛虎頭陀卻也了得，一個滑步避將開去，一緊手中藤蛇棍，翻臂一撒，使個「烏龍掃地」纏將過來。頓時劍如銀龍棍似怪蟒，一來一往鬥將起來。

講到這飛虎頭陀本領原非小可，手上一支蛟筋籐蛇棍軟硬兼全，不懼寶劍，同黃九龍白虹劍足可支持一起。不過飛虎頭陀仗的是全身刀槍不入同竄房越脊的輕身功夫，講到劍術怎及得黃九龍內家精奇？十幾招以後，就逼得他手忙腳亂只有招架，步步後退。

卻在這時，王元超、滕鞏、舜華、瑤華率領著許多湖勇一齊趕到，四面散開包圍過去。飛虎頭陀一看不對，恰好被黃九龍劍光漸漸逼退到水邊，那頭陀看得明白，哈哈一聲狂笑道：「俺要失陪了。」腳跟一蟄勁並不轉身，整個身子像箭也似的直向後面水波上平射過去，卜通一聲浪花一湧一落，那頭陀立時蹤影全無。

黃九龍道：「看不出這頭陀還精通水性，此人在單天爵那邊早晚是個禍根，慢慢想法總有一天要把他除掉。」

王元超道：「今晚這三個奸細來得非常兀突，既然柳老道下書定約，怎麼又做出這樣冒昧的事來？令人有點難以索解了。」滕鞏、舜華、瑤華都一起稱怪。

黃九龍笑道：「今天差一點著了這頭陀的道路，說起來又要佩服我們大師兄的奇妙布置。因為各處山寨的更樓瞭台，差不多都設在門樓砦口左右，獨有俺大師兄察看此地形勢，教俺設在堡內最高處所，一直可望到十里開外，為全堡耳目。早晚更番守望，內設巨鉦、號角、金鑼三樣器具，火警鳴鉦，聚兵鳴角，遇刺客、奸細鳴鑼。火生何處，兵來何方，刺客多少，只要辨別聲音細數幾下，就可明白。別處山寨的更樓瞭台，往往設於寨砦前面，易為奸細所制，一進門先把更夫瞭卒捆縛起來，便可為所欲為了。

「今晚這賊頭陀同那兩個猴兒般的漢子，一進堡就把看守門樓上的幾個湖勇用雞鳴香熏翻，捆了手足。萬不料俺後面瞭台上，正有一個頭目帶著四個湖勇上台替班，早已借著月光，看清門樓上有三個鬼鬼祟祟的黑影直向廳屋奔來，立時鳴鑼如雷驚醒大眾，接著又是鐺鐺鐺三下，俺就知道來了三個奸細，急急奔出，提劍跳上廳屋正把三個奸細截住，就殺起來。

「一忽兒，滕老夫同你先後到來，把他們殺跑。可是沒有兩位女英雄賞他們幾顆連珠彈，那兩個瘦漢輕身功夫著實可以，恐怕同賊頭陀一起跑掉了。俺總以為柳摩霄吃足苦頭暫時定然無虞，哪知稍一疏忽幾乎著了道兒。這三個奸細不言而喻，定是想劫奪被擒的幾個洞庭寨主，不過細想起來，柳摩霄何至於這樣冒昧？恐怕其中另有別情吧。」

滕鞏道：「好在我們已擒住兩個，不難從這兩人身上討出口供來。」黃九龍、王元超齊聲道：「對，俺們就此回堡審他一審。」說罷一起回轉堡中，就在大廳屏風前點起兩行臂膊粗的大燭，橫列一張長桌，蒙著火紅錦幃，上面設了一排虎皮交椅，黃九龍居中，滕鞏、舜華、瑤華、王元超、癡虎兒依次坐下，後面侍立著一排頭目，左右雁翅般排著幾十個抱刀湖勇，倒也威風凜凜，不亞於森羅殿上。黃九龍喝一聲：「帶奸細！」階下春雷價齊聲答應，登時一陣吆喝，簇擁著兩個反剪的短小精悍的漢子來到公桌下面。

兩漢腿上雖然吃著蓮子彈，依然精神奕奕挺立如山。黃九龍等仔細一打量，兩漢身材面目長得一模一樣，卻無凶惡邪氣，不禁暗暗稱奇。黃九龍劍眉一挑，砰的一聲，以拳抵桌，厲聲喝道：「你們二人姓甚名誰，籍貫何處，受何人指使，來此意欲何為？快快從實招來，如有半句虛言，立時叫你們身首異處。」

哪知這兩人聽得黃九龍一番叱問滿不在乎，只各人瞪著兩隻黑漆似的眼珠，目光灼灼只管打量上面坐的幾個人。看到滕鞏，兩人露著微笑互相目示，口中一陣咿咿啞啞不知說的是什麼。

滕鞏早已看清這兩人，在大戰提鎮衙門時候，同紅娘子交手的就是這兩人，忙向黃九龍耳邊低說了幾句。黃九龍微微點頭，心裡也打了一個主意，卻又故作怒容一聲大喝道：「該死的東西，既然被擒，還不俯首乞命從實招來，難道不怕死嗎？」黃九龍一聲喝畢，兩人仰天打了一個哈哈脖子一伸，似乎表示伸頸就戮的意思，口內依然一聲不響。

黃九龍猛的一抬身，錚的一聲掣出那柄白虹劍來，右臂一伸閃電似的一道白光奔向兩人中間，亮銀似的劍鋒條卷條舒，宛如怪蟒吐信一般，頓覺冷氣颼颼逼人眉宇。兩人初見這把奇異長劍，不由得臉上現出驚惶神氣向兩旁一躲，一忽兒又豎眉瞪目露出強項態度，各把脖子伸得長長的，向劍鋒奔湊過來。黃九龍哈哈一聲大笑，只一掣，那把劍縮了回去，依舊盤在腰間。

兩人詫愕之間，黃九龍托地一躍，隔桌跳將出來，親自把兩人捆索解去，向兩人一豎大拇指呵呵大笑道：「兩位端的英雄了得！俺們恨的是單天爵擅作威福居心叵測，柳摩霄無端侵犯情理難恕，同諸位有何怨仇可言。而且俺可以斗膽說一句，單天爵無非用勢力、耍手腕來籠絡江湖好漢，助他多行不義，柳摩霄也是一鼻孔出氣，無非互相利用，講不到義氣兩個字上去。兩位一臉英雄氣概，怎麼也被他們利用？實在可惜之至！」說到此處連連歎息。

這時滕鞏、王元超、雲中雙鳳也一同下座同兩短漢施禮，一面指揮湖勇撤去公案，請兩短漢高座。這一來把兩漢弄得莫名其妙，苦於啞巴說不出話來，急得連連反手指口咿咿啞啞的一陣亂嚷。黃九龍等這才明白兩人都是啞巴，未免肚裡暗笑，卻又一時想不出探他口氣的法子，眉頭一皺想了一個計，問兩人能否以筆代口。哪知兩人原是鄉下老憨，只認得西瓜大的幾個字，怎能筆談？除卻寫出「嚴東關祝一郎祝二郎」幾個字外，只急得兩人雙手亂搖。

可是啞巴也有通談的門道，只看他伸出兩手，東一指西一指，比劃了半天，黃九龍等沉住氣領會他比劃的意思，居然也略略懂得一點大概。知道這兩人同單天爵、柳摩霄認識得沒有幾天，對於單、柳兩人行為一概不知，又從這兩人面上神氣看出對於自己非常欽服，又看得兩人這種誠懇之態，武藝也算不差，頗有聯絡之意。恰好滕鞏、王元超也有此心，說話之間把單天爵、柳摩霄惡劣行為，盡情說了一番，勸兩人不要助紂為虐，玷汙了自己的江湖名氣。又從話裡套話，勸他們在湖堡多盤桓幾時，多結交幾個朋友。

這樣三言兩語，尤其是講到彼此武功，說得兩人五體投地，兩人互相咿啞一陣倏的立起身來向黃九龍拜伏在地。黃九龍大喜，忙兩手扶起極力安慰一番，又向兩人說明白武功宗派，同座幾個人的來歷。兩人格外心悅誠服高興非凡，但是黃九龍想打聽范高頭父女情形，同單天爵叫他們來堡是何主意？因為東關雙啞初次見面，啞巴的手勢不熟，雙方費了九牛二虎之力依然難以完全了解，只有暫時罷休，等二師兄回來再定主意。當晚就請東關雙啞在客館睡了一宵。

第二天眾人只盼望甘瘋子到來，哪知望到日影過午還是消息沉沉，個個焦急非凡。黃九龍心想二師兄絕不致失陷在單柳二人手上，再細細向東關雙啞打探，問他們在江寧有沒有看到甘瘋子這般模樣的人？雙啞一味擺頭搖手，再問范高頭父女是否關在監牢。雙啞又把手亂搖？黃九龍索性一句句的探問，看雙啞搖手不搖手來猜度江寧的消息。這個法子倒也不錯，比較昨晚毫無頭緒的進步得多了。

果然從這樣一問搖手裡，探出驚人消息來了！黃九龍問到范高頭父女既然不關在監牢，難道柳摩霄因為要調換幾個寨主待如上賓麼？雙啞又把頭搖個不住，眾人驚異起來。雙啞看得眾人驚異，肚內明白，恨不得剖腹相告，卻苦於說不出來。

祝一郎低頭一想，忽然伸開左臂，豎著大拇指同小指，中間三指握得緊緊地，又把自己的頭髮揪下幾根來，用右手拈了一根在大拇指上纏了幾道，又在小指上照樣纏了一道。纏畢把大拇指同小指向桌上一抵，兩隻眼卻骨碌碌向眾人亂轉，口內大聲咭咭吧吧的嚷了一陣，似乎叫眾人注意他兩個指頭。黃九龍等不知他是何用意，幾乎要笑出來，忍住笑，看變戲法似的看他做出甚樣把戲來。

祝一郎卻凝神望目的把左手兩指，抵在近身的桌邊以後，突然伸長右臂，一俯身從右面桌邊底下也昂起一個拇指，一個小指來。昂起以後，猛可裡兩指一躍而出，發瘋似的把右手兩指搭在左邊桌上的兩指上，一陣爬剔，鉤去髮絲，四指相合疾躍而起在桌面一蹦一跳，同向右邊桌面跳下而沒。祝一郎表演這番指頭活劇以後，向眾人又一陣咿啞，似乎問眾人明白不明白？只你看我我看你，皺著紋瞪著眼，想不出所以然來。只笑倒了舜華、瑤華姊妹倆，背轉身抿著嘴吃吃的笑個不止。

這當口癡虎兒也坐在滕鞏肩下，這位傻哥有時卻比聰明的還聰明，驀地跳起身來拍手大笑道：「俺明白了。」

眾人忙問：「你怎麼明白？」

癡虎兒大笑道：「妙，妙！范老丈父女已逃出江寧了。」

眾人大驚，忙問怎講？癡虎兒笑著向祝一郎一指道：「這位起初用頭髮捆縛起來的意思，大拇指是范老丈，小指是紅娘子。後來右手兩指也是一老一少的兩位英雄，把范老丈父女救走了。」眾人一想果然很像。祝一郎、祝二郎聽得癡虎兒說得不錯，滿面欣悅之色，連連向癡虎兒翹著大拇指。眾人看雙啞情形，證明范老丈父女確已被人救走，個個驚喜非凡。

滕鞏說道：「這樣說起來，救范老丈的老少英雄定是少室山人師徒二人了，但是甘老英雄同東方傑怎麼還不見回來呢？就是少室山人救出范氏父女以後也應急速到堡才是，此刻都未到來，恐已另生枝節。」話還未了，急匆匆趨進幾個湖勇大聲說道：「范老英雄們回來了。」眾人大喜，忙一齊迎了出去。

將出廳門，已見一群人從廣坪甬道上過來，為首一個白面長鬚道冠朱履，料是少室山人。緊跟著范高頭父女，卻都衣冠不整滿面頹喪之象，最後卻是東方傑陪著一個氣概昂藏，背負長劍的少年。眾人迎下台階恭身肅客，黃九龍首先趨上一步，向少室山人施禮道：「久仰道長盛名，今日得蒙光臨，又蒙搭救范老英雄，實在感幸之至。」兩人揖讓之間，滕鞏已一把抓住范老丈手臂哽咽得說不出話來，舜華、瑤華也握著紅娘子的手互相對泣。

范高頭一跺腳大聲說道：「老朽萬不料死裡逃生還能見眾位一面，沒有這位道長師徒二人相救，這幾根老骨頭早已同亡婿相見黃泉路上了。」說到亡婿兩字，後面紅娘子已頓足嚎啕起來，卻又想起此地並非自己家中，忙又極力忍住，只一把眼淚一把鼻涕，向眾人哀哀欲絕。舜華、瑤華一邊一個把她挾上台階，跟著眾人一起走進廳內。湖勇們忙調椅添座分獻香茗，眾人又重新一一施禮依次落座。

紅娘子起初進來只顧哭泣並未留神，此時抹乾眼淚四面一看，猛見癡虎兒肩旁坐著兩個異樣短瘦漢子，正是江寧血戰時用兩柄匕首絆住自己的凶漢。仇人相見分外眼紅，也不問如何會坐在此地，倏的躍起戟指叱道：「這兩個凶徒正是江寧一黨，如何在此?快把他們捆起來！」

范高頭聞聲驚視似乎也依稀認得，剛想啟問，滕鞏忙立起身來兩手一搖，向范高頭父女婉轉說明情由。東關雙啞有口難言，只向范高頭、紅娘子作揖謝罪，少室山人也從中解圍，說了既往不咎不知不罪的話。紅娘子無奈，只好把氣壓了下去。

黃九龍向東方傑問道：「俺們二師兄怎的沒有同回呢？」

少室山人不等東方傑答言，向眾人微笑道：「其中詳情，容貧道奉告吧。貧道師徒二人自從與滕老先生分別，依然回到提鎮衙門暗地裡探著。只見單天爵的一般狐群狗黨，已經救熄後堂火苗，打掃淨大堂前屍首，在大堂上設起公案桌，標兵胥吏排列得威武異常。我們知道要審范老先生了，果然一忽兒單天爵翎頂輝煌坐出堂來，後面擁著許多不三不四的江湖人物。這番情形，俺知道先回湖的四位貴堡好漢已報告得詳細，毋庸多敘。

「那時范老丈臨刑當口幾乎把俺們急死，急得不管好歹先用屋瓦延宕一陣。萬不料幸而這樣一延宕，柳摩霄不先不後到來，大喊刀下留人。俺們起初詫異非常，猜不透是何用意?後來在單天爵秘室上面聽得柳摩霄說出在太湖失敗，失陷了幾個寨主，要彼此掉換的話，才明白他們的鬼計。

「那時俺師徒倆分頭去尋找范老先生監禁所在，想看看有無下手機會。哪知踏遍牢獄一間間仔細探聽，竟無范老先生的蹤影。卻在一間營房上面聽出一個自稱鬼面金剛的人同貴堡四位好漢說話，一忽兒五人出衙騎著快馬走了。那時天已大亮，知道范老先生已無危險，可以暫時離開，於是俺師徒倆包好兵刃縱下屋來，仗著無人認識，大大方方走出城來。俺們寄寓所在，是城外一個破廟內的觀音閣。這座破廟香火毫無，除了幾個乞丐在大殿角落裡煨狗肉、捉虱子以外，終年看不見人影的。尤其是廟後那座觀音閣，因為設有樓梯，閣外人進不到，俺師徒二人寓在這種地方最好沒有。

「哪知天下真有意想不到的事，俺師徒倆剛飛身入閣，突見范老先生父女兩人垂頭閉目盤膝而坐。俺們大驚！還未開口，范老先生父女已拱手起立悄悄呼出俺師徒賤名來，又遞過一個紙條與俺。俺一看上面寫著：『別來無恙！匆匆未能謀一面，甚歉。范氏父女請攜之回湖，甚感，甚感！瓢奉啟』

「我一看恍然大悟，原來就是貴堡主的老師陸地神仙，不是他老人家哪有這樣廣大神通？還記得那年我雲遊雲南，碰見他老人家一次，深蒙他殷殷循誘，時刻銘心，講起來我也可算他老人家的私塾弟子，可惜他老人家不知為了何事這樣神龍見首不見尾，竟不能謀一面。當時我們問范老先生他老人家怎樣能在青天白日救出兩位來？……」

少室山人說到此處，范高頭接著歎了一口氣說道：「到現在我才知人外有人，天外有天，像他老人家的本領才算得絕頂功夫。俺父女倆起初自問必死，想不到柳摩霄異想天開救下仇人的命來，弄得老朽如騰雲一般。等到被他們推推擁擁闖入後面一座地窖裡，似乎地窖裡面是條狹長的地道，卻是漆黑一片看不分明，而且依然腳鐐手銬轉動不得。

「隔了不到頓飯時光，忽覺眼前白光一閃，一陣風拂面而過，就聽到耳邊有人道：『我來救你們二人出去。』說了這句，就覺得那人用手在鐐銬上一拂，立時寸斷。但是俺父女手足都已麻木得不能動彈，寸步難移，那人似已知道，又替俺們略一按摩，立時四肢回復過來，跟著那人走出地窖。一看這人鬚眉奇古，體貌清癯，真是一派仙風道貌，令人肅然起敬。

「俺那時還神志未清，認不出就是令師，正想俯身下拜，他老人家向地窖口七倒八歪躺著的許多兵勇一指道：『這般人暫時被我點了睡穴不久即醒，快跟我走，免得再妄動干戈。』說到此處遠遠有人聲到來，他老人家不由分說，像拎小雞似的一手一個把俺父女倆夾在脅下，立時騰身而起，只一起一落就飛出好幾層屋脊出去，這種輕身功夫，不是目見誰也不信。俺一眨眼便在衙外僻道內，他老人家依然把俺父女倆夾在脅下飛出城外，直到觀音閣上始放下俺們來。

「這一路飛行，俺只覺天風貫耳，有眼難睜，宛如騰雲駕霧般，片刻之間迷迷糊糊就到了閣上。那時曉日初升，衙內街上，豈無人見？何以他老人家一路自在飛行毫無阻礙？現在俺還疑惑是仙人縮地之法，並非輕身功夫哩。」

少室山人大笑道：「沒有這種功夫，還能稱陸地神仙嗎？可是功夫還是我們淺薄，未能窺其奧秘，便疑為神仙一流。其實古時聶隱娘、空空兒、虬髯公、摩勒之類，都有這種功夫，大約身法步法快到極點，便似電掣雲馳一般，即使有人看見，只見一道白煙而已。至於單天爵那邊，他老人家能夠在青天白日下出入自如，定有奇妙布置，一半懾於他老人家的威名，哪敢輕捋虎鬚咧！」

范高頭道：「可不是！那時他老人家在觀音閣上把俺放下，俺才認清就是多年不見的老友，俺格外驚喜異常。他對俺們說道：『我們在此相見也是事有湊巧，可惜俺有要事在身，未能送你回湖。好在少室山人師徒不久即至，請他們送你們回去好了。單天爵那兒俺已有警告，地窖裡面也有布置，一時尚不致發現。此地又異常僻靜，暫時可以無虞。你們等到今晚夜深人靜時，再同少室山人回湖去好了。』說罷掏出兩顆丹藥同一封信、一張紙條來，把兩粒丹藥賞俺父女倆每人一顆，說是：你們父女兩人急痛傷肝，一夜苦戰元氣大傷，吃了丹藥斷免疾病。這一封信，囑咐回湖後面交甘老英雄，一張紙條交與少室山人。吩咐清楚，俺父女正伏地拜謝，哪知一抬身已不見他老人家的蹤影了。

「那時俺父女倆身體疲乏已極，困餓交攻，忙將丹藥吞下盤膝定神。果然丹藥如神，非但不知饑餓而且精神陡長。後來這位道長知道這種丹藥名叫辟穀丸，是用深山千年黃精和茯苓、何首烏等寶貴藥材造煉而成的。我們吞下丸藥沒多久，這位道長同這位東方傑兄果然到了，我遞過那張紙條，彼此就在閣下席地面坐，商量晚上依照陸地神仙指示一同回堡。又問起滕鞏老弟，知道也蒙少室道長搭救才能脫險，只可憐那鐵槳馮義碎身殉主屍骨無存！」

范高頭邊說邊又老淚縱橫仰天大哭，紅娘子也伏身抽咽起來，眾人又紛紛勸住，勉抑悲聲。

他又繼續說道：「俺們四人在觀音閣上商量定當，先由少室道長師徒二人重新翻身進城探看動靜，順便購買一點治饑食物。到了日落燈上，回轉閣來卻多了兩人。原來少室道長出城回來，湊巧路上碰著甘老英雄同這位東方傑兄，他們手足相逢果然喜出望外，就是道長同甘老英雄也是多年闊別，重逢舊雨，一同邀到閣上，見著老朽父女又是一番驚喜。

「據甘老英雄意思，想在走馬換將以前出奇制勝獨立救出老朽父女，使單天爵、柳摩霄無可挾制，失敗到底。萬不料令師略一舉手，就把老朽父女救出來了。其實甘老英雄到江寧去的當口並不對諸位說明，正是他別存深意體貼入微之處。他完全因為老朽活了這麼大，從前在江湖上也有點小名氣，不幸在江寧跌翻在後生小輩手內，還同著一個青年孀女被人挾制著，走馬換將，何等難堪！所以他立意要在事先把老朽父女搭救出來，這番深情厚意，教老朽父女如何報答？

「但是這位甘老英雄當老朽掏出陸地神仙手札來，他接過拆開一看，猛可裡把手上一封信向老朽一擲！匆匆說聲請轉交俺師弟們一看便知，此刻俺有要事恕不奉陪了。說著舉手一拱，一躍身飛出閣外走得無影無蹤。他這樣一走真弄得俺們莫名其妙，也不知道信內有如何要緊事，使他走得這樣慌忙。」

范高頭邊說邊把那封信拿出來送與黃九龍，黃九龍就把自己師父的手諭攤在桌上與眾同觀，只見上面寫道：

「余自雁岩來，湖堡近狀，甚悉。單、柳癬疥疾，不戢將自焚，世事不可知，干戈將匝地。汝輩當務其大者遠者，毋負此大好湖山，使先賢先烈竊笑於地下焉。近有要圖，需瘋子，速來寧毋忽。來春雁岩之會舉行於堡，汝師母將與會，事無鉅細，悉取決於是。范翁長者，宜加優禮，少室翁功行精進，宜勸求教，潛蛟謹厚，從龍湫甚勤，癡虎純孝堅苦，天生鐵骨，汝輩加以啟迪，當嶄然露頭角。雙鳳娓嫵可喜，返命時，元超當隨行報使，師母有所命，弗辭。餘事九龍便宜行之，不贅。瓢字。」

眾人一同看罷，凡在信內提及的幾個人各有不同表示：范高頭自是感激，少室山人自然謙讓，滕鞏看得讚揚兒子，也是暗暗欣喜。惟獨舜華、瑤華、王元超三人心裡起了一陣莫名其妙的感觸，心想我們三人的婚姻竟是鬼使神差一般，事事都如此巧的湊在一起，信內又單單差王元超同她們隨行報命，並不顧慮到男女同行不便的一層，豈非怪事？但是眾人倒也並不注意。

當下黃九龍笑道：「我同五師弟回堡以後，原有專函到靈巖寺四師弟處通知一切，所以敝老師知道此地情形。可是敝老師到雁岩四師弟回信沒有提起，想是新近的事。何以匆匆又到江寧？信內還說近有要圖需二師兄相助，未知究係何事？忖度函內大意明年湖堡盛會師母也要駕臨，這倒是一樁希罕事兒，難道兩位老人家已和好如初了嗎？」

范高頭搖頭道：「這倒未必。據老朽猜想，此番令師匆匆赴寧，或者就因為多年沒有解決的事已有眉目，不久就可解決。又預料此事解決以後夫妻定可和好，所以信內說明來年千手觀音與會的話，看起來定是此事無疑的了。」

舜華、黃九龍、王元超齊聲問道：「此事日前老丈也曾提及，究竟其中有何糾葛，老丈可否見告？」

范高頭連連搖手道：「不能說，不能說！此事奇特得很，不到可說的時候萬不能說。何況老朽所知也是一點影兒，何敢亂談。據老朽所料，明年此地盛會，他們兩位老人家必定會當眾宣布圓滿解決，那時諸位就可明白，現在且把這事放在一邊，老朽此刻想和眾位暫行告辭同小女回柳莊一行。亡婿不幸屍骨難回，小女也應設靈成服，剪紙招魂，稍盡夫妻之義。」言罷又簌簌淚下，垂首無言。

紅娘子倏的立起，一邁步，趨向下面衝著黃九龍淚流滿面的跪在地下，嗚咽說道：「堡主大仁大義，可憐未亡人丈夫死得淒慘，不報此仇誓不做人。昨晚未亡人一時急痛神迷，幾乎讓老父同罹入難葬送惡賊手裡，此刻想來兀自心驚肉跳。現在未亡人只求堡主善視老父，使他長受堡主愛護得保天年，未亡人來生定當變牛變馬報答不盡。至於未亡人性命，早已置之度外，無論遲早，不計利害，誓必手刃仇人，然後甘心。」

這時黃九龍驚慌失措不便用手攙扶，只有遙遙地對跪，口中連連說道：「姑奶奶千萬不要如是，一切事都包在黃某身上，快請起來。」恰好雙鳳已飛步近前，把紅娘子從地上扶起，眾人又紛紛勸說一番。

黃九龍立起身來略一沉思，便向身旁湖勇低低囑咐了幾句，幾個湖勇領命趨出，然後向范高頭說道：「老丈同姑奶奶回莊設靈自是正理，就是我們也要執紼告奠的。但是兩位飽受虛驚精神太乏，俗話說得好：留得青山在不怕沒柴燒，報仇有日，還請節哀保身為是。至於設靈招魂一切瑣事我已著人預備去了，老丈同姑奶奶權且在敝堡屈居一宵，明晨我們一同陪老丈回莊便了。」

范高頭明白黃九龍這番厚意，恐怕他回去睹物傷情，尤其是女人心窄難免發生意外岔兒，堡中人多又有雙鳳勸慰，自然好得多了。范高頭想到人家體貼周至，不覺感激涕零，只有連連拱手道謝。紅娘子早由雙鳳扶入她們住的樓上，細細勸慰去了。

這裡黃九龍又說起柳摩霄走馬換將的事來，且看他今晚換不出來如何下台。少室山人笑道：「這事想起來還有點不明，昨晨貧道師徒同范老先生父女，後來又添上東方傑兄，為慎重起見在觀音閣上足足守了一晝夜，直到今天丑時正才促程趕來。在閣上淹留時節，我師徒二人進城打探了幾次，似乎提鎮衙門靜悄悄的沒有動靜，城門口也無兵弁盤詰，卻因白天未便進衙，竟探不出實在消息。但是昨晚此地又鬧奸細，難道單柳二人發現范老先生走後也派人到此，想依樣畫葫蘆不成？」這時東關雙啞在座從旁聽得，連連搖手，表示所說不對，卻又無法說出實情，眾人只可一笑作罷。

少室山人接著笑道：「柳摩霄今晚又是一個難題沒有交卷，可是依貧道愚見正與尊師相合，罪止為首，似可不為已甚。」

黃九龍連連點首道：「道長所見極是，且看他們來意如何便了。」

這時東方傑正同他兄弟娓娓清談，忽聽少室山人說到這上頭，二人突然計上心來，略一接耳，一起肅然起立由東方傑向黃九龍道：「堡主可否現刻就將淫賊蓋赤鳳賜與不才兄弟二人，稍洩多年之恨？」

黃九龍方要開口，少室山人不明原因便問何事？東方豪便向他老師婉陳一番，他一聽自己門徒尚有這段因果夾在中間倒有點不便開口了。黃九龍卻說道：「論到這淫賊，罪惡滔天，與幾個洞庭寨主不能一概而論，就算沒有東方兄弟一段因果也當為天下人除害，所以在下早已允許東方兄手刃仇人，未知道長以為何如？」

少室山人同他徒弟東方豪到江寧去探訪東方傑本為此事，豈有不贊成之理？卻因自己說過不為已甚，唯有黃九龍一段解說，終覺有點礙口，只好說一句：「全憑堡主主持。」

黃九龍一笑，從身邊掏出一張尖角令旗交與東方傑悄悄吩咐道：「你們二人拿著我的令旗到監禁處所提出蓋赤鳳來，尋個僻靜地方隨你們怎樣處治便了。卻不要令紅娘子知道，你明白我的意思嗎？」東方傑滿心暢快連連答應，暗地招呼了東方豪帶著令旗一同出去了。其實范高頭在座上看得一清二楚，知道黃九龍恐怕自己同女兒傷感，所以叫東方傑弟兄暗地處治蓋赤鳳，用心何等周摯，益發感激入骨。

當晚黃九龍在大廳上盛設宴席，一半為少室山人洗塵，一半替范高頭父女壓驚。首席自然是少室山人，次席范高頭，東方豪新到坐了第三席，其餘滕鞏、紅娘子、舜華、瑤華、東方傑、祝一郎、祝二郎、癡虎兒依次禮坐，下面黃九龍、王元超並坐相陪，執壺勸酒。這一席酒，英雄相聚，本應興高采烈，無奈范氏父女兀自愁眉苦眼，連眾人也提不起興致來，幸而少室山人倜儻不凡，議論風生，談些奇聞異俗，一席的人無不傾心側耳，欽佩非常。

正在杯酒談心當口，左右忽報江寧下書人到來。黃九龍笑向眾人道：「消息來了，諸位只管暢飲，我去周旋一下再來奉陪。」說畢即匆匆邁步出廳。隔了許久，笑嘻嘻提著一個長方包袱進來，呵呵笑道：「柳摩霄、單天爵也只有這點膽量，被我老師略施警戒，就嚇得膽小如鼠了。」一席的人聽得突兀，個個停杯仰身齊問所以？黃九龍把包袱向旁條几上一放，依然入座，先向眾人敬了一巡酒然後微笑道：「此刻江寧來了兩個人，一個是先已來過的鬼面金剛，一個是單天爵手下的一名守備叫做余得勝，綽號余二麻子，口稱他們兩人奉命送回范老先生的紅毛寶刀和紅娘子的雙刀同鏢囊，說是本來預備在今天晚上送回范氏父女，不料昨晚夜深時節被少室山人師徒劫走，想是已回湖堡，所以范老先生父女的軍器特地專程送來。彼此既然解除誤會，從此無論江寧、洞庭，對於貴堡絕不會再生糾葛。希望貴堡看在江湖義氣面上，將洞庭幾位寨主交與他們兩人帶回。我一聽他們口氣，明白柳摩霄今晚難已踐約，自己只好不露面，差這兩人言甘辭卑的來乞情了。」

少室山人笑道：「怎麼救出范老先生牽在貧道身上？而且他們怎知貧道的賤號呢？」

黃九龍笑道：「自然其中另有別情，我一聽他們口吻就知道其中還有波折，因為來的二人是單、柳兩人各自派了一個體己的人來的，像單天爵這種趾高氣揚的人，不受極大的挫折不會低首下氣的！我察看來的二人中，那余二麻子是個草包，比鬼面金剛笨得多。我故意恭維他一陣，設法把他一人調到別間屋內細細的套出江寧實情。果然那余二麻子被我幾頂高帽子一套，口沫四噴直言無隱。

「原來敝老師在地穴內救范老先生當口在牆壁上寫了『救老英雄者少室山人』一行字，單天爵在內衙起火以後本已得著部下報告，大堂前飛下一道一俗救了使單劍的人，後來大堂上飛瓦也有見著道長及令徒的，自然深信不疑了。」

少室山人笑道：「他老人家想是故意如此，讓他們不知他親自前往。」

黃九龍笑道：「據余二麻子說，單天爵自從發現范老先生父女逃走，震怒異常！柳摩霄格外焦急得坐立不安，飛虎頭陀自告奮勇同祝家弟兄直趕到湖堡來，這就是昨晚這兒捉奸細的事了。最好笑那飛虎頭陀三人來湖以後，敝老師卻仍隱身在提鎮衙門，而同單天爵開一個大玩笑，據說飛虎頭陀轉身一剎那，單天爵在一角文書上想用一顆官印，哪知印匣內變了一塊石頭，一顆江寧提鎮的官印蹤影全無。

「這一下不亞於失掉單天爵的命根，做官沒有印把子如何當得？嚇得單天爵六神無主，連姨太太的馬桶內都找，哪有印的影兒。柳摩霄、醉菩提這般人也是面面相覷愛莫能助，但已覺到失掉得蹊蹺，定關係著范老先生的事。最苦的是單天爵失掉了官印，一面暗暗搜尋不敢聲張，倘若被上司知道立時要參劾的，只有啞巴吃黃連，一面想法，一面暗暗搜尋。不意在全衙翻箱倒櫃，單天爵坐在簽押房長吁短歎五內如焚當口，忽然一抬頭，屋頂天窗下面黏著一張紙條隨風飄動。

「單天爵大驚，一縱身取下來一看，只見上面寫道：『欲尋回爾印，革面洗心，取爾首級，如擘一蠅！』下面又署著少室山人四字。單天爵看了這張紙條出了一身冷汗！明白外邊能人很多，自己同柳摩霄這點本事也算說得過去，左右還有不少奇材異能之人，竟被那少室山人來無蹤去無影的隨意出入，假使要我腦袋真也容易，越想越怕，不覺氣焰全無，知道太湖幫不易招惹，不如急急趁波收帆。恰好柳摩霄也是驚弓之鳥，急想保全幾個寨主性命，也顧不得平日威風，就各人派了一個心腹來此求和了。」

黃九龍說到此地，少室山人大笑道：「這倒好！貧道本是默默無聞的人，這樣張冠李戴大出風頭，真是意料不及，就怕將來紙老虎戳穿倒難為情了。但是黃兄應許他們的要求沒有呢？」

黃九龍笑道：「應許是應許，可是有兩樁事要他們照辦：第一樁，江寧兩陸兵弁同洞庭嘍囉們此後不准踏進太湖地界窺探本湖動靜，一經查出格殺不論。第二樁，金昆秀、馮義兩人屍首急速改用上好棺木盤殮，克日運到柳莊。棺木哪一天到人哪一天放。我說了這番話，那兩人沒口的應許，就此得了回話，匆匆辭去了。」

合席的人聽得金昆秀屍骨能夠運回來，齊聲讚美，范高頭、紅娘子自然感謝異常，當席議定索性等棺木運到柳莊再舉行吊奠。黃九龍又向范高頭道：「老丈姑奶奶現在先顧辦喪事，使死者稍可瞑目，至於報仇的事不必急急從事，也不怕單天爵逃上天去。我這樣向他們一說，單天爵定以為我們從此不致與他為難，防衛自然漸漸鬆懈下來，那時我們想個別樣穩妥法子暗地到江寧把單天爵腦袋拿來，豈不易如反掌？」

此言一出，范高頭、紅娘子眉頭立展連連點頭，眾人也附和著照此行事萬無一失。這一席話，范高頭、紅娘子總算得到報仇機會，也不能不強作笑容同眾人勉飲幾杯。等到酒闌席散，黃九龍等送少室山人、范高頭到廳旁客館住宿，紅娘子同雙鳳一起，東方豪自然同他老兄東方傑抵足聯床，諸事停當，一宿無話。

第二天午後，江寧果真又派鬼面金剛、余二麻子護送兩口棺木來到。黃九龍早已指揮幾個頭目派好執事人等，在柳莊范宅內外搭起喪棚，設好靈幃，高僧高道，梵樂喧天，門外鼓樂，吹打迎送，倒也有一番哀榮之概。兩口棺木到門，紅娘子一身麻衣哭得死去活來，范高頭哭了女婿，又撫著鐵槳馮義的棺材捶胸大慟。堡中從黃九龍以次，全體更番弔奠。

說也奇怪，兩口棺材原是一東一西停放，眾人雖然一樣拜奠，可是全湖頭目和湖勇們在馮義棺前格外虔誠哀肅。范高頭撫棺痛哭當口，竟有不少湖勇暗灑同情之淚，大約因為馮義忠心為主，捐軀殉身，格外難能可貴。

等到紛紛祭奠告畢，黃九龍拜托少室山人、滕鞏等在柳莊照顧，自己同王元超回堡把監禁的幾個洞庭寨主同那位守備沈奎標一齊釋放，並將各人兵器也一一送還。當日把這般交與鬼面金剛、余二麻子原船送回，只有把蓋赤鳳一人推說當場被殺，同戰死幾位的屍身業由本堡一齊在山後深埋安葬。兩人也不敢深究，就此拜別下船揚帆回江寧去了。（後來待得這般人放回，當晚發現一顆官印仍舊好端端的放在印匣內。單天爵經過這回教訓再也不敢得罪湖堡，連那冊秘笈暫時也不敢妄想了。）

現在且說湖堡自范宅喪務告竣，少室山人在太湖各處名勝之地遊覽了幾天，把東方豪留在堡中，獨自向黃九龍等告辭，依然天涯海角地雲遊去了。少室山人一走，雲中雙鳳也想回去復命，暗地同王元超商量妥當，由王元超乘機向黃九龍說道：「現在江寧這樁事總算了結，師母那方面的事也應該早為取決。不過老師手諭命我陪雙鳳同去復命，在小弟想來，彼此男女有別，一路同行，殊嫌不妥，而且怎麼復命老師又沒有明白指示，如何向師母開口呢？」

黃九龍呵呵笑道：「這事我早和范老丈商量好了，先頭師母命雙鳳捎來的一封信盛氣凌人，無非她老人家故意如此，並非真心要奪湖堡。至於要我收羅海上群雄，我們原是求之不得的事，只要海上好漢真心聚義共商大舉，肯聽約束，我們何樂不為？所難這般人出沒海上，良莠不齊，萬一引狼入室，貽害我們根本，這就是可慮之處了。現且一步步去做，昨天為此事，私下同范老丈商量了一個辦法，由范老丈寫好一封詳函，把其中顧慮的所在一一寫入，交雙鳳去面交師母，且看師母怎樣說法。至於五弟你顧慮到男女同行不使，吾輩磊落丈夫，何慮小節？師命為重，大事要緊，何必拘節於此。」

黃九龍說出這番大道理，王元超聽得滿身舒服，幾乎要手舞足蹈起來，不料黃九龍邊說邊把兩隻精光炯炯的眼珠釘在他的面上，忍不住嗤的一聲笑了出來，王元超面上一紅，急問師兄為何發笑？黃九龍支吾了半晌，面色一整，低低說道：「呂氏姊妹武功著實了得，賢弟能夠設法把她們留在堡中，我們豈不又多些臂膀，但是怎能留得住呢？」

王元超一聽，心想此話突然而來，何以先笑後說，難道我們的事已被師兄窺破，故意如此試探嗎？想到此地不覺心頭突突亂跳，滿臉忸怩之色。黃九龍看他難以為情肚內暗笑，慌忙用話推宕開去，微笑道：「這無非隨口說說，未必辦得到。現在堡中多了東關雙啞、東方弟兄同滕氏父子、范氏父女，都是將來好臂膀。愚兄想把全湖各山頭劃分幾個山寨建築分堡，水上也同樣多添戰船火器擴充起來。希望大師兄能夠到來，就可向他討教進行計劃了。」兩人說了一陣不要緊的話也就各自走開。

到了第二天，呂舜華、呂瑤華就向黃九龍告辭要返回雲居山去，提起海上群雄安插的事來，黃九龍推心置腹的說出自己同范老丈商量的一番主意，舜華、瑤華非常贊成，情願在千手觀音面前極力疏通。正這樣說著，范高頭同紅娘子從柳莊到來彼此謙讓就坐。舜華看見紅娘子一身縞素不覺笑道：「現在應該稱白娘子，不應該再稱紅娘子了。」

紅娘子笑道：「是啊，紅娘子三個字，應該送與兩位了。」兩人一聽話中有話很不是味兒，狠狠地啐了一口正想反唇，范高頭已回頭向她們說道：「此刻聽堡主所說，兩位賢姪女就要回去復命，未便強留。那海上群雄的事，老朽同黃堡主已商量過幾次，現在老朽備了一封信在此，托兩位轉陳千手觀音。信內說明處理海上的事，仍請兩位從中婉言疏通。」說罷從懷裡拿出一封信來。舜華接在手內，兩面一看，裡外封得結實，還蓋上騎縫名章，好像信內有秘密要事恐怕寄書人私自折看一般。舜華看得奇怪卻又不便明問，只好收在身旁談些離別的話。

紅娘子坐在一旁卻不斷暗揾淚珠，嗚咽說道：「兩妹要事在身愚姊未便相留，但是彼此相處幾日氣味相投，情勝手足，尤其這幾天愚姊慘遭大故，若非兩妹深情婉勸，正言開導，愚姊也許早行拙志，做了不孝不義的人了。」邊說邊拉著雙鳳的玉手抽抽咽咽若不勝情，舜華、瑤華也是黯然強笑勸慰。

范高頭長歎一聲道：「兩位姪女此番來此沒有好好款待，反而生出逆心的事來弄得人家少歡，真是從何說起？」黃九龍急用話岔開談些別事，就在這天大設筵席餞行。

席散，雙鳳結束停當，外披風氅，仍舊用自己帶來的兩匹俊驢代步。王元超師命在身，也裝束整齊，腰掛長劍，外披紫呢子，又從廄中選出一匹藍筋竹耳、通體雪白的高頭大馬交與湖勇繫在屋外，與眾人告別一番，同呂氏姊妹走出湖堡來。眾人一齊送出堡外，獨有紅娘子牽著舜華、瑤華叮囑再四，然後揮手揚鞭，兩驢一馬潑刺刺跑出三重碉壘。

第廿五章　花好月圓

卻說王元超同呂氏姊妹辭別出來，三人兩驢一馬，迤邐行來，已到湖岸，選了一隻極大的渡船，連人帶牲口一齊渡過湖去。棄船登岸復又上騎前進，王元超領頭，舜華、瑤華緊隨在後，一路行來彼此並未說話。照說在堡中人多礙口未便暢談原毋庸說，此刻三人聯騎長行沒有局外人打擾，理應暢談無忌的了。哪知三人出得堡來直到此刻已走了十幾里路，各人騎在牲口上，除出幾句客氣關照的話以外，誰也不好意思張口說到姻緣的事上去。只心裡突突的跳得慌，心裡越跳，喉嚨裡越堵住了，雖然這樣啞聲兒蹉行，心裡儘管跳得慌，回味卻是甜津津的，身上十萬八千個毛孔都活潑潑的滿布著無窮快樂，臉上誰也矜持不住，自然而然的喜沖沖露著無窮笑意。

王元超口雖訥訥，頭卻一步一回，表示他關照殷勤。他一回頭，姊妹倆情不自禁的嫣然低鬟，回眸一笑，這一笑，也就心心相印勝於千言萬語了。而且在這山巔水涯、疏林夕照之間，寶馬名姝，鞭絲劍匣，閉目一想這段綺旎風光，那位王郎無儔豔福，左右逢源，也就領略不盡哩。

三人行行重行行，向前望去，已看到浙江省的長興縣城。一輪赤血似的紅日掛在城樓角上，照得一條長長官道變成滿地黃金之色，四周卻是暮靄蒼蒼炊煙四起。王元超心裡一轉，正想綏轡談話，恰好舜華鑾靴一夾，驢蹄得得趕上前來，迎身笑道：「元超兄，敝鄉雲居山到過沒有？」

王元超笑道：「浙江沿海一帶，只遊覽過溫、台兩地，故鄉較近的象山港三門灣等處，反而足跡不至，豈不可笑！不過從小就曉得像山港裡面有座極深的山峰，叫做雲居山，跨著奉化、寧海兩縣。每聽得到過此山的人講說，端的峰巒奇秀，仙靈福地，不亞於天台、普陀、雁蕩等處咧！」

舜華笑道：「仁者見仁，智者見智，山水之勝也是隨人而異的。俺們姊妹倆生長在雲居山上，天天在山中跑，覺得毫無引人入勝之處。這幾天在太湖東西二山同湖心馬跡山玩了幾天便覺得耳目一新，處處都有戀戀不捨之象。」王元超聽他讚揚太湖，心裡有句話剛到喉頭忽又咽了下去，忙改口東拉西扯細談各處勝景。後面瑤華也聽了出神，手上鞭韁都忘了控勒，一馬二驢，任牠款款行去。

卻不知行近城郊，官道上兩頭來往的人漸漸多了起來。看他們一男二女，氣概裝束迥自不凡，卻看不出是何路數？路旁許多泥腿淘氣小孩，看得三匹牲口快騰騰的馱著人走路非常好玩，一起鬨，跳跳躍躍、指指點點的跟在牲口後面，而且越跟越多，噪成一片。王元超回頭一看，馬後小孩子黑壓壓的結成了隊，吃了一驚，忙一齊猛著一鞭，潑剌剌跑離一箭之地，兀自聽得馬後小孩隱隱拍手歡呼之聲。三人抬頭一看已到城門，王元超正想揚鞭進城，忽聽瑤華在後嬌呼：

「且慢！」

王元超一回頭，卻見她們雙雙把絲韁一帶，如飛的向左沿城跑去。王元超不解，忙揚鞭從後趕至問道：「兩位為何不進城去？」

舜華回頭笑道：「此地到吳興沒有多遠，我們不如到吳興再尋宿頭。此處地僻邑小居民少見多怪，把俺們當作稀罕，瞧熱鬧似的直瞪眼，實在討厭。不如趁著斜陽未下新月初上，再趕一程。」說著揚鞭向遠遠迷茫的溪口一指。王元超順著她的鞭梢一瞧，果見一鉤新月已掛天邊，卻只淡淡的一痕蛾眉，於是疾揮幾鞭，連轡並進。

沒有多久，已遙見前面燈火萬家，市聲喧起，瑤華笑指道：「前面就是吳興城外，城外市容已如此塵囂甚雜，城內繁華可以想見，真不愧浙江首富之區，比較長興真有天淵之別。但俺們卻要鬧中取靜，因為此地九流三教甚多，易招人眼，不如在城外市梢頭覓一乾淨旅舍胡亂寄宿一宵便了。」王元超連聲道好，首先下馬緩緩帶韁步入市來。

恰好一進市口就有一所高大瓦房，一色水磨磚牆，砌著一座石庫牆門，高挑著仕宦行台的大燈籠。王元超拉馬近門，早有幾個夥伴跑出門來含笑招呼，兜攬生意，後面呂氏姊妹也牽驢近前，三人隨手將牲口交與宿店夥伴，一同走進牆門，轉過照壁，宿店掌櫃迎上殷殷招待，領導至一小小院落，倒也花木扶疏，幽雅宜人。上面一排列著兩明一暗上等官房，室內桌椅周全床帳整齊，字畫擺設也頗可觀，雙鳳先自心喜，王元超自然更無話說，夥伴早從牲口上搬進鋪蓋，一面沏茶進水，流水般供應上來，恭維之間，卻一聲聲老爺、太太的稱呼著。

落店簿時王元超報稱王姓，跟著滿耳王老爺，又接著太太上面也有了王字，還叫得震天價響！當他們三人是過路的家眷，也許帶著妻妾進省，這樣一恭維，表面骨子都不算差，但已弄得三人啼笑皆非卻又無法分說，只好姑妄聽之了。等到宿店夥伴們同那位掌櫃把應有的一套買賣經講完，問明晚上應用酒菜躬身告退以後，才算心裡略安耳根清靜。王元超卻因此占得不少便宜暗暗得意，未免用眼一瞟兩人微微一笑。

瑤華面嫩，紅著臉深深啐了一口背過面去，舜華卻不然了，一進宿店早已芳心自警，暗地觀得王元超漸漸有點不老成起來，偏偏宿店夥伴把三人當作夫婦看待，牲口上的鋪蓋拿進來擱在一起。王元超居之不疑，也不說明分居別室，暗想他存著什麼心呢？想到此處不由得一縷芳心像天空遊絲般的飄飄蕩蕩沒法擺布起來。再暗地一瞧王元超，卻正見他興致勃勃的撣靴盥面洗盡風塵，格外顯得面如冠玉容光煥發，忙一低頭也自背過身去，假作賞鑒壁上字畫默默打算，卻又聽得耳邊低喚道：「舜妹、瑤妹一路辛苦，此地酒肴甚佳，我們快去暢飲幾杯略滌塵襟。」

二女沒法，回頭一瞧，外間堂屋內紅燭高燒，已不知何時擺好一桌熱騰騰的上等酒肴，慌忙盈盈起立笑道：「王先生先請自便，讓愚姊妹略自盥洗，即來奉陪便了。」

王元超吃了一驚，暗道口風不對，幾時改了稱呼？嬌滴滴的一聲：「王超兄」又降為「王先生」了！驚得倒退幾步，諾諾連聲道：「該死，該死！小弟一時冒昧忘記所以，竟自僭先盥洗過了。」一邊說邊滿屋張羅起來，注熱水，擰香巾，找這樣，覓那樣，像掐頭蒼蠅似的亂撞亂遞，不知如何是好！倒把舜華、瑤華招笑了，舜華忙遙遙攔阻道：「元超兄快休這樣，讓愚姊妹自己動手就是。」

這一聲：「元超兄」，立時聽得他神定氣旺，滿心暢快，忙又一疊聲稱是，束手恭立一邊。兩姊妹看得他如癡如癲十分可笑，存心捉弄他，款移蓮步坐到梳妝台前，故意輕撚慢擦的消磨了不少工夫，讓他站班似的鵠立一邊。在王元超卻另有心計，以為古人水晶簾下看梳頭，還比不上他的豔福雙修，身子雖筆的立著一動不動，兩隻眼珠卻只跟定四隻玉藕般皓腕打轉。

好容易兩人晚妝告罷兀自嬌慵未起，卻聽得宿店夥伴在簾外高喊道：「王老爺，時光不早了，怎不請太太們出來用飯？酒肴都快涼了。」這一喊雙鳳聽得又十分刺耳，只好假作不聞，一低頭又向菱花小鏡仔細端詳。王元超一看雙鳳如是，也渾身不對勁兒，一時無話回答。

那堂屋中夥伴喊了一聲以後屋內悄悄的毫無動靜，心裡往邪處一鑽，暗地舌頭一吐，一扮鬼臉，躡足潛蹤的溜了出去。他一轉身，恰好王元超一掀簾向外一探頭，一看簾外鬼影全無，整桌的菜卻真個熱氣漸漸消滅了，忙舉步跨出門來，索性曳起官腔，提足中氣高喊一聲：「來呀！」

那溜走的夥伴從半路聞聲又沒命飛腿跑回，垂手請示。王元超向桌上一指，叫他把涼的酒肴重新搬去整治，夥伴忙端起木盤一一掇拾出去，百忙裡還想博賓客歡心，大罵廚房不善侍應，怎麼把各樣熱菜一起端上，讓老爺太太們吃了冷食，不受用起來，那還了得！捧著菜盤，一路胡說亂道的蹣跚而出。王元超再看桌上幾樣下酒的冷碟倒還精緻，一轉身正想回房請雙鳳出來，恰好另一夥伴急匆匆提進一壺新燙花雕，王元超接過手來，向房內低喊道：「兩妹快請出來吧。」

一聲喊畢，似乎聽得幾聲嬌笑，接著一陣切切私語，然後簾子一晃，雙雙攜手款步而出。王元超忙舉起酒壺在上首兩座上各斟了一杯，舜華抿嘴一笑略一遜讓，竟自趨向上座，瑤華卻在右首坐下，王元超在左首相陪。三人一坐下，重行整治的菜肴已紛紛獻上，這一席客中小酌無異家庭小宴，又可喜雙鳳落落大方，清談妙語，語語解頤，卻有一件，每逢王元超情不自禁略露輕薄當口，兩姊妹登時不約而同的冷若冰霜，正襟危坐起來。等到王元超自知失禮，舉措不安，卻又回嗔作喜，依然春風滿面，深情款款。

王元超肚內明白，想了一個計策，舉起酒壺在她們杯內恭而敬之斟了一巡，自己杯內亦斟得滿滿的，然後面色一整道：「請兩位賢妹各乾一杯，愚兄有幾句肺腑之言相告。」雙鳳一笑飲乾，王元超也舉杯相照。

三人飲過這杯門而酒，王元超肅然開言道：「愚兄承兩妹不棄永結白頭之約，雖然如此，將來也需稟明雙方師長依禮納聘，方算百年大禮。現在我們長途相伴，惟憑一片光心俠膽不欺暗室，雖有兒女之情卻無桑濮之恥，區區寸心，可矢明月。兩妹紅粉知己，巾幗英雄，當不致見疑為薄倖之流。」說畢呵呵大笑，眼光四射燦若亮電。

雙鳳又驚又喜，知道話裡有因，忙雙雙起立齊聲說道：「人非太上誰能忘情？兒女英雄古多佳話。吾兄一片正言，感人肺腑，正是情之出於正者。正惟吾兄是深於情的人，才能體貼妾等一片癡情，妾等能夠終身廝守，善事君子，尚有何求！妾等葸葸堪慮，竟以小人之心度人，實在慚愧萬分！此刻聽吾兄剖腹相告，益發跼蹐不安了。」這一席話推誠相見，各抒衷腸，直吃到月移花牆，魚更三躍，才興盡席散。當夜雙鳳兩姊妹一床安宿，王元超另在一間耳房安眠。

一宵易過，第二天清晨算清店飯錢，匆匆上道，依然曉行夜宿，不日來到錢塘江邊。恰喜朝潮初過，江平如鏡，連人帶牲口一齊渡過錢塘江就到西興地界。由西興過蕭山縣、達曹娥江、進寧波府走上蘇木嶺，就離象山港不遠了。倘然他們三人一出太湖從海道坐海船，遇著順風兩三天就可走到。現在他們走的是旱路，沿途隨意遊覽各處勝境，又撿著人跡稀少的僻道，未免格外多耽擱些日子。

其實三人心中遲早幾天滿不在乎，一路鶼鶼鰈鰈形影不離，雖不是同床共宿，各人以禮自持，但是各人心中早已視為百年廝守的夫婦了。等到走上蘇木嶺已能望到海邊的象山港，知道再翻過兩重長嶺就可到雲居峰，這樣已足足走了十幾天，在三人心中卻覺得沒有多久的樣子，這就應了「歡娛嫌日短，寂寞恨夜長」那句話了。

這天三人走完蘇木嶺，又是一重峻嶺橫亙馬前，嶺下一道彎彎曲曲的長溪，像一條銀龍蜿蜒嶺腳，溪邊錯錯落落滿是土牆茅屋，居然也有店鋪，挑出幾個紅布招子，隨風飄蕩。舜華笑道：「俺姊妹倆每從雲居山下來，走的都是沿海道路，此處也是第一回經過。從這兒到雲居山，在嶺上遙望似乎已在目前，但是此去一路都是山道，恐怕還要兩天才能走到哩。過了此處，不知前面有無寄宿之所，俺們何妨就在這下面溪邊村店內吃點東西，打聽一聲？」王元超、瑤華齊聲應好。

鸞鈴響處一馬兩驢霎時跑近溪鎮，各人跳下牲口緩緩走進村市，仔細一打量，中間一條石子路足有里把路長，兩邊櫛比著高高矮矮的草屋不下一二百戶，卻家家門口設著香案燒著高香，香煙繚繞把一條村市整個籠罩在濃煙香霧之中，路上人來人往個個形色匆匆好像有事一般，有幾個年老村嫗一手扶著拐杖一手拿著念佛數珠，邊走邊喃喃宣著佛號。

三人看得詫異，走了一段路尋著一處較為乾淨的酒店，把牲口繫在店門口一株歪脖黃桷樹上，款步走進店來，撿了一副臨街座頭坐下，即有一個老年店夥過來招呼，王元超問道：「你們可有可口酒菜，連米飯撿整齊一起拿來，俺們一齊算還你便是。」

老店夥滿面堆下笑來道：「不瞞客官說，這條橫溪嶺雖是個小村鎮，也是往來要道，俺這小小悅來酒店專供來往上等客官食宿，有的是上等酒菜哩。」

王元超道：「原來此處還食宿兩便。」

老者又說道：「從此地橫溪嶺直到雲居山足有百把里山路，一路並無宿頭，這兒也只有小老兒一家供應客官寄宿。」

王元超道：「呦，這樣說起來俺們也要在此打擾了。」老者聞言益發高興，忙不迭進內張羅酒飯去了。

舜華笑道：「此地別有風味，倒有太平氣象，可謂不知秦漢魏晉楚，俺們在這茅屋內寄宿一宵倒也有趣得很。」三人一面憑欄觀看街上來往諸色人物，一面談談說說。一忽兒從內跑出兩個年輕店夥，端出熱騰騰的幾樣酒菜放在桌上，布好杯箸，三人一看那幾樣酒菜是一碟白切嫩雞、一碟活跳醉蝦、一大碗紅燜筍、一大盆風雞拼臘肉，還有一海碗碧綠菠菜豆腐湯。三人大喜，想不到這山村小店有此佳品，正想舉箸大嚼，那老者興沖沖捧著一錫鏇酒過來笑道：「小地方沒有好菜供客，倒是這壺『橫溪春色』還可將就得。」

三人不懂什麼叫「橫溪春色」，那老者已把手上酒壺舉起先向王元超面前杯中斟下，只聞得一股清醇濃郁的酒香撲上面來，一低頭，杯中已注著碧豔豔玉膠似的一杯酒，最奇的是滿滿一杯酒似乎高出杯面分許，卻不湧溢出來，知是好酒，忙向老者笑道：「如此佳釀，老丈怎捨得供客？」

老者大笑道：「俺這『橫溪春色』是俺獨家祖上秘傳，好處還在色香味之外，能夠調和氣血醉而不醉。怎叫做醉而不醉呢？因為別種酒，無論如何好法，吃多了於人身體絕不會有益處的。獨有俺這『橫溪春色』與眾不同，吃上嘴醇而不俗冽而不燥，一等一的大酒量，十杯以外便也醺醺欲睡，但再多飲些也無非倒頭便睡，一睡散千愁，絕不至酗酒亂性誤事害身的，所以叫作醉而不醉。

「做酒的時候，總在每年秋後，用的前面橫溪的山泉水。這泉水比西湖鏡湖的水還要甘肥十倍，舀在碗內堆起老高像有黏膠一般。到第二年春初開甕，日子雖然不久，卻比紹興陳十年的狀元紅要高十倍。有這幾樣好處，祖上就傳下『橫溪春色』的酒名來，客官不信試嚐便知。

王元超聽得悠然神往，忙從老者手中取過酒旋子在雙鳳面前滿滿的斟了兩杯。三人一嚐果然名副其實，又配著這幾樣可口酒菜細細咀嚼，讚不絕口。老者大悅，剛要轉身去照顧別個座頭，舜華笑著問道：「老掌櫃，貴村今天家家門口設有香案，大約近村有賽會迎神等事吧？」

老者搖頭道：「敝處賽會倒不常有的，這幾天前面嶺上百佛寺內來了一個得道高僧，在寺內說了三天法，自己說就在這幾天內在嶺上示寂。一身積了許多財產，近年各處雲遊布施了不少。因為百佛寺的方丈是他的大徒弟，又說與此地有緣，才特地趕來此地示寂，遺留的財產一半布施在百佛寺，一半散給俺橫溪鎮上大小住戶。

「俺小老頭活了這麼大，只聽說和尚吃十方，挨戶募化，沒見過和尚拿出財物布施的。俺小老頭一世沒發過橫財，不料昨天偶然好奇到寺裡去聽說法，那高僧看見年老的就捧出一大堆白花花的銀子，用大秤一包包秤過，平白地就分給上年歲的拿去享用，不管男的女的，只要上歲數去聽說法的個個有份。俺做夢也想不到平白地得了五十兩紋銀，弄得一鎮的人當那高僧作活菩薩看待，家家燒香念佛早晚禮禱。」

王元超聽得有點奇怪，忙問道：「那高僧怎樣一個人呢？」

老者兩掌合胸口中念了幾句佛，然後說道：「不瞞客官說，小老頭這幾天高興得夢裡都開著口大樂，合上眼就看得見百佛寺內的高僧。人家說他活菩薩活神仙，一點不錯！只看那高僧一張通紅的壽星臉，一部尺許長根根見肉的銀鬚，就是活菩薩的樣兒。最奇怪的是兩手的幾根長指甲，一枝枝像小蛇似的蟠在腕上，有時候隨意一彈卻又伸得筆直，看去足有二尺多長。平常人哪有這樣的奇相，也沒有這許多銀子。據寺內人說，高僧已轉過兩重花甲了。」

王元超忽聽他講到後來，添了一句銀子上去幾乎失笑，卻又問道：「現在還說法麼？」

老者又道：「現在已停止說法了，這高僧說法與眾不同，講的並不是經，也沒有勸人拜佛修行的話，卻專講讀書人口頭上說的孝悌忠信四個字，尤其是勸人不要犯那色字，色字頭上一把刀，這把刀比殺豬的屠刀還難放下哩。」說到此地瞪著老眼向雙鳳姊妹一瞧，便停嘴不說了。

這一番話倒把三人聽得呆了，這時恰好有人索要酒菜，那老者轉身到別處去了。王元超轉臉向雙鳳道：「這老和尚舉動倒也奇怪，我們湊巧遇上，明晨橫豎要過那嶺的，何妨去瞻仰瞻仰。」

雙鳳好奇，點頭道：「好。」這晚三人就在這店內胡亂度了一宵，第二天一早就別了老者問明路徑，向嶺上走來。

卻喜山道並不陡峻，牲口一樣可走。不到十里路，就望見嶺上紅牆繚繞隱藏著不少殿宇，那大雄寶殿琉璃耀彩氣象莊嚴，後面矗起十三層玲瓏八角琉璃塔，塔頂一個風磨銅鑄的葫蘆映著曉日閃閃放光，綺麗奪目，真像藏著舍利子放射出五彩寶光的樣子。

瑤華大笑道：「想不到這窮鄉僻壤還有這樣的大寺院，但看外表已裝飾得如此燦爛，其中定必格外莊嚴的了。」

舜華也笑道：「橫溪鎮上的老頭兒發了橫財，橫溪嶺上的百佛寺也發了橫財，什麼叫燦爛什麼叫莊嚴，無非那老和尚的銀子在那兒作怪罷了。依我猜想那老和尚到臨死時候，散財結緣擲如糞土，其中定有不可告人之隱。」

王元超脆生生一拍手掌道：「舜妹所見，正合我意。我正在這兒忖度：那老和尚散財散得忒奇，一個年老人給五十兩雪花紋銀，此地鎮上幾百戶人家，少說也有百把個年老人，一個雲遊和尚哪裡來這許多銀子？何況還有一半布施在寺內呢。」

三人邊走邊談，那老和尚越想越疑，急於想看個究竟。但走到半嶺地勢漸陡，中間一條羊腸磴道內旁盡有青松丹楓，山風一起，滿山紅葉像千萬隻蝴蝶飛舞上下，夾著松林上龍吟虎嘯之聲。回頭一看，嶺上鎮上幾百間茅屋頓時縮小得像畫中一般，全鎮一覽無遺。三人流連了一會，因上嶺路徑地勢仄陡不便馳騁，一齊跳下牲口背上，挽著絲韁，踏著寸許厚的落葉，一路腳底簌簌作響，緩緩走上嶺巔。

走了一程，百佛寺的山門巍然在望，看上去金碧輝煌煥然一新。未近山門，遠遠就有一股油漆氣味順風吹來，不問可知是那老和尚的錢裝飾的了。三人走近山門，暫將三匹代步拴在山門口松樹上，王元超當先跨進門去，忽聽得山門內一陣咻咻之聲，好像是巨獸打鼾一般。

三人略一遲疑，猛的一陣腥風著地捲來，接著裡邊一聲虎吼殷殷如雷。三人詫愕非常，回頭一看，那一馬二驢嚇得癱瘓在地，動彈不得。王元超大怒，拔劍在手便欲闖將進去看個究竟。舜華、瑤華跟在後邊說道：「聽去吼聲甚熟，似乎就是俺家養的二虎。」邊說邊已轉過彌勒佛龕走進第二重山門，抬頭一看，赫然一隻碩大無朋的黃斑巨虎縮爪蒙頭睡在大銀寶殿的台階下。

那虎聽得有腳步聲，昂起頭來張開巨口打一個呵欠便又低下頭去，忽然又把頭一伸，虎目圓睜遠遠向三人瞧了半晌，倏的一長身，虎背一拱前爪一並，伸個懶龍似的尾巴，著地拍拍鞭得山響，接著屁股望後一蹲，一聲大吼，驀地一縱便向三人撲了過來。王元超大喝一聲，倚天劍一揮便要迎頭刺去，舜華大喊：「王兄且慢！」邊喊邊金蓮一點，越過王元超，戟指嬌喝道：「癡虎婆休得無禮，難道認不得我姊妹了嗎？」

其實那虎撲過來並不想吃人，是認清進來三人中有雙鳳姊妹在內，喜得張牙舞爪的撲過來，原是歡迎的意思，經舜華一喝，早已伏在蓮足之下，一支尾巴亂搖亂甩，鼻尖又連連嗅著舜華足尖，瑤華也過去用纖纖玉手撫摩牠的頭頂。

那虎立起身來，在她姊妹倆的身邊盤旋不已，表示親熱，一面只管側著虎頭，眈眈向王元超注視，一面注視一面向舜華身上亂拂，似乎問她們姊妹倆身邊怎麼多出這個漂亮英雄的小夥子來。雙鳳從小同這虎玩耍，豈有不明白牠的意思？這時舜華被牠尾巴掃得不好意思，重重的啐了一口，舉起玉掌向虎頭一擊嬌嗔道：「我姊妹倆出外幾天，怎的偷跑到此？殿上人影不見，想是被你這孽畜嚇得躲起來了？」

那虎把頭亂搖，表示舜華說的話不對。王元超從旁看得人虎周旋，別有奇處，那虎搖尾巴獻態比小貓還要馴良，哪裡還是猛虎樣子！想起雙鳳說過千手觀音義養雌雄二虎，此刻舜華喊牠癡虎婆，定是從前哺育癡虎兒的雌虎了。正這樣想著，忽見瑤華童心未泯，在虎頭上撫摩了一陣騎上虎背去，拍著虎項笑道：「你這癡虎婆好好的睡在這兒不安分，偏在我們來的當口怪吼起來，把我們一馬二驢嚇壞了代不得步，沒得說，乖乖地馱我們三人回家去。」那虎知趣，昂頭又向王元超看了一看竟自連連點頭，三人大笑。

王元超卻看得丰姿綽約的瑤華騎在一隻斑斕的猛虎身上，真是稀世奇景，猛想起從前見過唐六如畫的「虎色圖」，也是一個美女背著寶劍在虎上，同此刻瑤華騎虎的神情一樣無二。還記得「虎色圖」上題著：「猛虎不可近，美人不可親，猛虎近齧吻，美人親傷身。道險不在廣，十步能摧輪，情愛不在多，一夕能傷神」一首詩。

這首詩以猛虎喻美人，原是載道驚世之言，但是在王元超心裡，這首詩為淺陋世俗之士說法則可，像我們一身俠骨重情不重色的人，似乎不能一概而論。只要看眼前這隻猛虎像小貓一樣馴良，何嘗不可近？再以虎喻人，像舜華、瑤華這樣美人又何嘗不可親？可見古人的話，只可為下愚說法罷了。誰知王元超此刻無意中的一番感觸，到後來真個為了雙鳳姊妹，弄得志消神索幾乎喪命！竟應了「虎色圖」上的詩意，這是後話且不提。

且說王元超一旁看得雙鳳姊妹同那虎親昵形狀，癡癡呆看想入非非，忽聽得殿上腳步聲響，從佛座背後轉出幾個人來。瑤華看見有人出來急跳下虎背，王元超也把倚天劍還入鞘內，三人略整衣冠緩步向大殿走去。只見殿內幾個僧衣整潔狀貌魁梧的和尚向殿外走來。

為首一個禿頭老和尚方面大耳長髯過腹，真可稱得顏如冠玉鬚如銀絲，一手執了一支龍形藤杖，手腕上套著一串很長的數珠，手上卻擎著一封函信，當先大步跨出殿門。一見王元超三人，雙目一注，從兩條龐眉底下射出閃電似的眼光，眼光一閃，立時又低眉垂目恭身打個問訊，聲若洪鐘的說道：「三位檀樾遠道光臨，大是有緣。待貧僧料理罷俗務，便來奉陪。」

王元超看他伸出來的手豐潤如玉，指上長甲像麪條捲成一盤，便知是悅來酒店所說的老和尚了，急答禮道：「我們路過寶剎，聞名瞻仰，大師有事請便。」說罷並不舉步進殿，故意立在一旁看那虎有何舉動。老和尚似乎明白三人意思，不再遜讓，就當階立定同貼身一個黑面虬髯的僧人低低說了幾句話，黑面僧人唯唯應命轉身進廳，老和尚便舉起藤杖遙遙向虎一招。

那虎正跟在雙鳳背後，經那老和尚一招居然搖頭擺尾的走了過去，到了老和尚身邊，立定身仰著頭似乎在等待命令一般。雙鳳看得奇怪，暗想老和尚怎與我家癡虎婆相熟，也許老和尚是她老人家的朋友有事接洽，差虎寄信來的。正這樣想著，那老和尚伸出雪白的長爪向虎項輕輕一拍，朗聲說道：「你主人的信我已看過，老僧現在五蘊皆空一無牽掛，就是這一樁怨孽沒有解脫。打聽得你主人在此相近雲居山上，所以特地到此了一層因果，此事一了老僧便也解脫塵綱了。」說到此地把手上信一舉，笑道：「本來這封回信叫你帶回，現在恰好有便人在此，橫豎你們是一路的，就改托這位便人捎去也是一樣的。」說罷遙向雙鳳微笑。

舜華、瑤華悚然一驚，暗想這老和尚不愧稱為高僧，我們還沒有與他通名道姓便知道我們遠道到此，此刻幾句話，當然指我姊妹二人而言，他對我姊妹倆的出身似乎洞若觀火，也許真有未卜先知之能。一面思索一面格外注意老和尚的舉動，只見這時先頭進去的黑面僧人又匆匆走了出來，後面跟著兩個赤足沙彌，一個捧著一大盤黃米飯，盤中堆成小山一般，一個捧著滿一大盤蔬菜之類，黑面僧人指揮著把兩盤飯菜擺在老虎的面前。

那老和尚笑向老虎道：「你這寄書人很能辦事，可惜本寺拿不出獸肉之類，只有請你吃一頓素飯了。」癡虎前爪一屈便像半跪致謝，一低頭就風捲殘雲般把兩大盤菜飯剎那吃得精光。雙鳳在旁看得肚裡暗笑，你這未卜先知的高僧原來也未必事事知道，你不知這癡虎婆在我們家中早已禁斷腥葷的了。

這時老和尚轉身向王元超合掌道：「有勞三位檀樾久待，快請方丈坐地，貧道同諸檀樾雖是初見，說起來並非外人，不嫌簡慢略作清談。」

王元超急拱手道：「大師何必謙讓，在下正要請教法音，俾開茅塞。」這樣揖讓進殿，三人同著老和尚和那黑面僧人穿過幾處佛殿，便到方丈，然後賓主就坐。

三人仔細打量，方丈前面參差矗著幾支石筍，花欄內種著各樣秋花，階前兩旁陳列著是十盆異樣各色菊花，點綴得非常幽雅。中間設著一個大蒲團，左右列著兩排紅木茶几太師椅，王元超、雙鳳三人就落坐在右邊椅上，黑面僧人側身坐在末椅上相陪，老和尚卻不客氣，竟向中間大蒲團上盤膝坐定。其餘幾個僧人都不敢跟進來，只有幾個小沙彌獻香茗斂手退出。

那老和尚先開言道：「貧道初見三位檀樾一身行裝，料得遠道而來並非本地人氏，又見千手觀音的家虎同那位女檀樾親熱異常。久聞千手觀音膝下有兩位女弟子是同胞姊妹，稱為雲中雙鳳，親戚而兼師徒。看得兩位姊妹一般，又與那虎這樣廝熱，就想到兩位同千手觀音定有關係了。但不知這位檀樾貴姓高名，從何到此？」王元超略把自己姓名從太湖到此說了幾句，那老和尚兩眼一閉連連點頭。雙鳳姊妹並不發言，卻肚內暗笑道：原來你這老和尚，憑這點鬼機靈被你瞎猜瞎撞猜著，我還以為你是未卜先知咧！

不提雙鳳暗笑，卻說王元超略道自己姓名同雙鳳來歷，並不細說太湖方面情形同跟雙鳳到此原因，看那老和尚神氣，卻像明白他們來歷的樣子，不覺暗暗奇怪，趁勢向老和尚道：「在下今天才到嶺下橫溪鎮就聽居民傳揚大師廣積功德，苦口說法，實在欽佩之至！可惜在下無緣，不及恭聆法音。此刻幸蒙大師接待，得瞻仰寶剎晉接仙蹤，實在欣幸異常，但不敢動問大師法號同卓錫此地始末？又似乎大師與千手觀音也有友誼，所以猛虎到此下書。倘蒙賜示一二，格外銘感。」

那老和尚聽他說罷並不答言，雙眼一閉兩條白眉一皺，似乎在心裡默默盤算一般。半晌才雙眼微睜一聲長歎，開言道：「諸位今天來得非常湊巧，王檀樾不問，貧道也要通盤托出。因為三位來歷貧僧已猜得十有八九，三位恐還未知貧僧與三位尊師有極大的關係呢。尊師陸地神仙這幾年千方百計尋覓一個要緊人物，最近還叫他第二個徒弟甘瘋子到江寧去，想從俺的關門徒弟尤一鶚口中探出那人消息。尤一鶚當然不是甘瘋子的敵手，想已露出口風了。其實那人隱跡了許多年已夠陸地神仙夫妻受的了，此番為那人自己不想露面結束這層怨孽，就是尤一鶚露出口風，也沒有十分用處的。」

王元超聽他說了這幾句隱隱約約的話兀自摸不著頭腦，正想啟問，忽見老和尚仰天打了個哈哈，一指自己鼻樑笑道：「三位知道陸地神仙找的是誰？不瞞諸位說，找的那人正是區區貧僧。」

這句話一出口，王元超同雙鳳驚得直立起來。但各人對自己師父多年結冤的事只曉得一點表面，不知道這老和尚說出這樣驚人的話來有何作用？是惡意還是善意？一時卻委決不下，不知怎樣應付才好。那老和尚卻神定氣閒，只是微笑，向王元超等舉手示意，叫王元超安心坐下。王元超問道：「大師此刻所說非常突兀，乞道其詳以啟茅塞。」

老和尚微笑道：「總而言之，世界上大英雄大聖賢誰也逃不出一個情字，一切冤孽罪過都從這情字造出來。只有我佛如來不受這情字束縛，卻是能善用這個情字，把情字用到普度大千世界眾生上去，才可算得天地間第一個善用情字的人。貧僧因為這個情字，同千手觀音、陸地神仙結下許多仇恨，害得他們夫妻倆到老還仇深似海，自己也變或一怪僻畸零的人。現在想起來，這是何苦？而且這層怨孽一天不解除，貧僧良心痛苦也一日難以洗淨，也難以脫卻皮囊上登極樂。」說到此地，老和尚的廣額上隱隱的起了一層汗珠，口內不斷的長吁短歎。王元超同雙鳳聽得益發駭然。

那左邊椅上坐的黑面僧人，本來一語不發的坐著，此刻卻發出破鑼般聲音向老和尚道：「師父近幾年口上常說從前有層固結不解的怨孽，一提起便非常難過似的，究竟其中有何詳情，徒弟們沒有聽師父說過，徒弟也不敢多問。此刻聽師父口氣，卻願意對這三位檀樾詳細宣布出來，既然如此，徒弟也急於想聽個明白，就請師父直截宣布，何必自己這樣難過呢？」

老和尚向那黑面僧人微一點頭道：「你哪裡知道，老僧這樁事如果不提便罷，一提起來非三言兩語所能了結，而且勾起少年時綺障，前程如夢未免傷心。現在你且去知會執事眾僧預備一桌上等素席，騰出兩間客房，布置好乾淨床鋪，俺要款留三位檀樾在此屈居一宵作竟夕之談。趁這一宵光陰，俺把多年宿孽盡情一吐，借三位檀樾金口轉告千手觀音同陸地神仙。他們夫妻聽了三位檀樾轉告的話仍可和好如初，俺亦可懺悔冤孽，從此涅盤一切脫卻皮囊。至於俺同千手觀音、陸地神仙一層宿孽，究竟誰是誰非，任憑後人去評論好了。倒是候在殿階那隻老虎應否讓牠先行回去，請兩位女檀樾作主好了。」

舜華道：「大師有意賜教，事情又關係重要，俺們準備暫留寶剎恭聆清誨。那隻老虎待咱去囑咐幾句，也讓牠在殿階下露宿一宵，明晨由俺們帶回去便了。」

老和尚道：「這樣甚好。」又回頭向黑面僧人道：「你順便去知會他們，不要委屈了那虎肚皮。」黑面僧人領命出去，一忽兒又回到方丈，說已一切布置妥貼。舜華也出去在那癡虎婆耳邊叮囑一番，再回身進內靜聽老和尚演說舊事。

你道這老和尚是誰？就是第九回提起過衢州尤一鶚的師父，十幾年前南五省鼎鼎大名的艾八太爺，也就是第七回范高頭在柳莊初見黃九龍、王元超時說到陸地神仙夫妻到老還存芥蒂，其中關係著一個神通廣大的奇人！這奇人就指的是艾八太爺，也就是此刻自己演說舊事的老和尚。

原來這老和尚並非從小出家，年紀雖大，在他看破紅塵落髮為僧起到百佛寺遇見王元超時還不到十年哩。他俗家姓艾，雙名天翮，祖籍揚州。本是書香門第，薄有家產，從小生得廣顙豐頷，玉面朱唇，性又倜儻不群，智慧絕人，經史以外，舉凡品絲調竹走馬鬥雞無所不好無一不精，甚至各樣江湖雜技三教九流也要涉獵涉獵。卻並不趕場赴考博取功名，只在家裡一味揮金結客，目空一切。因此本鄉正經紳士同年老父執看他不起，目為怪物，年輕的卻崇拜他崇拜得了不得，不論事體大小，沒有他在場便覺減色，所以揚州人沒有不知道艾天翮的。那時他年紀還不到二十歲，家裡這點祖傳產業卻被他揮金結客弄得精光。他卻滿不在意，依舊嘻嘻哈哈翩翩自賞。有一天他在鄉下幫了一個紳士的忙，那紳士送他幾十兩銀子謝儀，他老實賞收。帶著銀子喜孜孜的走回城來，預備邀集十位同遊少年大樂一天。剛走到城門口吊橋邊，看見橋腳下圍著一堵人，他闖進人叢一看，一個鄉下老頭兒坐在橋腳下捶胸大哭，一問所以，圍看的人說道：

「這個老頭是奚翰林奚大紳士的佃戶，今年年成不好交不起佃租，被奚家幾個如狼似虎的管家三番五次下鄉迫逼，弄得雞飛狗跳一村不寧。最後一次把他十六歲的獨身女兒拉進城來，關在奚家作為抵押，限他三日以內措交出來。如果交不出來，就作為賣女的身價，休想領回去了。今天已是第三天，他老人家急得求神拜佛，當盡賣絕，湊成十幾兩銀子，還不到奚家佃租一半，想先交上去求奚紳士發個慈悲心把女兒放出來，再想法補交清楚。哪知到奚家錢是繳進去了，女兒依然不肯放出，被幾個奚家管家推了出去，急得他無路可走，所以在此尋死覓活的痛哭了。」

那人說罷，艾天翮氣得劍眉倒豎，虎目圓睜，大聲道：「豈有此理，青天白日，哪有強搶人家女兒的道理？」一邁步走近鄉下老頭兒身邊，問道：「他們說的話可真？」那老頭兒一邊哭一邊連連點頭。

艾天翮略一思索，又問道：「你已繳進去十幾兩銀子，究竟還缺多少呢？」老頭兒嗚咽著說道：「還差十八兩，可憐我這女兒是烏鴉巢裡出鳳凰，定被天殺的看中強搶去做偏房了。如果這樣，我老倆口兒是死路一條。」說罷又一把鼻涕一把眼淚號哭起來。天翮喝道：「休哭，哭死濟得甚事？跟我走，憑我艾天翮的，保管還你一個寶貝女兒來。走走走！」

那老頭兒被艾天翮這樣一來倒怔住了，這時旁邊有認得艾天翮的，低低說道：「艾少爺，你難道不知道奚老虎手眼通天，專做這一手兒的嗎？何苦惹火燒身？我勸少爺自己招朋友高樂去，不要管這閒是非吧。」艾天翮鼻子哼了一聲卻不答言，只一伸手把地下老頭兒扶了起來，拉著就走。圍著看的人恐惹是非一哄而散，低低說話的人也搖搖頭自言自語道：「不聽老人言，吃虧在眼前。」一邊說邊走了開去。

卻有一個清癯老者，面上蓄著兩撇紫鬚架著玳瑁闊邊茶鏡，身上穿著一身灰撲撲的布袍褂，手上提著三尺長的旱煙袋暗暗跟著艾天翮踱進城來。艾天翮一時豪氣凌雲，只顧扶著那鄉下老頭兒急匆匆向奚宅走去，並未顧到後面有人，不一時已到奚宅門口。

艾天翮是本地人，奚家情形當然熟悉，講起來彼此還是世交。不過貧富懸殊，艾天翮又少年不羈，平日看得奚翰林氣勢熏天，時常使酒罵座，故而勢若冰炭。此刻碰著這鄉下老頭兒想藉此借題發揮，一到奚宅大門昂頭直入，那老頭兒是驚弓之鳥，吃過奚宅底下的苦頭，嚇得往後倒退。艾天翮一跺腳喝道：「這樣膿包，如何討得出你女兒來，更何況萬事都有我呢！」不由分說，拉著老頭兒望外直闖。

忽見耳房內搶出兩個人攔住問道：「尊駕拜會何人？」一言未畢，忽一眼溜見艾天翮身後的老頭兒，頓時豎眉瞪目的喝道：「你這老傢伙又是怎樣，難道定要討死嗎？」

艾天翮厲喝道：「胡說，這是我家親戚，特地帶他來見你主人，休得無禮！快通知奚景軒，說本城艾天翮有事見他，快去，快去。」兩個人看得艾天翮氣概不小，平日也聞得艾天翮的小名頭，此時同那老佃戶一塊兒到來已經瞧料幾分，一個趕忙進去通報，一個絆住艾天翮暫引到客廳等候。

半晌走進一個獐頭鼠目的人來，身後跟著兩個一臉橫肉的凶漢，那人一進門便開口道：「奚大人因本省制台請去商量要公，已進省去了，在下本宅賬房，尊駕有事，不妨同在下說明。」

艾天翮不待他再說下去，鼻孔先自一聲冷笑，指著老頭兒朗聲說道：「這位是我親戚也是貴宅佃戶，已經來過一次繳過一點租銀，現在明人不必細說。他尚未繳清貴宅一點銀子，此刻已如數帶來，欠債還錢別無罪過，債能還清尚有何說？但是人家閨女也是十月懷胎嬌生慣養，怎能隨意擄人勒贖？這件事情如果傳揚開了貴東如何犯法，恐怕有點不便。何況彼此都是本地有名的鄉紳，其中利害何必明言？喏，喏，銀子在此，快把他女兒送出來，人銀兩交不可再欺侮人了。」說罷從懷內拿出那封謝儀來，啪的一聲擲在桌上。

在艾天翮一廂情願，以為這番話定可壓倒對方，哪知那賬房一雙鼠眼骨碌碌一轉，回頭向身後兩個凶漢一使眼色，便假作驚奇的神氣向艾天翮道：「艾先生的大名素來欽佩，可是此刻說的一番話實在莫名其妙。這佃戶沒有償清本宅租銀倒是有的，至於擄人勒贖的事而且還是他的閨女，這不成笑話嗎？不要說本宅是此地獨一無二的大紳士，就是平常百姓在這清平世界也是做不出來的，這不是兒戲的事。

「艾先生是斯文中人，年紀又輕，容易受人欺蒙，幸而奚大人不在此地，萬一被他老人家知道，以為艾先生不安本分，故意串詞汙蔑別有作用。那時候他老人家只要一張名帖往縣裡一送，艾先生就要吃不消了！本來這種捕風捉影的話怎能信口亂說，不是自己惹禍招災嗎？我說艾先生，你年紀輕輕，彼此都是本地鄉士，在下一番話都是金玉良言，千萬息了這個念頭。即使這個佃戶是你令親，本宅忠厚傳家這點租銀也不致難為他的，用得著艾先生出頭了事麼？艾先生依我說，各人自掃門前雪，不管人家瓦上霜，比什麼都強。」說罷身子一偏，一副送客走路的神態。

這一來，艾天翮真有點猶豫不決起來，本來憑那老頭兒單面之詞無憑無證，一時意氣想打個抱不平，現在被人家當頭一罩反而弄得下不了台。正在為難，猛然那老頭兒跳腳大哭起來，指著那賬房身後一個凶漢大喊道：「你們喪盡良心竟這樣推得乾乾淨淨，還要血口噴人！那天你們租船下鄉來，你們三人都在場，動手搶我女兒的就是這個強盜胚。此刻你們這樣說，存心要霸占我女兒了，我這條老命同你們拚吧。」說著一頭向那賬房胸前撞去。

還未近身，後面一個凶漢一言不發，一上步伸出巨靈般大手把他夾背抓住輕輕一摜，早把老頭兒摜得四腳朝天滿地哭滾。那賬房立時面色一沉，厲聲喝道：「這還了得！你們吃了豹子膽，竟敢到此訛詐，快把他捆起來送縣去！」這一嚷又奔進幾名大漢，來勢洶洶就要動手。艾天翮這時格外弄得手足無措，正在不可開交，猛聽得頭上一陣哈哈大笑，眾人一抬頭，個個驚得目定口呆。

只見屋頂橫樑上笑嘻嘻坐著一個乾瘦老頭兒，一身灰撲撲的衣服，手上拿著一根旱煙袋，面上還架著大茶鏡，從茶鏡內射出兩道電閃般眼光注定了賬房面上。把眾人嚇得鴉雀無聲也不知是人是鬼，憑空會在屋樑上發現這個老頭來，尤其是那賬房，被樑上兩道可怕的眼光射得毛骨森然魂靈出竅！一迷糊矮了半截，朝著樑上卜通卜通連叩響頭，口中祝禱道：「大仙爺呀，你老人家怎麼青天白日也高興顯出本身來，弟子可沒有衝犯你老人家啊！」賬房一叩頭，幾個大漢忙不迭也跪了一地各自喃喃禱告。

一廳的人只有艾天翮沒有跪下，卻因事出非常也愣在一邊。那佃戶本來跌在地上。此刻逢著這樣活靈活現的奇事，在他心裡以為不是灶王爺就是土地爺，大約是來救他的，顧不得遍身痛苦，趴在門角落裡連連哭告。

那樑上老頭兒忽然用旱煙袋管指著賬房發話道：「你這黑心東西也狗仗人勢欺侮鄉下人，快叫奚景軒出來。你這番鬼話怎瞞得過本大仙？今天你們如果不好好放還他的女兒，我立時用仙火燒掉這所房子，把你們這群黑良心個個燒成焦炭。」

這幾句話，嚇得賬房同幾個凶漢個個三十二顆牙齒像發三陰瘧疾般上下廝打起來，連連叩頭道：「不……不關小人們事，都……都是奚大人的主意。」

樑上又喝道：「廢話少說，快叫奚景軒放出人來！」

賬房連聲應道：「我……我去，我去。」

樑上喝道：「你敢動，叫一個狗腿去就是！」

賬房忙回頭叫身後一個大漢起來，通知內房去。

那大漢還未立起，恰好廳內怪事已震動了內房，奚景軒果然沒出門，得知這件怪事兀自半信半疑，一般女眷都嚇得走投無路，恐怕這位大仙爺真的放起火來。奚景軒終有點不信，想親自出去看個明白，傳齊護院的壯漢、全宅的男僕簇擁著走向大廳來。將到廳門，忽從門內跑出一個下人來，慌慌張張的說道：「怪事怪事！大仙爺明明坐在樑上，一晃身忽然隱身不見了。」

奚景軒喝道：「胡說，怎麼我一出來就會不見？哦，我明白了，我是堂堂翰林，朝廷清貴之巨，定是邪不勝正把他嚇跑了。這且不管，那艾家小畜牲跑掉沒有？」

那人還未答話，上房一陣喧嘩，登時跌跌衝衝奔出一群丫頭僕婦面無人色的喊道：「啊喲，大人，不得了！大仙大馬金刀的坐在三姨太太房中了。大仙吩咐立刻放出那佃戶的女兒，如果牙縫進出半個不字，立時用仙火把全宅燒成白地。太太同三姨太太都跪在地上叩響頭，求大仙手下留情，一面叫我們請大人快快把佃戶女兒送回去吧。」

這一來，真把奚景軒嚇得四肢冰冷幾乎昏了過去。因為三姨太太是他最寵愛的，所有重要家產契約錢莊存折同不能告人的秘密文件，一股腦兒都藏在三姨太太房內，萬一大仙真個來一把無情的火，那還了得！這時也顧不得翰林公的清貴，也理會不到邪不勝正，只一疊聲催下人們快把那佃戶女兒放出來愈快愈好。奚景軒這樣一吩咐，頓時由幾個女僕進去扶出一個蓬頭散髮掩面嬌啼的妙年女子來，奚景軒一見這女子，氣得連連跺腳直喊：「不中抬舉，臭丫頭，快滾、快滾！」

奚景軒罵了幾句，一轉身三步並作一步獨自向內直跑。走到半路猛覺眼前一黑，拍的一聲面頰上被人打了一掌，立時眼前金星亂進，痛得直矮下去，昏迷不起。那廳門口還擁著一大堆護院當差丫環僕婦之類，一看大人獨自向內跑去，正想隨後跟進，瞥見一陣風似的從內飄出一個清瘦老頭兒。

一晃眼，只見老頭舉起手上旱煙袋在人群內一陣亂舞，除那蓬頭散髮的女子之外，每人身上都著了旱煙袋一下，個個瞪著眼張著口立得紋風不動，像在地上生了根似的。那老頭兒微微一笑，用旱煙袋朝廳內一指，對著那散髮女子笑道：「你父親在內等著你一同回家，還不進去相見。」

那女子也不知這老者何人，一聽父親在內，慌忙奔進廳門，只見地上跪著幾個人，自己父親也淚流滿面瑟瑟的跪在角落裡，兀自口中喃喃地禱告。那女子並不理會這些人跪在地上幹甚，只見著父親便像得著性命一樣，立即搶過去，抱住那佃戶大哭起來。佃戶見著自己女兒，也相抱對哭，心裡卻明白父女兩條性命是蒙大仙爺搭救的，忙又朝著橫樑叩頭不已。

這時廳內立著艾天翮益發弄得昏頭搭腦，暗想他女兒果然出來了，但是青天白日竟會發生這樣活靈活現的奇事，真是聞所未聞。就是我今天一時氣憤闖了進來，倘若樑上不發現怪老頭，我孤掌難鳴，非但救不出佃戶的女兒，連自己也難免吃大虧。正暗暗籌劃善後計策，猛一抬頭，那怪老頭已笑嘻嘻立在門內，一邁步舉起旱煙袋向地上跪著的賬房脊背上拍一下，順手又在幾個凶漢身上也照樣各拍了一下，經他這樣一拍，賬房同幾個凶漢好像斷了頸骨一樣，個個把腦掛在胸前抬不起來，卻又跪得筆挺像西湖岳王墳前的鐵像一樣。

艾天翮大驚，也以為是仙人的手段，忙向怪老頭一躬到地正要開口，那怪老頭旱煙袋一擺呵呵笑道：「年輕任性使氣，往往把事情著得太容易，到了節骨眼兒，就難免虎頭蛇尾了。」

艾天翮面孔一紅，竟一時答不上話，怪老頭又回頭向那佃戶道：「女兒既已到手，還不快快回家，離開這是非之地？」

那佃戶戰戰兢兢朝著怪老頭叩頭像搗蒜一般，艾天翮卻被怪老頭提醒，忙走近前面那佃戶道：「大仙吩咐一點都不錯，我們快走為是。」說話當口，怪老頭忽又飄身出廳。

那佃戶也聽話，爬起身代他女兒把頭髮攏起，仍由艾天翮領路急急跟出廳來。只見門外男男女女一大堆，都張嘴瞪目立得像墓前翁仲一般看得非常害怕，三人一溜煙跑出大門。最奇從內到外，奚家的人或坐或立個個像木雕石刻動彈不得。三人以為是大仙的手段，一出門口都像做了一場惡夢。

艾天翮正想同他們分路自己回家，那佃戶忽然拉住艾天翮啊喲一聲道：「我們走得匆忙，少爺擺在桌上的銀子沒有收起，小老頭兒只要女兒能安然回來就很心滿意足，怎好平白叫少爺花這許多銀子？而且當時也沒有交代清楚，此刻雖然逃出身來以後不知怎樣，不如請少爺同俺女兒暫在門外稍等，俺再進去把銀子收回，交還少爺吧。」說畢便要舉步，艾天翮忙一把拉住道：「這點銀子稀罕什麼？先頭已向奚家賬房說明，如果取回銀錢，你依然欠他們租銀，難免再來囉嗦。這樣人回來錢交清，便心安理得，至於以後如何結局，俺想那位大仙定有辦法，我們不必擔憂。只可惜我年輕識淺沉不住氣，那大仙又倏隱倏現來去莫測，忘記求問仙人名號，不能夠多談幾句，實在可惜得很。」

正說著，一眼看見奚宅大門內走出那怪老頭來，嘴上還含著那根旱煙袋，煙氣蒙蒙呼呼直響，一跨出門順手把大門掩上，慢慢踱下台階笑向三人道：「此地事了，我好人做到底送你們父女出城去。」又朝艾天翮道：「為德不卒，古人所誡，你似乎也應送他們一程。」艾天翮巴不得同怪老頭一路走，藉此可以近乎近乎，聞言大喜，連聲應是。怪老頭卻又吩咐道：「我卻不許你們在城內同我說話，應該說的話到城外再說。」三人領命，怪老頭在先，三人在後，一路步出城來。

艾天翮一路暗暗留意怪老頭的舉動，除了兩隻眼睛在一副大茶鏡內威光凌凌同常人有異，其餘實在看不出是仙人來。而且初見怪老頭時，聽他的口音並非揚州，完全道地蘇白，難道仙人也愛吳儂軟語麼？不多辰光已到城外，恰好依舊走到老佃戶大哭的吊橋上，怪老頭向前一指道：「那邊有座土地廟，且都到那廟內去，我有話說。」三人自然唯命是從一齊走進廟內，四面一看別無人影。

怪老頭向那佃戶道：「奚家的事包在我身上，從此絕不敢再來欺侮你父女了。這位替你還的租銀我也安排妥當，交與奚景軒自己手上。不過你是一個鄉村窮苦人，為了這點事弄得當窮賣絕，女兒雖回度日不易。」說到此處放下旱煙袋，從懷內掏出一包銀子，約莫也有二三十兩送與佃戶道：「這是我送給你的，你只管拿著，可贖回當掉的東西，時已不早，你們就此回去吧。」

那佃戶做夢也想不到仙人還送他出城來再與他銀子，拉著他女兒又跪在地上哭謝一番，當面求仙人許他在家裡立大仙爺神位，以便朝夕禮拜祐著無事。怪老頭沒法同這個鄉農分辯，只揮手催他快走。那老佃戶把額角叩成個大疙疸，兀自一步一回頭，把大仙爺三字叫得震天價響，挈著那女子出廟去了。

怪老頭一見佃戶父女出廟，呵呵大笑道：「天下哪有許多神仙來管這些事，不要說神仙，就是狐仙，在這種齷齪勢利的奚宅，也不能一日居的。」艾天翮這時已有點明白，知道這怪老頭雖不是神仙也是劍俠一流人物，趕忙向那怪老頭屈膝下去，恭恭敬敬的說道：「老丈是世外高人，晚生今天無意中得遇老丈真是天下幸事。晚生無意功名，不入那齷齪勢利的仕途，只落得心雄力薄落拓一隅。倘蒙老丈不吝教誨得侍左右，天高地厚終生感激。」說罷俯伏於地，不肯起來。

怪老頭面色一整，聲若洪鐘的發話道：「你且起來，我有話說。」艾天翮只好起來，垂手立在一邊，怪老頭道：「老夫就是蘇州張長公，生平傳授門徒寥寥無幾。要知道我們這一道千門萬戶有邪有正，心正的人練得一身武藝，非但可以行俠仗義，平人之不平，為人之不敢為，也可以由藝而進入道，斂神凜志，返本還真以成不壞之身，優遊於六合之外。但是心術不正的人想仗藝為非作惡，必定會玷辱師門，還落得屍骨無存。這一正一邪造端極微，全在平日師友之教訓，自己理欲借以分辨。

「我看你一身傲骨，從小就知道仕途不良，未始沒有根基。即如今天吊橋上見義勇為，不顧旁人勸之，雖然冒昧從事，也可算得俠義天性，未始不可受教。不過我看你聰明外露，鋒芒不斂，是個病根。你如能夠隨時收束心神屏除一切專心從我三年，方能再授衣缽真傳，如果你自問辦不了，不如趁早各自分手。」

這一番話說得艾天翮毛骨森然，冷汗直流，而且語切中自己心病，好像怪老頭天天在自己身後目睹平日一切行為一樣。但是艾天翮也自緣法湊巧，怪老頭雖說得凜若天神，其實也愛惜他是個可造之材，到奚宅去救佃戶女兒的一幕怪劇還是為艾天翮起見，未始不願收在門下。

當下艾天翮福至心靈，第二次又跪在怪老頭面前，就改口稱師父道：「弟子願一切遵從師父訓誨，務請師父俯允吧。」經他這樣哀哀跪求，張長公也就點頭允許。好在艾天翮父母早故，只有一房兄嫂，無甚牽掛，從那天起，艾天翮就棄家從師跟張長公到蘇州學藝去了。

第廿六章　狹路逢仇

那奚景軒家中上上下下原是被張長公點了穴道，過了幾個時辰一個個如夢方覺。奚景軒醒來，身上兜著十幾兩銀子，還附著一張大仙爺手諭，寫明這是佃戶繳還租銀，如再設計囉嗦佃戶父女，本仙定即嚴懲不貸。揚州人本來迷信很深，奚景軒又是色厲內荏的俗吏，誰也想不到是張老英雄做的手腳，反而誠惶誠恐的設起大仙爺牌位朝夕鮮花供養，再也不敢想那女子的計策了。

且說艾天翮負笈從師跟著張長公到了蘇州。張長公家在蘇州桃花塢，本是個幽勝之地，張長公自從江湖洗手以後隱居桃花塢已有十幾個年頭，老婆早已亡故，膝前只有一女，年已十九，芳名紉蘭，就是後來的千手觀音。那時正在妙年，長得端麗非凡智慧絕世，非但武功盡得乃父真傳，文學上也是一個不櫛進士。父女二人，因為不同外人交接，家中除出一個老蒼頭應門料理些俗務，便輕意沒有閒雜人等進門。幾間竹籬茅舍，幾畝花畦藥圃，打掃得明潔無塵，父女二人平日練功夫以外，灌藥澆花吟詩敲棋，享些世間清福。可是張長公想到男大須婚，女大須嫁，未免平添了一樁心事，而且這位嬌女是個巾幗英雄，又是志高氣傲，目空一切的，物色夫婿卻也不易。

那天張長公獨自到揚州去訪一個老朋友談談，無意中遇著艾天翮，略一打量便覺此子神俊氣逸卓爾不群，又見他那番豪邁舉動代那佃戶打抱起不平來，益發對了自己脾胃。心裡一轉念就暗地跟進奚家，用遊戲手段代他們輕易救出佃戶女兒，又引了艾天翮到了城外舊廟細細盤問一番，才收入門牆，跟到蘇州。

在張長公認為，以為艾天翮文事有餘，武事不足，好在年輕，破費自己幾年陶熔，不難造就一個文武全才的英俊少年，那時門徒而兼子婿，贅在自己家中，可以了卻平素之願。自己百年之後武功血食都有嗣續之人，何等完美！不過目前暫可放在一邊，且看這幾年艾天翮心術如何再定進退。

張長公打了這個大主意，把艾天翮帶到桃花塢，早晚悉心傳授武功，看待他如親骨肉一般。這位紉蘭小姐落落大方，同艾天翮便像親姊弟一般，而且從旁指點，艾天翮武功格外進步神速。三年以後，艾天翮已前後判若兩人。一半艾天翮立志甚高，聰明絕頂，聞一知十，一半張長公為著艾天翮存著另外主意，格外盡心傳授。兩下一湊，艾天翮武功自然進步飛快。非但各種兵刃件件精通，連張家獨有的百步神拳也略得要領，不過百步神拳是內家一派，全仗平日水磨功夫，絕難躐等而進，艾天翮功候不到，較之紉蘭小姐還差得多。

幾年下來，他把張長公父女脾性卻都摸熟了，平日張長公看待自己的那份神氣同言語之中時時鼓勵的口吻，明白老人家對待自己，門徒以外還有進一步的希望。本來自己看得紉蘭小姐同天上神仙一般，倘能真個蒙老人家青眼，得到這樣神仙眷屬，真比南面王還要快樂得多，因此在紉蘭面前益發恭而有禮。

紉蘭小姐也看出老父的意思，自己暗地琢磨也有點芳心可可，三人這樣心照不宣，平時相處也就無異家人父子。艾天翮居然還能以禮自持，雖然同紉蘭朝夕相見，絕不露出輕薄之態，只一味拚命用功，果然有志竟成，再過了幾年武功大進，差不多把張長公一身絕藝盡數得去。

但是練武的人學到了家，還須外出訪友，閱歷一番，張長公也教艾天翮到各省去遊歷一番，長點見識，結交幾個成名的英雄。在艾天翮自己也要露一露一身能耐，做點俠義事情顯顯自己的名氣，好博得紉蘭的歡心。不過廝守已久，一日分離，實在不大好受，而且自己師父盡管平日語氣之中流露出招贅之意，卻沒有直接痛快說出來過，就是紉蘭本人平日噓寒問暖非常體貼，可是婚姻兩字也絕口沒有透露過，此番出來遠別未免忐忑不寧。

幸而臨別這一天張長公、紉蘭置酒餞行，當席叮嚀了許多閱歷江湖的門檻，又約定不准走遠，無論如何，遊歷到一年光景必須回來，因為自己風燭殘年，有椿心願等你回來舉辦，你須切記在心。艾天翮聽了這句話，心上一塊石頭頓時落地，細味老師這句話，明明是囑咐自己遊歷回來舉行入贅大典。偷眼一看紉蘭似乎眉頭緊鎖大有惜別之意，剎時卻又揚揚如平時，只舉杯勸飲殷殷叮囑一路小心，一年之後快快如約回來，免俺父女盼望。艾天翮聽得喜慮交並，只好快快告別。

那知道一別情海中生出萬丈風波來了，張長公父女自從艾天翮走後，屋中缺少一個人頓覺冷清清的格外如世外桃源，張長公又非常鍾愛艾天翮，一天到晚總要把艾天翮三字提幾遍。紉蘭小姐天性純孝，知道老父記掛愛徒，悉心服勞，奉養色笑承歡，想盡法子替老父解悶。忽然想起已經出嫁的阿姊紉秋來，住在太湖，路並不遠，何妨叫老蒼頭去接來盤桓幾時，熱鬧熱鬧。

張長公知道她的主意，卻連連阻止，因紉秋正幫她丈夫呂元整頓太湖基業事關重大，不可以私廢公，紉蘭只好作罷。幸而光陰飛快一年易過，父女二人屈指艾天翮出門到今已到一年之約，想必快要回來。每天張長公含著旱煙袋，背著手到桃花塢外蹓躂一回，盼望那艾天翮到來，但是一天天這樣盼望，總是長吁短歎地回家。

轉眼又是春盡夏來，艾天翮依然蹤影全無。最奇自從艾天翮拜別遠行，始終沒有得到他一封平安信札，連一個便人口信都無，父女二人未免有點詫異起來，張長公放不下心，同紉蘭一商量，決定到揚州向艾天翮兄嫂一探消息，順便探望幾個當年老友。主意打定立即動身，走揚州城內到了艾天翮兄嫂家中，卻值天翮的阿哥經商遠出只剩他嫂子守家。一問天翮消息，他嫂子說：天翮自從一年前回家探望一次，據說學藝已成要各處訪友，只住了一夜就拔腿走了，直到現在信息全無。他的阿哥正想到蘇州探望老師，打聽他的消息呢。

張長公問不出所以然，只有無精打采的轉身就走。想起城外開元寺老方丈六指頭陀多年不見，路又不遠，何妨去同他談談。

信步行來恰巧又經過奚翰林的大門，一想不好，萬一被幾個惡漢識破，倒老大沒味，忙一低頭，腳步加緊如風走過，走到奚家門口時，隱約看見門口圍著一堆人，人叢中似乎有個奇醜的老乞丐同奚宅家奴纏繞不休，自己走得快也沒在意，霎時來到城外吊橋上，想起初見艾天翮，代他救了佃戶父女一晃已是好幾年。望到橋下河流中自己的倒影，頭上鬚髮皓然如雪，又想起壯年躍馬橫刀景象，一幕幕映上心頭，不禁愣愣立住，一搔頭皮仰天長歎。

歎聲未絕，猛聽得身背後哼哼一聲冷笑，急轉身一看不覺一愣，只見橋上遠遠立著一個奇醜的獨臂老丐，兩眼如火，鼻孔撩天，面如瓜皮，髮似枯草，穿著一身七零八落醃臢難聞的破衣，斜背著一個破黃包袱，露出一身人臘似的乾皮膚，緊包著一串骷髏骨，左臂自肩以下截如刀削，右臂伸出鳥爪般的瘦指，握著一根乞棒向張長公一指，咧著滿口巉牙的大嘴，發出怪梟似的笑聲道：「張老英雄，幸會，幸會，想不到在此地不期而遇，倒免了我一番跋涉了。」說罷，又一陣桀桀怪笑，聲尖而銳，非常難聽。

張長公自隱居桃花塢以後，同江湖上人久已隔絕，除去幾個老友也絕少有人來找他的，今天碰著這個怪乞丐，聽他口氣似乎認識自己，暗忖這人必非善類，找自己也絕沒有好事。這樣心裡一轉，面上依然一絲不露，笑問道：「恕老朽眼拙，記不起足下高姓大名，未知足下怎知老朽姓氏，想尋老朽有何見教？」

那怪丐一聲冷笑正想答言，忽聽腳步聲響有人走上橋來，怪丐一指前面林內一片亂墳堆低聲說道：「張老英雄英名猶在，膽量過人，請借一步奉告。」

張長公這時益發瞧料來意不善，卻也不懼，點頭道：「好，請足下先行一步。」

怪丐一拄乞棒，拖著一雙爛草鞋踢踢踢踢跑下橋，向林中奔去。

張長公隨後跟來，暗自留神怪丐身法。只見他跑下橋以後一陣風似的奔去，並不腳踏實地。從橋下到那邊樹林還隔著一片綠油油的草地，怪丐兩腳不沾點塵，腳跟提起腳尖微點草面一路飛行，竟是內家凌波躡風的絕頂功夫，頓時大吃一驚，這才想起二十年前的舊事來。

原來張長公看那怪丐一路飛行的功夫，猛然記起從前八俠之首了因和尚的門下都有這樣能耐，有一個俗家徒弟天生是個獨臂，江湖上稱為獨臂俠，其實他姓冷雙名擎天，取一手擎天之意。這冷擎天雖是從小殘廢，卻深得了因真傳，一身功夫在了因門下首屈一指，後來了因多行不義，被呂四娘、白泰官、甘鳳池、呂元等七個師弟大義滅親，合力除去，那時冷擎天恰恰不在跟前，免了殺身之禍，卻因此把呂四娘這般人恨如切骨！苦於力量不夠沒法替師父報仇，設法投奔皇四子王邸，獻了許多毒計，把江南七俠弄得死的死、遁的遁，終算替乃師報了仇。

最奇他居然機變過人，看清雍正猜忌毒辣絕無好結果，未等雍正登基早已抽身出來，卻被他收羅許多門徒，在福建武夷山內人跡罕至的一座峻陰山上開闢了一個寨基，派幾個親信徒弟守住山寨，自己化裝成各色人等，混跡通都大邑，劫取富商巨宦的奇珍異寶，仗著一身出色的本領巧取豪奪，從未破案。幾年下來，他山寨內聚結了無數珍寶，把山寨築成許多隧道密室，裝飾得不亞皇宮內苑一般。他卻有一樁好處，只愛財不愛色，如果門下犯著採花，立刻傷在他寶劍之下。

有一年春天，正值張長公大女兒幻秋出閣這一天，那時呂元名頭也同白泰官、甘鳳池相仿，官廳時常注意他們，哪敢明目張膽嫁娶！好在新郎新婦都是人傑，倒不拘小節，只一葉扁舟就把新娘接去。那時呂元尚未開闢太湖基業，只在浙江上遊嚴陵灘畔幽隱處所，背山面水築了幾間草廬，權為新婚洞房。

張長公一時高興，愛慕嚴陵灘風景絕佳，直送女兒到婿家來。每天同著愛女新婿釣遊於山巔水涯，領略無邊幽趣。一天獨自短衣草履，荷著釣竿到了江邊，揀了突出的一塊大石磯，磯旁鑽出一株歪脖高柳，綠蔭如蓋，正把一輪紅日擋住。張長公大樂，雙足微點，帶著釣絲跳上石磯盤膝坐下，看那灩灩碧波中遊魚唼喋，自在遊行，有幾尾竟是尺許長的鰣魚，這時活跳的鰣魚本是錢江出名的珍品，忙慢慢放下釣絲，凝神一志的靜等魚兒上鉤。釣了半天，只釣得幾尾細鱗白條魚，鰣魚竟不上鉤。抬頭一看，日影近午，只好立起身來，收拾起釣具；一伸手摘了一支柳枝，把兩尾魚穿好，縱上岸來。

忽聽得頭上山腰松林內，有一個怪聲怪氣的人說了一句：「此地便好，就此請教賢伉儷幾手絕藝吧。」又聽得幻秋嬌喝道：「你這人太沒分曉，人家不願意同你交手，怎麼這樣纏繞不休！老實說，你這種殘廢乞丐，誰願意與你較量？」

張長公聽得詫異，忽聽那人哈哈一聲怪笑，大喝道：「不知死活的小輩，死在眼前，還敢目中無人？」

張長公大驚，把手上釣竿魚兒一拋，颼颼颼接連幾縱，已到山腰，兩臂一分，一個孤鶴橫空業已飛落林內，睜眼一看，自己女兒女婿都戴著竹笠提著土鍤，立在一邊，對面松樹底下立著一個奇醜不堪的獨臂乞丐，伸出一條焦炭似的長臂，鷹爪似的瘦指指著呂元夫婦喝道：「想不到太爺今天會碰著你這忘恩負義，幫凶助惡的小子，更想不到你這小子逃在此地，還娶了個嬌滴滴的媳婦兒。看你這媳婦兒大約也有幾手，來來來！你們一齊上，太爺一塊兒打發你們回老家去。」

怪乞丐正罵得高興，冷不防林外又飛進一個體貌清癯半老年紀的人來，話鋒略頓，正想喝問，呂元已從對面慢條斯理的踱了過來，笑嘻嘻向怪丐拱手道：「足下素未謀面，無端辱罵未免可笑。」

怪丐亂髮，怪眼圓睜，不待呂元再說下去，厲聲喝道：「太爺就是武夷冷擎天，恨俺早離師門，被你們這般凶徒恃眾欺寡，謀害了俺了因師父！別人猶可，你這小子不想想從前在祖師爺朝元和尚門下，年紀最小，入門又晚，一點能耐完全你大師兄代師傳授，你偏受恩不報，倒行逆施，俺今天如果把你輕輕放過，江湖上從此不用講義氣分尊卑了。」說罷一跺腳，獨臂一揚，鷹爪似的五個手指一伸一縮，便像鋼鉤一般，同時一身骨節格格作響，臂上腿上登時突起一塊塊栗子肉，好像耗子般在黑皮膚裡邊周身亂鑽，最奇瘦得像枯骨的一雙臂膊剎時似乎比先前大了幾倍長了幾寸。

這時呂元夫婦同張長公都吃了一驚，雖然沒有同他見過面，早聽人說起了因門下有這麼一個人，雖是獨臂，功夫不在了因之下，此刻看他運用易筋經的功夫十分老練，便知不易對付。

張長公恐怕愛婿吃虧，慌上前含笑說道：「在下蘇州張長公，久仰老哥大名，今天幸會實在難得。老哥替尊師雪恨原也應該，但是從前朝元禪師留有遺囑，吩咐八個門徒，如果日後八人中有一個不守師訓，貽害良民，不論長幼代師行罰把他除掉，這層老哥你也知道。那時小婿年紀輩份都小，幾位師兄抬出先師遺訓怎敢不從？事後小婿何嘗不捶胸痛哭，悔不欲生！可是話又說回來，尊師了因忒也凶殘，就是幾個師兄弟不自遵師規，也難保首領。

「現在事過境遷，怨仇宜解不宜結，何況彼此除去這點夙恨之外，平日聞名不見面，別氣過不去的事。在下勸老哥留個人情，把令師私仇消釋開去，彼此以祖師爺遺規為重，依然大家是一家人，日後江湖上也都有照顧之處，豈不是好？老哥是明白人，今天看在下薄面，丟開手吧。」

張長公說罷，冷擎天面色鐵青，兩條倒掛橫眉一動哈哈大笑道：「說得好輕鬆的話！俺也知蘇州有個張老前輩，端的功夫出眾，令嫒當然也是家學淵源，這位呂小子更不用說，自己的大師兄都能夠殺掉，俺這殘廢乞丐當然不在你們三位身上。閒話少說，是非嘴上是辯不清的。你們六條臂膊同咱一條臂膊交手，這樣便宜事，難道還要擔心麼？」

他這樣淋漓盡致的一陣挖苦，連鐵石人也要動心，呂元雖然涵養到家也難忍受，把頭上竹笠除下，向紉秋遙遙一擲，便向他老丈說道：「岳父且請遠立一邊，這位冷先生擠得小婿沒法，只好同他周旋一下。」張長公默然後退。

冷擎天更不怠慢，就在一聲怪笑裡，一個箭步縱將過來，單臂一起就是一個獨劈華山的招勢向呂元蓋頂砍來，掌風颯然疾逾迅雷，如果被他砍上，腦袋立刻分家。呂元功夫何等精深，等待掌風切近，一偏身左腕虛勾同右拳疾吐，用了一著挑互用避實蹈虛的手法，朝冷擎天左肩穴擊去。

冷擎天接招還招全仗右邊一隻手，左肩當然空虛，交手時候，全身力量重心比較普通四肢完全的人似乎應該吃虧一點，哪知這怪物並非小可，一條瘦臂渾如鐵鑄，而且剛柔互用運用自如，比八臂哪吒還厲害幾分。起初舉掌下臂原來是試敵的虛招，呂元一應招，立時臂隨身轉，指東擊西，忽縱忽橫，變化萬端，而且招數奇妙，與眾不同，掌風所到，呼呼有聲，尖風砭骨，遠看去他身上滿是臂影，非但看不出是個獨臂，反而像滿身都長著手臂似的。

呂元應付之間，竟瞧不透他用的是哪一路拳法，知是勁敵當前不敢疏忽，忙把自己的一套獨門功夫五拳施展出來。這套拳法他自從華陀五禽數內揣摩出來，像的是龍、虎、豹、蛇、鶴，練的是神，骨、力、氣、精，內外都是五個字所以名為五拳，兼有內外宗派之長，是呂元從小苦練出來的獨門功夫，端的門戶謹嚴，無懈可擊。冷擎天雖是毒辣，一時卻也難以占得便宜。這樣兩人三條臂，勾攔封解，由慢而緊，各逞絕藝，已戰到四五十回合，兀自未分勝負。

忽見冷擎天一聲怪吼，托地跳開丈許遠，獨臂一掄，鋼鉤似的五指向空忽拳忽舒來了幾下，兩隻怪眼暴突出來像雞卵一般大，淡淡如火，直注呂元，身子卻挺立不動。這時冷眼旁觀的張長公看得來人不弱，原已代愛婿捏把汗，此時又見冷擎天無故跳出圈外，現出這副怪相，正以為異。呂元卻已殺得性起，幾個連環進步，逼近前去。

冷擎天兀自像木雞般卓立如山，等到呂元掌臨切近，猛地一伏身，身子一晃，已到呂元身後，呂元急轉身，冷擎天雙足微點又從頭上飛了過去。這樣來了幾次，呂元心頭怒發，雙臂齊揮，冷擎天卻又步步後退，這功夫遠觀的張長公猛然省悟，驚喊一聲：「不好，這廝用神功般禪掌的毒著門。」

一言未畢，身旁紉秋一聲嬌叱金蓮微頓縱向前去，說時遲那時快，冷擎天未待紉秋趕近，驀地牙縫裡起個霹靂大喊一聲：「著！」同時疾伸獨掌遙向呂元胸前一推，呂元正放步追去原自留神，不意經他猛然大聲一喝，略一疏神，突覺胸前如中鐵杵，胸口一痛，兩眼一模糊，身子不由自主的往後倒退，恰好紉秋從身後趕到，一伸手扶住呂元。冷擎天哈哈一聲狂笑，轉身拔步便走。

紉秋大怒，一跺腳趕上前去，猛覺頭上黑影一晃，自己老父用出當年絕藝，一個海燕掠波勢憑空飛出去五六丈遠，正落在松林口攔住冷擎天去路，雙手一抱屹立如山，冷擎天看見他阻在路口，冷笑一聲道：「難道張老英雄也要賜教麼？但是冷某怨有頭債有主，犯不著欺侮無怨無仇的人，恕冷某急於走路要失陪了。」言畢一跺腳，從張長公頭上飛越過去。張長公一聲不響，待他飛近頭頂，一伏身連人帶拳向上一衝，只聽得冷擎天飛身落地時鼻子裡哼了一聲，回轉頭來惡狠狠的向張長公點頭道：「好，再見。」說了這句，如飛地奔下山去了。

張長公也不追趕，忙向呂元、紉秋所在走來，只見呂元自己在地上盤腿坐定閉目調息，運用內功調理胸口內傷，紉秋蹲著幫著按摩丈夫周身血道。張長公一俯身細看呂元面上隱隱罩了一層青灰色，額上滿布著一粒粒汗珠，忙喊道：「此地不妥，仔細山風，快回家去俺有法治。」呂元不住點頭，卻已無力起來。

紉秋把丈夫攔腰抱起背在背上，卻問道：「爹，這樣輕輕地把凶徒放走，女兒真不甘心。」張長公在前邊走邊道：「這廝中了我的百步神拳，居然落地還能拔步如飛，實在不能輕敵，俺也未必準能勝他，雖然如是，聽他落地時一聲哼，也夠他養幾個月的傷。」

三人一邊說著走下山來。張長公一看山腳下自己拋掉的釣竿被人拗得粉碎，兩尾白條魚倒依然穿著柳條在草上亂跳，折斷的釣竿，想是冷擎天恨極張長公的表示。張長公一笑，拾起柳條穿的魚，護著女婿女兒回到草廬，百事不做，先把自己帶來的一袋草藥撿了幾味濃濃的煎了一碗，教呂元吃下，再用許多丹藥敷在呂元的胸口。隔了頓飯時光，呂元嘔出許多紫血，出了一身大汗，頓覺清爽許多，可以坐起來講話了，紉秋這才長長的吁了一口氣。

呂元卻問道：「這廝手腳起初也不過如是，後來幾番開鬧，小婿也明白他定有毒計，也曾暗運內功小心防備，不料竟著了這廝手腳，而且這廝這一著竟同老丈百步神拳相仿。」

張長公慌搖手道：「你元氣未復，不要多言，且聽我告訴你，這廝剩了一隻手，能夠把神功般禪掌練到這個地步頗也不易。本來這種掌法同百步神拳差不多，相差在一個發掌開聲一個是不必開聲，照你這一身內功功候本來可以抵擋，因為冷擎天狡毒異常，看你內外如一，沉著應戰，不易攻取，故意同你遊鬧。幾下再引你遠遠追去，使你神疏氣散，便乘虛而入。你又是新婚以後破了童子功，幾下一湊，卻被那廝占了便宜。但是換了功夫差一點的人，豈止這點內傷，早已一命嗚呼了。」

紉秋正手上拿著藥站立在床邊，忽聽到父親毫無顧忌的說出新婚破童子功的話來，頓時兩頰緋紅，一轉身飛步而出。後來呂元調養了個把月也復原了，張長公遊興已盡，也就別了女婿回轉蘇州，把冷擎天這個人也就漸漸淡忘不在心上了。上面這一段補敘的故事，就是張長公探聽艾天翮消息，在揚州城外碰著怪乞丐，猛想起二十年前的一樁舊事。現再接說張長公想起了這樁舊事，知道前面走的怪乞丐定是當年的冷擎天，想不到二十年之後，還會找來報仇。想到這許多年冷擎天必定格外厲害，自已年衰氣薄恐怕不易抵敵，不覺心頭亂跳冷汗直流，但是冤家路窄，既已碰上只好拚個死活。

心裡這樣一盤算，兩隻腳已到林內。一抬頭，怪乞丐已把手上乞棒丟在地上，獨臂叉腰像凶神一般立在面前，一副怪像比二十年前還要醜惡十倍，心裡又轉念，這怪物無論如何厲害，年紀也快到五十，未必能夠勝我，面上卻依然笑嘻嘻道：「老哥有話，就請見教吧。」

怪乞丐冷笑一聲道：「張老頭子你真個不認識我嗎？當年你仗著百步神拳幫你女婿，乘我不備暗下毒手！在你以為冷某準死無疑，哪知俺百煉金剛，豈懼你這點微末之技。照理你這一拳之仇早應該同你算賬，不過俺這人與眾不同，你這一拳之仇，完全因為自己愛婿，平日在江湖上也沒凌辱過人，何況俺當時並沒受傷，所以俺並沒有報復的心。你想真要報仇，豈待今日？就是當年俺懲誡呂小子，也是手下留情，你如果懂得神功般禪掌的奧妙定可明白的。這是以往的事，也不必提他。現在我要找你，在你定以為報仇來的，其實不然，卻是另一樁事，因為我門下雖多，卻沒有一個可以傳授我衣缽的，不料事有湊巧，新近我收了一個得意門徒，名叫艾天翮。」話方出口，張長公驚得咦的一聲，喊出口來。

怪乞丐獨手一搖道：「你且不要驚奇，聽我告訴你，我知道艾天翮也是你的得意門徒，是艾天翮自己口中告訴我的，學武藝的人多拜幾個師父不算為奇。艾天翮雖然從此在我門下，你們師徒情分還依然存在，不過以後能否與你見面，要看你們緣份了。所以我特為此事，老遠跑來通知你一聲，免得你盼望他。」

他這一番話，把張長公聽得呆在一邊作聲不得，心中十分難過，比打他幾拳還要難過。因為自己費盡心力把艾天翮教成一身功夫，眼看東床雁選，子婿兩兼，萬不料一出門，平白地被這老怪物奪去。聽他的口吻，從此相見一面都為難，最奇怪艾天翮未必不明白我對他的一番恩惠，怎肯輕輕拋卻？就照他平日聰明高傲，豈肯平空拜這老怪物為師？其中必定另有別情。

張長公這樣一轉念，向怪乞丐道：「天翮能夠拜在老哥門下，這是他的福氣。但不知現在天翮住在何處，老哥尊府在於何方？因天翮臨別同老朽一年為約，有許多要緊的事必須同天翮當面討個下落，請老哥賞個詳細地址，老朽也可登門負荊。」

怪乞丐不待他再說，鼻子裡哼了一聲高聲道：「你要問我住址麼？老實說，黃河以北凡我足跡所到，都是我的住址，也都是俺的門下，至於艾天翮，俺已叫他到雲南貴州一帶辦事去了，你怎樣能同他面談要事呢？」

張長公越問越驚奇，脫口問道：「老哥怎麼把新收門下的愛徒就派去辦這遠道的事？而且老哥自己說各處都有高徒都有住址，想必老哥神通廣大這幾年定有非常事業，但是老朽卻一點沒有耳聞。老朽既蒙老哥諒解釋去前嫌，老朽對於艾天翮二次拜師，也絕沒有不滿意的心思。不過艾天翮家中還有兄嫂，老朽處也有未了的事，所以盼望他回家料理一下。倘蒙老哥惠允讓天翮先回來一次，老朽格外感激不盡了。」

怪乞丐等張長公說完，呵呵笑道：「想不到張老英雄在家納福了許多年，江湖上的勾當這樣隔膜了。」說了這句，一俯身撿起地上乞棒，忽地一旋棒把颼的掣出一把漆黑錚亮的扇子來，向張長公一揚大笑道：「百言抄一總，你看到這把扇子，就明白這幾年我做的事了。」

張長公一看這把鐵扇子領時又驚又怒！把雙目精光四射，恨不得一口把面前怪乞丐吞下肚去，厲聲喝道：「這幾年我早耳聞長江一帶沸沸揚揚說有鐵扇幫出現，專用詭計騙取紳宦珍寶財產，爪牙甚多獨樹一幟，原來就是你這怪物作祟。你在長江一帶害人與老朽無關，將來自有你的報應，你不應該把老朽門下誘入你無法無天的幫內。你要知道艾天翮是一個身世清白志向遠大的青年，被你這樣一來，豈不葬送他一生？這事老朽絕不能置身事外，依我良言相勸，快把艾天翮送來還我，否則莫怪老朽反臉無情。」張長公愈說愈氣，幾根白胡子吹得直豎。

怪乞丐冷擎天滿不理會，冷笑道：「我好意解釋前嫌，特地通知你一聲，不料你以耳為目，竟把鐵骨俠腸的鐵扇幫說得一文不值！你不知道艾天翮已五體投地的欽服鐵扇幫，在我面前當眾歃血立誓，將來還要傳我的衣缽哩。我話已說盡，信不信由你，照你這樣不通世故，應該立時叫你識得我的厲害，但是我看在艾天翮面上權且讓你一次。時已不早，我要失陪了。」說罷把扇子依然向棒中一插，旋好棒把就要開步。

這一來真把張長公氣急了，一跺腳攔住去路，戟指喝道：「老賊，走向哪裡去！今天你不還我艾天翮，休想活命！」

冷擎天滿面露著不屑神氣，把手上乞棒向地上一插大聲道：「我不還你艾天翮你待怎樣，不知好歹的老東西真要找死嗎？」

這時張長公已是怒氣填胸，拚出性命也要與他爭個你死我活，但是勁敵在前，又不能不攝氣凝神運用全身本領克敵致果。冷擎天大約也看出張長公今天要同他拚老命，也是提起全副精神對敵。這當口，兩人相距五六尺遠近，四隻精光炯炯的眼珠像鬥雞般互相注射蓄勢待發，又像兩隻負嵎猛虎一樣。

這樣對峙了半晌，張長公猛可裡兩臂一分，先是一個白鶴亮翅的招式，一縱身倏地變為分龍手向冷擎天攔腰擊去。冷擎天一看張長公出手用的是少林宗派，喝一聲來得好！一扭腰好像旋風般飄了開去，獨臂一揚，駢指一戟，已向張長公腦後穴點來。

張長公一矮身橫腿疾掃，這招原是虛招，以為冷擎天必兩足墊勁，來個旱地拔蔥，待他縱身空中再改用猴拳中最厲害的摘陰手攻他個措手不及。哪知冷擎天的家數非常，真夠厲害，一看橫腿掃來，並不縱身逃避，一聲厲喝掌鋒疾下向腿上砍來。張長公喊聲不好，知道他又用出神功般禪掌的辣手法來，如果被他砍上腿骨立斷，腿中疊勁，一矮身趁勢著地一滾托地跳起，暗運神功雙掌一合，一個童子拜觀音的招式遠遠向冷擎天一推。

冷擎天在二十年前已領教過百步神拳的手法，也慌忙丹田提氣大喝一聲，猛的單拳攢勁向前一放。這樣兩人遙遙對立，各憑神功互相虛擊。張長公這方面是雙掌並出，每發一掌必用許多功夫，雖是遙擊依然發一掌有一掌的招式，這一邊冷擎天也是如此，兩人雖是遠立著一招一式此迎彼擊，都與近身交手差不多。而且兩人全神貫注目不旁瞧，比近身交手還要緊張萬倍。尤其是冷擎天凶睛暴突鬚髮怒張，一拳遙發狂喝如雷，形狀像山精夜叉一般。

這樣兩人各出死力爭鬥多時，只見張長公額汗如淋漸漸喘氣，似乎有點抵擋不住。這邊冷擎天面如噀血虬筋密布，每發一拳必前進一步。每逢他前進一步，張長公連連後退。一面兀自拚命雙掌齊登竭力支持，但已面色大變氣促身顫，搖搖欲倒。冷擎天哈哈大笑道：「天堂不走，地獄自投，今天叫你識得我冷擎天的厲害。」言畢一聲厲喝，握拳透爪，正待猛發一拳，忽聽得身後有人低聲喝道：「狂徒敢爾！」

冷擎天大驚，這一聲竟像在自己耳邊說的，嚇得他不敢回頭，一跺腳斜刺裡縱出丈許遠，猛轉身睜眼看時，只見自己原立地方，一個白面朱唇的文弱書生背著手很瀟灑的朝他立著。冷擎天暗想，這人到了我背後竟未覺得，但看他這樣神氣，無非一個手無縛雞之力的書生，便舉步趨前，大喝道：「你這廝膽敢到此窺探，難道也來討死嗎？」

書生微笑，指著張長公道：「這個討死的人死得非常費事，像我這樣文弱書生向你討死，當然是很容易的。我倒要試一試討死的滋味，你就乾脆放出死人的手段好了。」其實此時張長公已經氣盡力絕跌翻在地，同死的也差不多了。那書生故意開玩笑似的向冷擎天說了這幾句話，冷擎天不免心裡狐疑起來？照此書生這樣的口吻定非常人，但一身弱不禁風的樣子，又不像。

冷擎天藝高膽大滿不在意，伸出爪似的手指向那書生一指道：「你真活得不耐煩嗎？你如果自以為學過幾手三腳貓想充好漢、打不平，我勸你趁早回家抱書本子去。老實說，像你這種人，經不起我一個指頭的。」

那書生哈哈大笑道：「好大的口氣，如果像你只剩了一隻鷹爪的人也想橫行天下，兩手完全的人定可飛上天了。閒話少說，你這樣殘廢的人我實在不願同你交手，你不是懂得幾手般禪掌麼？現在咱們這樣辦，你也不用遠遠的發掌，你盡管在我面前擊我三掌，我絕不還手。我試試你的般禪掌究竟有多大功夫，你就過來發掌吧。」

冷擎天一聽暗暗吃驚！心想揚州除去六指頭陀別無能人，如果這人不是吹大氣，不要說六指頭陀，誰也敵他不過了。這不值信，難道被他幾句大話就嚇倒不成？何況他說過不還手，就讓他還手，這點年紀的功夫也未必在我老頭之上，主意打定，大踏步近前去冷笑道：「拳腳無情不是兒戲，萬一有性命之憂，豈不自己討死？」

那書生不待他再說，喝道：「混賬的凶徒，在我面前還要稱能，快發掌！」

冷擎天被他罵得惡膽陡生，喝一聲看掌，猛不防一掌向那書生胸前發去。這時冷擎天同書生還差四五步遠，一掌發後，書生若無其事笑道：「你這就是看家本領的般禪掌麼，這樣也能把人打死嗎？笑話笑話！也許你離得遠，或者你不願意叫我死，手下留情。其實大可不必，現在你近一點再來幾拳試試。」

冷擎天這時真有點毛骨悚然，幾乎自己都有點不相信起來。一不做二不休，把全身暗勁貫在臂上，一縱身逼近書生身前大喝一聲：「著！」連發兩掌，只聽得「拍㲉」兩聲，打在書生胸前好像擊在一段枯木上面，那書生兀自笑容滿面的立得紋絲不動。冷擎天大吃一驚，這才知道遇上剋星，喊聲不好！慌忙一個箭步退去丈許遠，便想拔腳逃走，卻不料那隻獨一無二的右臂霎時紅腫了起來，腫得像吊桶一般，比大腿還要粗，而且筋絡痙攣痛徹心肺，把凶神一般的冷擎天痛得蹲在地上動彈不得。

書生冷笑道：「剩了一隻手還要逞凶，不如把這隻手也廢掉，倒可保全你一條狗命。」說罷忙趕到張長公身邊，蹲下身把張長公扶起上身盤膝坐定。從懷中拿出一粒丹藥納在張長公口中，又替他遍身穴道按摩一番。無奈張長公年老氣衰，用力過度氣已大傷，雖是悠悠醒轉，兀自立不起身，微微張眼一看知是書生救他的命。

本來書生在危急關頭顯身出來，張長公雖然跌翻在地，兩眼尚能望到，直到書生制住冷擎天，自己實在支持不住一時昏迷過去。此刻又被書生救醒，定了一定神，自己知道此番惡鬥受傷過甚，沒有書生搭救早已命喪冷擎天之手，但向前一看，冷擎天在地上痛得亂滾比自己還要難受幾分，想不到這文弱書生有這樣能耐，而且素未謀面，也從未聽說揚州有這樣能人，忙強振精神有聲無氣的說道：

「老朽蒙足下再生之恩，一世報答不盡。但是老朽已是風燭殘年從未得罪江湖，冷擎天逞強同老朽惡鬥，雖然被他打傷依然毫無怨恨之意。現在冷某被足下制住，看來性命也在呼吸之間，將來怨仇固結從此不解實非所宜。老朽願代他拜求足下赦他一命救他一救，老朽格外感恩不盡。」說罷，舉著戰戰兢兢的雙手連連向書生拱手。

那書生微一點頭，遙向冷擎天大喝道：「你聽聽張老先生這番大仁大義的舉動，才是英雄本色。照說我與你無仇無恨，何必定要你命！因為從旁看你逞強欺老，才出來管此閒事。現在姑看張老先生面上饒你初犯，便宜你一條狗命了。」說罷慢慢地走到冷擎天身邊，冷不防騰的一腿向冷擎天尾閭踢去，把冷擎天整個身體像肉球般踢起四五丈高。

說也奇怪，冷擎天一落地頓時好好的立得筆直，痛楚消失手也不腫了，可是一臉凶焰萬丈變為垂頭喪氣萎靡不振之態，滿面生痛的向書生拱手道：「足下本領委實佩服，可否請教大名，在下也可時時記在心上。」

書生大笑道：「你問我姓名嗎？我自己也不知道姓甚名誰，如果你想報復的話，你可以向幾位老前輩打聽打聽游一瓢是何如人，你就能明白了。」冷擎天一聽他就是游一瓢，一言不發向前拔起插在地上的乞棒，一轉身飛也似的跑走了。

張長公從旁聽出書生就是游一瓢，心中大喜！前幾時原聽六指頭陀說過，游一瓢是當今第一奇人，江湖上稱為陸地神仙，一身鬼神不測的本領都從一冊易經參悟出來，也無人能知道他身世同武功宗派，忽隱忽現捉摸不定，性情舉動迥異常流。最奇數十年前游一瓢已經出世，到現在還是一個白面書生，因此有人疑他是劍仙一流，但六指頭陀聽他自己說無非懂得養生駐顏之術罷了。當下張長公知道這書生就是游一瓢，驚為奇遇，高興得連身上痛楚幾乎忘記了，便想支持著立起身，無奈兩腿像棉花一樣，一聲長歎又癱在地上。

游一瓢忙搖手道：「快不要動，此地離開元寺甚近，我背你到六指頭陀那兒去休養一時再說。」

張長公大喜道：「六指頭陀與老朽也是老友，不過要尊駕背去如何當得？這是萬萬使不得的。」

游一瓢大笑道：「你又不是大閨女，我背你去礙甚事？就是大閨女，急難時也應從權。我只曉得做人應做的事，最恨人情虛偽說一種言不由衷毫無用處的話兒。」說罷一蹲身，反手輕輕把張長公兜在背上，如飛的向開元寺而去。張長公被他這樣一搶白，面上雖然忸怩，心裡亦發欽佩得了不得，知道這種人不能同常人一般看待，就是世俗號稱英雄俠客之流也比擬不上，只有一聲不響任他背去。

游一瓢把張長公背到開元寺，又一直背進寺內，恰好六指頭陀率領僧眾剛剛做完功課，一見游一瓢舉步如飛背進一個老頭兒來，仔細一看原來是蘇州張長公，一看神氣就明白受了拳腳內傷，忙指揮幾個門徒把張長公抬進方丈自己房內禪床上。張長公抬不起身，只好點頭示謝，卻由游一瓢說明所以。

六指頭陀一面聽受傷經過，一面替張長公細細診了脈，對游一瓢說道：「幸而你救得快，遲一步就無從救藥了！雖然如此也要好好調養幾個月才能起床，而且目前萬不能再勞動身體。我們都是老友，索性在敝寺養好了身體再回蘇州去好了。」

張長公喘吁吁的說道：「承老友看待，自然感激入骨！大師又是精於醫道，原是最好不過，但是小女紉蘭一人在家必定早晚牽掛，只有回去再說。」

六指頭陀笑道：「這又何妨，我就打發人把紉蘭姪女請來，就留在敝寺服侍你便了。而且這幾天我正有一樁大事，想到蘇州同你談談，萬不料你被游兄無意救來，這也可以說天緣湊巧。好在敝寺有的是精緻的客館，打掃出來幾間，足夠你父女倆起居的了。便是游兄也寄寓在此。游兄大名我早日同你提過，游兄的本領你今天當也領教過了，我可以說一句，像游兄的本領人品，世上少有的，江湖上稱他陸地神仙足可當得。我特地挽留他盤桓兒時，你在此養病也可同他親近親近，豈不好？」

六指頭陀是個胸無城府的人，說到那兒定要做到那兒，當下不由分說便打發人當天到蘇州去把紉蘭接來。張長公知道六指頭陀脾氣，只好由他。再說游一瓢這樣本領這樣人品實在舉世無雙，何況又有救命之恩，恨不得把游一瓢請到自己家中去才對心思。

不表張公肚內思索，且說蘇州到揚州本來不遠，紉蘭在家得到開元寺去人通知，得知老父被冷擎天打傷，急得一佛出世二佛升天，匆匆吩咐了蒼頭幾句話，好好看守門戶，自己料理一點應用衣服等件，當夜趕到開元寺。這時張長公已移到寺內後院一個精雅的書軒內，所有床榻藥鐺以及一切應用物品，六指頭陀早已代為布置得妥妥貼貼，另外還撥了一個年老香火和尚承應。

紉蘭一腳趕到寺內，走進老父病室，恰好房內已點起明晃晃的紅燭，六指頭陀、游一瓢卻坐在病榻旁談心。紉蘭走進屋內目無旁矚，急淚瑩瑩直趨病榻，一看老父身倚高枕，面色蒼白兩眼深陷，只喊一聲爹，已哽咽得說不出話來。

張長公淒然伸出瘦指，指著游一瓢說道：「兒呀，你不要急，為父沒有這位游兄搭救，早已命喪冷賊之手，你且謝過游先生同六指大師再說。」紉蘭忍住痛淚，回身一看，左邊坐著六指頭陀原是認識，那右邊坐著一個神宇朗澈瀟灑出塵的少年，想必是有救命之恩的游先生，粉面一紅，慌先福了一福，便插燭似的拜了下去。

游一瓢大驚，趕緊一飄身遠遠避開，連連說道：「女公子快請起，這是萬不敢當。」邊說邊也遠遠跪下還拜。六指頭陀白鬚亂拂呵呵大笑道：「好一位知禮的巾幗英雄，但是古人大德不謝何況救父之命，存在心中便了。」

紉蘭盈盈起立又向六指頭陀福了一福，道：「承大師醫治家父，還要玷汙寶剎，實在心裡不安。」

六指頭陀笑道：「且莫說這些話。你父不能多言，我來告訴你。」便將冷擎天如何收艾天翮為徒，自己如何與他理論，如何動武不敵，游一瓢如何來救，如何懲治冷擎天，天花亂墜的說了一番。

紉蘭聽得游一瓢如此本領，不免秋波電閃向游一瓢打量幾眼，覺得此人神宇朗澈，不染一塵，端坐室內宛如春華秋月，令人油然起敬。不禁暗暗稱奇，不敢正視，慌一轉身低頭向老父榻畔，絮絮問交手細情、身上痛楚。

張長公長歎一聲道：「古人說吉凶悔吝生乎動，一點不錯。我迤跡多年，沒來由收起徒來，費了幾年心血把艾天翮造就，想不到一離師門便改變心腸投入凶賊門下。細想起來，冷擎天對我說艾天翮已同他飲血為誓甘心與群賊為伍，也許真有其事。」

六指頭陀從旁大笑道：「據我所聞，冷賊這幾年黨羽密布，膽子越來越大。他居在武夷山內富麗堂皇一呼百諾，好不興頭，但出來時候仍然扮著乞丐模樣掩人耳目。艾天翮年紀輕輕意志不定，看得他賊巢內富埒王侯，自然樂而忘返了。」

紉蘭看得老父滿面怒容，思索了半天沒有開口，等六指頭陀話鋒略止，微微笑道：「艾天翮初到蘇州，女兒就覺得此人聰明有餘，言過其實，絕難傳授父親衣鉢。幾年來別無外物引誘，倒也小心翼翼毫無過處。不料一出師門就走入魔道，這是他自己甘心墮落，父親犯不上為他氣苦。再說父親為他被冷賊擊傷，將來看他有何面目相見？」

游一瓢笑道：「女公子說的話很有見地。老實說，冷擎天這人從此不敢再出現江湖，令徒艾天翮也許會迷途知返呢。」

張長公父女都不解，愕然問道：「游兄此話怎講？」

游一瓢笑道：「事有湊巧，今天無意中救了張老先生，又無意中替長江一帶除掉一個魔頭。冷賊受了在下罡氣反震，性命本已難保，經老先生求情賞他一腳，雖則保全他一條命，那隻獨臂從此也就廢掉了。這人剛愎自雄，無端成了廢物，如何忍耐得住，回到老巢也就羞憤自盡，休想作祟了。」張長公聽得連連歎息，紉蘭卻心中大喜，以為報了傷父之仇。

四人談了一會，六指頭陀同游一瓢告辭出來，走到前殿游一瓢悄悄說道：「我細察張老先生氣色，已神遊墟墓之間，大約內臟受傷太甚。平日練的百步神拳雖是內家一派，究非正宗，全憑丹田蓄氣，氣分一耗傷過度，加以衰年，恢復決非容易！又加艾天翮一層憂傷攻心，元氣格外斫傷，恐非藥石所能奏效了。」

六指頭陀皺眉道：「我何嘗不知，希望人力勝天而已。」兩人歎息了一回也各自回房，一宿無話。

第二天張長公平無變象，依然同六指頭陀、游一瓢隨意閒談，只不能起身罷了。這樣過了十幾天，紉蘭同游一瓢、六指頭陀在老父病榻旁時時相見混得廝熟，只覺游一瓢溫文爾雅，一派書生氣象，倘然不是自己老父說出救命時的功夫，真不信這樣文弱書生有這樣本領。偶然在病榻旁彼此談到武功，游一瓢只微笑而已。

有一天四人正在張長公病房閒談，忽然那個承應的香火和尚從外面遞進一封信來，說是專人送來，來人送到就走了，信面卻寫著紉蘭女史芳啟。紉蘭接在手中非常詫異，隨手交與張長公道：「父親，你看，這封信外面沒有寫明寄信人姓名同地點，不知何人寄來的？」

第廿七章　奇事重重

張長公拆開信來一看，頓時面色大變！兩隻手揑著幾張信箋瑟瑟亂抖，猛地把信箋向紉蘭面前一塞，仰面一倒，氣得吁吁直喘。六指頭陀、游一瓢大驚，慌近前詢問。紉蘭也顧不著看信，先替老父揉胸捶背，忙得手足無措，六指頭陀慌說道：「事從信起，你且看明信內甚事。」

紉蘭拿起信紙一看，原來是艾天翮寫來的。信內大意說是現遵冷師遺命為鐵扇幫首領，凡鐵扇幫的人都立誓替師報仇要游一瓢的命。擬且冷師死時，也知張師不久人世，非常懊悔！且知張師雀選東床之意，命弟子報仇後擇吉迎娶，本該親自造謁，一敘契闊，偵知仇人在室，與仇人相見為期不遠，屆期當知鐵扇幫之天羅地網，取仇人之頭易如反掌也。紉蘭看完也氣得手足冰冷，半晌說不出話來。

六指頭陀不管三七二十一，一手搶過信紙粗略一看，呵呵大笑道：「這小子忘恩負義還想癩蛤蟆吃天鵝肉，真真豈有此理！怪不得長公兄氣得如是。」邊說邊向游一瓢一揚道：「其中還關係著你哩，你也應看看。」紉蘭心裡一急要想把信搶回，卻不能造次，忽聽游一瓢笑道：「不用看，鐵扇幫的伎倆何足掛慮。」

六指頭陀詫異道：「你沒有看到信，怎知是鐵扇幫捎來的？」

游一瓢遙指床前信封道：「只看信封後面一個扇形的戳記就明白了。」

紉蘭同六指頭陀低頭一看，果然。這時張長公已回過這口氣來，長歎一聲道：「這孩子完了，恨我兩眼如盲枉費心機！看來我這病確也難以望好，只有這女孩子終身大事未了是樁心事，其餘全無甚罣牽。」說罷又連連歎息。紉蘭已嚶嚶哭泣起來，六指頭陀、游一瓢也黯然相對，一時無言可慰，大家靜默了一回，六指頭陀似乎張口要說出一句話來，忽然一看紉蘭哀傷神氣又縮了回去，卻用別話安慰他們父女一番，便同游一瓢辭出，讓他們父女談談體己話。

這樣又過了幾天，張長公神氣日見衰弱，瘦得皮包骨頭，藥吃下去如石投大海。有一天晚上游一瓢出外遊覽揚州勝境未歸，紉蘭也不在面前，只剩六指頭陀坐在病榻邊同張長公閒談解悶。六指頭陀心裡本藏著一樁事，恰好張長公又說到紉蘭終身，六指頭陀單刀直入呵呵笑道：「你的事就是我的事，而從賢姪女到來俺就心裡存了一番主意。現在長話短說，我來做個媒人替你選無雙奇士做乘龍之選何如？」

張長公苦笑道：「天下哪有這現成無雙奇士？」

六指頭陀大笑道：「此人非別，就是日日相見的救命恩人。」

張長公大驚道：「游先生是震世奇人，豈肯要我這庸俗的女兒？你故意逗笑罷了。」

六指頭陀面色一整道：「老實對你說，我們這位游兄現在正在物色佳偶，卻與別人娶妻生子傳宗接代的通俗恒情大不相同。他所以要物色佳偶，是要求一個志同道合，偕隱修道之侶，一不在貌，二不在身世，只要他自己選擇認可，就能算數。這幾天我同他言語之間探他口氣，似乎對於賢姪女非常讚美，這倒是不可多得的良緣。」

張長公聽罷微微長歎一聲道：「小女能夠為游先生終生伴侶，尚有何求！但是俺平日言語之間確已透過口風，將艾天翮贅在家中。雖未正式定局，在艾天翮心中終以為我說話不算，這層怨孽如何了結？只恨我活到這樣年紀還做這一樁荒唐事。」

六指頭陀不待他說下去大笑道：「我問你，照你這樣意思，依然想把自己好好的女兒匹配匪人不成？」

張長公慌喘著氣吁吁說道：「我不是這個意思，我想……」

一聲未畢，忽然一陣風響，從窗戶裡穿進一個人，一身勁裝背插長劍，一現身跪在榻前朗聲說道：「徒弟該死！想不到冷師會同師父決鬥，害得師父害病在此。但是冷師也被碎屍萬段的游一瓢打傷，活活氣死。既死不究，師父也可稍息胸中之恨了。徒弟記掛師父病體，特地前來探望請罪。」說罷站起身來四面一看，不見紉蘭，只見一個童顏長鬚的老和尚在側，慌一躬到地道：「這位想是六指大師，承蒙看待敝師，小子理應致謝。」說罷又是深深一躬。

這時張長公、六指頭陀都怔住了，誰也料不到艾天翮會在這時飛進屋來，而且剛才說到艾天

第廿七章

翩同紉蘭婚姻的事也是艾天翩在窗外聽得一清二楚，事情亦發難辦。張長公正想啟口，又不料紉蘭正在這當口端進一碗藥來，一跨進房猛見艾天翩立在床邊，心裡一驚，把碗藥叮噹一聲碎在地上。艾天翩一回頭看見了紉蘭心中一喜，忙遠遠一躬道：「久不見師姊，心中時時記掛，尚乞恕小弟疏忽之罪。」說罷，又是一躬。紉蘭被他這樣一來一時無言可答，只可斂衽回禮。禮畢，一俯身拾起地上碎瓷片，又蓮步匆匆退出門外。

哪知一退出門幾乎同一個人撞個滿懷，那人身法極快，一閃身便退在一旁。紉蘭一抬頭頓時心頭亂跳，原來事有湊巧，游一瓢正在這當口回寺又來看張長公了。這時同紉蘭覿見，看她面色驚慌極不像平日沉靜之態，錯意會是張長公病症有變，忙問道：「令尊今日病象如何，六指大師在內嗎？」

紉蘭忙連連搖手悄悄聲道：「艾天翩來了。」游一瓢聽得毫不驚疑，只略一思索便昂頭直進。這一來紉蘭大驚失色，把手上碎瓷片向階前一拋，身不由己的又跟了進去。

哪知門外紉蘭同游一瓢一問一答房中艾天翩都聽在耳內，等到游一瓢跨進房門，艾天翩從未與游一瓢見過卻認不得，只覺這人丰姿絕世容光照人，巧不過此時紉蘭返身進房又緊跟在游一瓢身後，在艾天翩眼中心中頓時有點酸溜溜的不大好過。

偏偏六指頭陀捉狹不過，一半也看不起艾天翩，故意朗聲說道：「游兄來得巧！喏，喏，俺來替你引見引見，這位大英雄就是冷擎天的高足，新任鐵扇幫首領艾天翩艾英雄。」一言未畢，艾天翮只聽得一個游字早已怒火十丈，面賽青霜，霍的一退步，劍眉直豎虎目圓睜，厲聲喝道：「你就是游一瓢嗎？」

游一瓢滿不理會，連正眼都不看他一眼，從容自若的向六指頭陀道：「今天你寺裡燒夜香的人忒多了，有二三十位鐵扇幫的英雄黹夜前來，都在屋上遊行隨喜哩。」

六指頭陀一聽肚內雪亮，正待開言，張長公已氣得說不出話來，伸出細長瘦指指著艾天翮半晌才喝道：「你好，你好！你快把我刺死便了！」

艾天翮大聲道：「師父休要誤會，師姊切莫驚慌，俺們報了冷師之仇，便迎養你老人家同師姊到徒弟那兒去，稍盡俺一點香火之情。」說畢一翻健腕掣出身後長劍，一跺腳一個飛燕鑽雲勢穿窗而出。艾天翮一飛出窗外便聽得天井裡很尖銳的一聲口哨，頓時四面的屋上都有口哨之聲夾著刃劍叮噹亂響，把闔寺僧眾嚇得走投無路，以為大群強盜劫寺，躲在幽僻處所瑟瑟直抖。

這時病房內張長公拍床大叫直喊：「小冤家你簡直逼我老命，乾脆你弄死我便報你恩師冷賊的大仇了。」

紉蘭也驚得花容失色，連喊怎好怎好！就是六指頭陀也弄得手足無措，低聲向游一瓢道：「這小子依仗人多蓄意同你拚命，你雖本領高強，究竟好漢擋不住勢眾。你又是赤手空拳，依我看犯不上同這般亡命一般見識，悄悄避開就是了。」

游一瓢笑喝道：「胡說！虧你不惶恐當年總算經過大敵，竟說出這樣喪氣的話來。不是我游一瓢誇海口，這般強徒再多來幾倍也不足懼！你也不用出去，只幫著女公子好好守在房內看護張老先生要緊，我自有辦法打發他們。絕不叫他們損壞你寺中一草一木，你放心便了。」六指頭陀被他一頓搶白弄得啞口無言。

忽又聽得艾天翮在屋上喝道：「游小子你也只有這點膽量，躲在房內想求俺師父庇護不成？要知道報仇的不止俺一人，求俺師父是沒有用的！乾脆你出來領死，免得驚了我師父師姊。」

游一瓢聽得微微一笑，只一晃身便人影不見。六指頭陀知他已飛身出去，到底放心不下，悄悄對紉蘭道：「你仔細守在床邊，待俺出去助他一陣。」說罷一回身從壁上摘下一把塵土厚積的寶劍來，錚的一聲拔劍出鞘，掠起僧袍，一縱身竄出房外，走出天井抬頭四下一瞧，星月在天，絕無人影，正在驚疑，忽聽得遠遠大殿上一陣呼嘯之聲便又寂然，心裡疑惑，一跺腳縱上屋面凝神向大殿上一看，只見無數黑影一片刀光，在殿脊上像猿猴一般縱躍飛舞亂作一團，其中卻有一道匹練似的白光閃電似的在無數黑影中穿來穿去，白光所到，黑影如波分浪裂四面亂竄。霎時，殿上黑影被那道白光掃得一個不剩，似乎無數黑影變成一溜煙似的從殿角奔向配殿，又向寺外滾滾散去。那道白光激箭般在後追逐兀自緊追不捨，直到六指頭陀看不見為止。

六指頭陀暗自吐了一回舌，喜氣洋洋地跳下地來回進屋中嘖嘖稱讚道：「痛快，痛快！俺活了偌大年紀見過多少英雄，卻沒見過游兄這樣本領的人。俺同他相交多年，他平日恂恂不露，俺只知他內功深湛高逾我輩，萬不料今天讓俺開了眼。先頭俺還代他葸葸過慮，真所謂蠡管窺測，反令我慚愧無地了。」

張長公、紉蘭聽他一路大讚，並沒有說出真情來，同聲問道：「究竟外面怎樣了？」

六指頭陀大笑道：「說也慚愧，俺出去滿心想助他一陣，哪知他恢弘有餘，竟使我無從插手。連人影還沒有辨清，已被他秋風掃落葉般掃淨了。你們想，古人說的妙手空空聶隱娘一類的劍仙也不過如是罷了。」

張長公聽罷很惶急的問道：「這樣說艾天翮性命也難保了？」

六指頭陀明白他依然痛惜艾天翮，故意大聲道：「像艾小子這種微末之技，遇著游兄豈能倖免？想已尋那冷擎天去了。」

張長公信以為真，一陣心酸淒然低叫道：「天翮天翮，真料不到你這樣結果。」口中叨念了好幾遍竟紛紛淚下。紉蘭立在一旁，也花容慘淡默默無言，卻把六指頭陀氣得火星冒頂，暗想張老頭兒竟這樣賞識艾天翮，自己為他吃了苦頭還要護短，看來我這個媒人有點不妥。

正想開口，忽聽窗外大笑道：「你這老禿驢又信口胡說。」言語未絕，游一瓢已笑容滿面倒提著一把長劍從容跨進門來，笑向張長公道：「休聽他胡說。我同艾天翮往日無冤無仇，何必害他性命？非但艾天翮毫髮無傷，就是同來的二三十個同黨也一個沒有傷害他，無非略施警誡把他們手上凶器奪下，趕出寺外便了。」說著把手上長劍一揚道：「這便是艾天翮的兵器，特地拿來交與張老先生，便時仍可還他。其餘不少軍器都擊落在大殿下面，讓幾個香火和尚收在一邊，免得張揚出去礙及本寺聲譽。」

張長公聽得艾天翮安全逃走，心裡一寬，卻由心坎裡佩服游一瓢大度寬容，連聲道謝。六指頭陀卻拉著游一瓢問道：「你究竟是人是鬼？」

游一瓢詫異道：「此話怎講？」

六指頭陀滿面慚愧的笑道：「不瞞你說，我想出去助你一陣。立在屋上，只見大殿上匹練似的一道白光在群賊堆裡穿來穿去，便知道就是你的手段。但是這種功夫實在駭人，不由人不疑心你是劍仙一流。現在你不許拿喬，須說出這種身法是何種功夫？何人傳授？」

游一瓢大笑道：「虧你練了一輩子，會問出這句話來。」

六指頭陀大聲笑道：「別人這樣挖苦俺定不饒他！唯獨你這怪物俺實在五體投地的佩服你，由你說得嘴響，但俺還要打破沙鍋問到底。不要說俺，就是我們這位張老兄同這位武功絕頂的賢姪女，也比你差得萬倍。」

游一瓢不待他說下去慌笑道：「算了，算了，你請看我身上穿著這身銀灰色的衣服，身法略微比別人快一點，在月光下遠看去便似一道白光。至於我赤手空拳同那群亡命玩了一回，無非用了幾著空手入白刃的拳法，這是在座諸位都是精而又精的何足為奇。話雖如是，在俺心中以為無論何派拳法練的不外身眼手腰步，只要持之有恒總可練得出人頭地。但是這樣苦練，無論練得如何神妙，逃不出一個技字，如要由技而進入道必須練心，也不只武術一道，僧釋道三教的聖賢都是練出來的。

「人的這顆心實在有不可思議的功用，只要你運用得法，真可以說遇千千敵遇萬萬敵，但非從內功入手不可。所謂內功又非僅僅懂得運氣貫勁就算，必須達到心之所至百體從令，指顧之間皆可摧敵，才算內功正宗。可是練習內功卻非人人可學，必須秉賦特殊得天獨厚的人方可問津。此刻俺同艾天翮略一接觸便知道這人倒是個可造之材，怪不得張老英雄巨眼賞識，可惜踏入歧途愈趨愈遠了。」

這一番話聽得三人連連點頭，尤其紉蘭如醍醐灌頂，暗暗會心，不禁秋波凝注，一往情深，恨不得立時拜他為師學習內功正宗。張長公卻不理會這些，只聽得游一瓢也稱讚艾天翮資質不錯，說自己老眼無花，頓時滿心舒暢有道不出的一種舒服，因此格外把游一瓢當作神聖看待。只六指頭陀心頭橫梗著作媒的成見，總不以游一瓢讚揚艾天翮為然，誤會游一瓢故意這樣說，寬慰張老頭兒罷了，光頭一搖，長鬚亂颭正想開口，忽見游一瓢猛一轉身面向窗外喝道：「敗軍之將，還不心服，又來作甚？」

喝聲未絕，颼颼幾道白光從窗孔裡直向游一瓢上中下三盤射來，游一瓢一動不動，只聽得一陣叮噹聲響，有二支爭光耀目的鋼鏢一齊跌落地上，還有一支卻正正插在游一瓢口中，六指頭陀同張長公、紉蘭大吃一驚，以為游一瓢遭了毒手。

六指頭陀正想飛身出去，忽的又是一道鏢光，直射進來。說時遲那時快，只聽得游一瓢鼻孔裡哼的一聲霍的張嘴一吐，口中一支鏢比電還疾向外射去，巧不過正迎著來鏢，兩鏢一碰，錚的一聲奇響，火花四射，把來鏢反擊過去，又是的答兩聲，兩支鏢並肩插在窗欞上。卻聽得窗外怪聲喝道：「好厲害的鏢！俺艾天翮也不是好惹的，終有一天洗此羞辱！」

房內游一瓢大笑道：「好！俺希望你有此志氣！此刻再寬容你一次便了。」游一瓢說罷，窗外聲音寂然，知艾天翮已去遠。

回頭一看，床上張長公已面色大變氣息僅存，紉蘭同六指頭陀已趨近榻邊極力叫喚，張長公兀自答不出聲來。因為艾天翮一來一去，張長公原已十分痛苦，萬分難受，等到艾天翮二次暗箭傷人又被游一瓢嚇退，張長公格外傷心到極點，一時逆痰上湧，竟自氣厥過去。好容易被六指頭陀撫摩了一陣救活過來，更加奄奄一息，病體重了十倍，紉蘭看得老父如是，只哭得格外淒慘欲絕。

六指頭陀同游一瓢暗地一商量，知張長公人已絕望，不如送回桃花塢落個壽終正寢。一面打發急促，把大姑奶奶紉秋同大姑爺呂元接來料理身後。張長公經過氣厥以後，自己也明白不久人世，急欲回轉自己家中。第二天，六指頭陀親自把張長公、紉蘭護送到蘇州桃花塢，游一瓢卻又飄然雲遊別處去了。

張長公回到蘇州，呂元同紉秋夫婦倆也從太湖聞信趕到，兩女一婿，晝夜服侍幾天，張長公竟自一瞑不視，臨死的時候兀自把艾天翮三字叨念了幾遍，看他神氣到死還想見他一面，也算情有獨鍾了。

等到喪事終了，呂元先回太湖，紉秋恐怕妹子獨處傷心，暫留桃花塢陪伴。

紉蘭自從父親死後，芳心寸碎，笑音全無，時時支頤深思，眉頭百結。在紉秋總以為妹子思念先父，只有百端勸慰。她們兩姊妹本是一床同臥，有一天紉秋半夜醒來，偶爾下床小解，忽見裡床睡的紉蘭不見，四面一看並無蹤影，覺得奇怪，一眼瞥見几上燈盞底下壓著一張字條，慌把燈花一彈，油燈驟亮，取出字條一看，頓時大驚失色。

原來字條上寫著：「人生不過百年，學業卻無止境，妹將浪跡天涯以遂素志，瑣瑣家務請姊決之。他日有緣當趨太湖一晤也。妹紉蘭留言。」

表面上看好像外出訪師求友的意思，但是何必深夜偷行棄家而去？紉秋也是個聰明絕頂的人，雖知道寫著的幾行字未必真意，卻想不出其中奧妙，而且深知自己妹子平日貞烈謹慎，絕不致走入邪途，此次不別而行必定另有用意。又想到紉蘭武功比自己高強，足可保身，倒也無用十分掛慮。只好把家中大小事務整理清楚，仍舊托那蒼頭看守。如果二小姐三年不回，再作道理。囑咐已畢，便也自回太湖同呂元一商量，就而托江湖朋友隨時留意紉蘭行蹤，以便探訪。

其實紉蘭出走，卻因為父親喪葬當日，六指頭陀也趕來執紼，等父葬事告竣，六指頭陀於無人處私下同紉蘭說道：「賢姪女巾幗英雄天姿高超，應該掃除庸俗女子態度，求一終身歸宿才好。游一瓢這人，賢姪女也是欽服非凡，現在他在雁蕩最高峰結廬修道，願得終身伴侶之人。臨走時曾托俺致意賢姪女，如有同志，請賢姪女屈駕到雁蕩相會，卻須秘密行事，免得被人知道，妨礙兩位偕隱之願。」六指頭陀說完這番話，就回揚州開元寺。

紉蘭在當時也不置可否，等到葬務告畢，自己把這樁切身大事足足琢磨了許多天，才決定於深夜不別而行。故意留著幾句尋師訪友的話，讓紉秋猜不出自己的行蹤。自從半夜出走，只攜帶一包袱同幾十兩碎銀晝夜不停趕到雁蕩，居然被她在雁蕩山最高峰頂的雁湖邊尋著游一瓢，兩人就在雁湖邊結廬隱居起來。這樣一男一女，在這人跡罕至處所高隱，真像世外桃源深山仙侶，而且兩人只憑六指頭陀一句話就此草草結合，在那時禮法束縛時代也是常人所辦不到的。紉蘭方面還是移樽就教，在世俗眼光看起來同私奔也差不多，可是講起實際來，紉蘭同游一瓢與其說他們是夫妻，還不如說他們是師友比較為貼切，因為紉蘭肯這裡屈身相從離家別姊，完全為的是想跟游一瓢學內功正宗，作一個巾幗特出英雄。

在游一瓢忽然同紉蘭結合起來，卻因為一見紉蘭慧質天成，一身秀骨，極可傳授內功正宗的資格，既可作為修道良侶，將來也可幫助自己一派的道技，而且還存著待時而恢復漢室的深思，這幾層一湊合，兩人就締結同心了。

果然紉蘭教一知十，在雁蕩僅居了十幾年，非但武功大進，迥異從前，而且竿頭日進，漸窺練心養氣之奧，駐顏辟穀之術，幾乎要青出於藍而勝於藍了。兩夫妻這樣在雁蕩隱居了十幾年，游一瓢忽動遊興，想同紉蘭雲遊四海物色幾個佳徒，可以廣大門戶，紉蘭也非常讚同。兩人略事整束就飄然下山，遊歷天下。

哪知這一下山，夫妻間生出極大風波，波譎雲詭之際，竟將一對絕無僅有的情侶生生拆散。其實說來說去無非為一個情字！古今來讓他一等一的英雄豪傑，有幾個能打破這情字的一關？游一瓢、紉蘭這樣的超人也脫不了情字的束縛，所以連虛無縹緲的大羅神仙也盡有許多豔跡濃情，在人間傳述許多悲歡離合的故事。

閒話休敘，且聽在下慢慢道來。且說游一瓢同紉蘭從雁蕩天台轉到浙江上流金華、衢州一帶，每日遊山玩水，漸漸走出浙江境界，來到福建省的霞浦山福寧灣沿海一帶。這一帶大小島嶼星羅棋布，沿海居民都是漁戶，無論男女，個個揚帆掛網，像魚一般在海濤起伏中隨意出沒，倒也別有樂趣。

有一天夫妻二人從霞浦山走上望海嶺，漸漸人煙稀少風景卻漸漸優勝。這條長嶺，橫亙海岸，一面是海一面萬嶂如屏，千巖競秀，比較天台、雁蕩別具一種空靈之勝。嶺上萬松夾道丘壑神奇，遠眺南海空闊無邊漁帆隱沒翩如白羽。紉蘭大樂，邊走邊撮口作聲劃然長嘯響遏行雲，隱隱與潮音和答。游一瓢一笑道：「你知道古人發嘯大有學問，像孫登一嘯，能作龍吟虎嘯，尚是次等功夫；最高的能一嘯風雲變色，海波飛立，其實也是從練內功而來，由丹田聚氣而出，你此刻長嘯，雖能鼓氣行遠，卻無迂迴繞樑之音，一呼而出，並無餘音。」

紉蘭笑道：「這樣說來，你定然當行出色的了，何妨一試呢？」

游一瓢微微一笑，並不即時發嘯。恰值這時兩人已走上最高嶺巔，游一瓢四面一看，看見相近一株合抱長松，虬枝四出，蔭及畝許，是百年以上之物，游一瓢一矮身，兩袖一展，便像白鶴一般飛上松巔。恰好松上枝幹盤錯處，足可容身，便在枝上安坐下來，紉蘭在下面也技癢起來，金蓮一頓的也飛身而上，擇了一枝擎出的巨幹，半倚半臥的同游一瓢左右相對，四面一看，萬山奔赴一覽無遺，山風徐來，襟袂欲飛，宛如步虛躡雲，飄飄欲仙。

游一瓢閉目危坐，調息凝神起來。半晌，忽見他嘴唇微動，似乎聽得有一種極微極幽的聲音，搖曳而出；音細而清，宛如遊絲嫋空，若斷若續。一忽兒，漸高漸遠，好像半空中發出笙磬之樂，猛可裡張口一呼，萬山響應，竟像千軍赴敵，萬馬奔騰，加以松濤怒吼，狂風驟起，遠近山麓，無數鷙禽猛獸狂竄四逸；遠遠海波，也像隨著震盪，聲浪如山。

紉蘭細細辨認，明知音從口發卻像從天而下，正在不解，忽又聽得各種聲音漸遠漸沒，頓又波平風止，松靜山閒起來，這當口這種餘音未絕，驀地又聽到遠處山坳內百鳥齊鳴，簫管並奏，襯著山谷迴響，異常悅耳，不一時又變為哀怨淒絕之音，如泣如訴，淒絕異常，聽得紉蘭神鬱不揚，游一瓢也暗暗詫異。忽又聽得聲調又變一派靡曼之音，隨風飄盪，倏高倏低，竟聽不出聲從何處發出。

游一瓢同紉蘭憑高四眺，半晌，才看出側面山岩半腰裡，炊煙幾縷穿林而出，隱隱似有村舍模樣，各種異聲也像自其中發出來的。這當口異聲頓寂，卻另有一陣小兒鼓噪之聲，游一瓢笑道：「那面山腰中定有奇境，我們何妨過去一看。大約也不過幾里路，順便也可一探聽到的各種聲音從何而來。」

紉蘭恰也好奇，原想一探究竟，兩人意思相同，立即一齊飄身下樹，從側面羊腸小徑走下嶺來。

嶺下面盡是一層層的山田，越過山田，又是幾層崢嶸石嶂，繞盡石嶂，地稍平坦，露出一片松林。林外溪流潺潺，幾隻悠然鴨子在溪中浮拍自如。兩人一看到鴨子，知已走近山村，忙穿過森林沿溪走去，曲曲折折走不到二里路，面前奇峰陡起，層巒環抱，那支溪流，正從面前山腳底下汩汩流出，兩人越過溪流，向一座崗巒腳下轉去。不料繞出崗巒，景象大變。當前一座十餘丈高的碉樓鎖住山口，碉柵嚴閉，寂無人影，兩旁整整齊齊的砌著丈許高虎皮石的女牆，連山而起，勢如長龍。只望到碉後峰尖亂擁，古木參天，卻不知碉內是何景象。

紉蘭詫異道：「這兒還有這樣雄壯的碉壘，卻非意料所及，想必山中居民很是豐富哩！但是俺們在對面嶺上，怎會見不到這座碉樓呢？」

游一瓢笑道：「這何足奇，你此刻立在碉前也見不到那嶺上，因為中間還隔著幾層石嶂哩。看來此地藏風聚氣，形勢天成，倒是個好所在。可惜隱隱蘊藏著肅殺之氣，其中雖有幾個豪傑恐也非光明正大之輩，大約碉內並非良民。此地近海，或者是海盜首領占據之地也未可知。河水不犯井水，我們也不必流連了。」

一言未畢，忽聽得碉內角聲大鳴，夾著步履吆喝之音，游一瓢微一沉思，忽向崗腳幾株合抱長松一指道：「俺們且到那樹上暗探一下，碉柵內角聲大起，定必有人出來，不是合圍行獵就是操練婁卒，且看看是何人物，再作道理。」說話之際碉內人聲已漸近，似有無數人馬湧出碉來。游一瓢一揮手，紉蘭會意，兩人同時略一飛騰，宛似一雙點水蜻蜓，幾個一起一伏便已到崗腳，直上松頂穩住身子，仔細向碉前窺探。

半晌猛又聽得噹噹鑼響一陣吆喝，頓時碉柵大開，像潮水般湧出五顏六色一隊隊的人來。頭一隊排著十幾個崢嶸壯漢，一色紫花布窄袖短衫，紅帕包頭，皂布裹腿，前面兩個高舉一對畫角，吹著嗚嗚怪響，其餘荷著一對對的豹尾槍，如風趨前。壯漢背後卻湧出一隊隊盡是山精般的腳村婆，居然也包頭紮腿腰挎蠻刀，鬢腳邊還都插著一朵血紅的山茶花，個個腆胸瞪目而出。遠看去這群村婆足有二三十人，都不過二十左右。

這當兒，潑剌剌跑出四匹雕鞍鮮明的白馬，騎著四個俏麗女郎，一律穿著一身菜綠的窄袖密扣褲襖，頭上劉海齊眉，頭髮分梳兩辮，壓著兩個紅絹蝴蝶大結，眉目如畫，揚鞭出碉，同前隊村婆相映成趣。

紉蘭在樹上正猜想這般不倫不類的人是何路道？忽見湧出碉外的一股人馬倏的左右一分相對立住，中間讓出一條甬道，猛的碉內又是一陣犬吠，呼的奔出無數凶猛高大的獵狗出來，後面緊跟著兩匹赤炭似的駿馬，頭一匹卻無人騎，只馬背上踞著兩隻鐵啄鋼爪的巨鷹，後面一匹才馱著一個儀態非常、容光奪目的佳人，錦帕抹額翠當貼鬢，披一件紫緞貼金口鏡，微露窄窄蠻靴穩踏鐙上，據鞍顧盼秋波流射，好不雍容氣概。

一出碉前略一指揮，便率領著四個俊俏女郎直趨隊首，那群猛犬便在她馬前馬後搖尾追隨等候號令一般。只見她櫻唇微撮便發出一種尖銳峭利之音，餘音未絕，絲韁一帶，潑剌剌一馬當先轉過山腳，向溪邊跑去。馬後四個女郎帶著鷹犬緊緊跟隨，最後村婆壯漢轟雷似的一聲激應又複合疾趨。霎時這一大隊人馬如卷殘雲般，滾滾沒入樹煙嵐影之中。

紉蘭在樹上看得出了神，兀自猜不出是何路道，向游一瓢一招手，先自飛身而下追向前去，游一瓢本想入碉一探，不料紉蘭意在馬上女子，只得也自飄身下來一同追去。兩人腳下何等飛快，不一時已見前面人馬左旋右轉，趨入密林深谷之內，遠望去豐草沒脛，怪石遮雲，形頗幽險，紉蘭止步悄悄說道：「我們跟在後面易被他們覺察，不如從側面崗上盤旋過去，居高臨下，可以看個明白。」

兩人商量停當，一伏身從近身山腳飛越而上。可是並無路徑，滿山盡是荊棘，好在二人憑著絕頂輕身功夫，毫不猶豫；褄襟一撩，颼，颼，颼！一口氣飛出一片荊棘，才尋出一條窄窄的小徑。從小徑迂迴曲折又越過幾重崗巒，走上一座巉巖；巖上長松蔽日，藤蔓引風，百鳥啾啁，如隔塵世。

兩人流連一回，向前一看，岩外一層峭壁，拔地而起，不下二三十丈，與這邊相離丈許，並不相連。走近岩邊俯身一看，下臨絕壑，形似夾巷，借著一線天光照向壑底，卻正見那隊人馬宛如螞蟻，蠕蠕而動，又像一字長蛇蜿蜒走出。

紉蘭道：「這般人帶著鷹犬，當然是出來合圍打獵，但是到此絕壑裡邊是何意思？」

游一瓢搖頭道：「我們地理生疏，不必妄猜，且看他們走向何處。」

兩人一聲不響看了半天，只見下面一群人馬向絕壑深處走了一程，忽然向左一轉，一個個連人帶馬竟從峭壁裡面捲將進去。這一來把二人看得詫異非常！心想這般人是山精海怪不成，怎能穿壁而入？紉蘭道：「我們既然到此，總須探個水落石出。不如我們飛渡到峭壁上面再看，那邊是何景象。」

游一瓢抬頭向壁頂上一打量，距離不過一丈遠近，可是那邊峭壁頂峰比這邊還要高出好幾丈，從頂至底，天然如削，毫無借力攀援之處。兩人沿著崖頂周圍探了一遍，忽見對面壁上有一處倒掛著一株千年奇松，形如蒼龍攫海，丹鳳朝陽，滿身蟠著枝藤。藤梢枝枝下垂，又像龍髯鳳尾，隨風飄拂，竟蕩漾到這邊來。

游一瓢大喜道：「有此飛樑，便不必多費氣力！」說罷略一整束，便騰身而起，直向那株崖松飛去，將近松樹兩手向上一撩便握住枝藤，即趁蕩漾之勢直上松背。兩手一放身形一矮，恰正輕輕立住。再向上一看，距懸崖頂還整有兩丈多高。游一瓢更不停留，兩臂一分，雙足點處一個旱地拔蔥，早已飄飄然立在崖上。低頭一看，紉蘭已按照自己的轉法，蕩秋千似的蕩上松背，轉眼也飛到身邊。

兩人這樣飛渡千仞絕壁，滿以為居高臨下可以俯瞰一切了。哪知一到崖頂，面前奇峰無數層層遮風蔽日，比立著的絕壁還要高過幾倍，依然望不到碉內情形。兩人一轉身向崖上打量，盡是嵯峨怪石，除去那株奇松，別無一草一木。

兩人從怪石上面飛越過去，卻見裡面崖下景象又是不同。層層的小山峰都是直上直下曲曲折折，彷彿重門疊戶，半腰裡都鑿成盤旋登道釘著核桃粗的扶手鐵鏈，向內的崖壁也一樣鑿著一級級的石凳。兩人拾級而下，約到半崖忽聽得崖下一片人聲夾著山谷迴響，就像千軍萬馬一般。兩人慌縮住腿，俯身四面窺探。

只見前面峰腳下現出一個天然巨洞，那般人馬都從洞內飛奔出來，洞口滿是倒掛藤蘿，如果沒有人馬出現，不到洞口卻不易看見。游一瓢低聲說道：「俺們少見多怪。原來峭壁底下有這樣深邃古洞可以出入，俺們初次從上看下竟疑心他們是山精海怪，豈不可笑。其實近海的山峰都有玲瓏剔透的洞穴，俺們常遊的天台黃岩一帶都是如此。想必這種地方在上古都是海底，石質含沙易被海水穿透，到後來滄海桑田陵谷變遷，便成為絕壑古洞。許多海盜惡霸還藉此聚贓亡命，謀為不軌哩。」

紉蘭道：「俺們初在望海嶺瀏覽四面景物還有點優勝之概，此刻一看這種窮山險谷實在一無可取。但是這般人不倫不類究係何等樣人？而且此地亦非遊獵之地，這般人到此又來幹什麼呢？」話猶未了，游一瓢忽把紉蘭衣襟一拉，低聲道：「莫作聲，你看他們演起陣法來了。」

紉蘭急俯身舉目看去，只見下面一群村婆一齊拔出腰刀，壯漢們拿著豹尾槍向四面散開，個個鷺行鶴伏分榛披莽，朝那重門壘戶危岩砂石腳下步步走去。幾十頭巨犬也昂首四嗅如有所聞。這時那馬上佳人已脫去外氅，露出一身豔麗俐落的行獵服裝，腰中一條妃紅色汗巾掛著一把長劍，背上又斜繫一條皮製腰帶插著十幾把亮晶晶的柳葉飛刀，玉掌連揮東指西點，似乎命令那般壯漢村婆依令行事。還有四個俊俏女郎，一個個手挾彈弓卓立馬背，緊緊護著馬上佳人看風行事。

這一大隊人馬除去馬上佳人嬌喉嚦嚦指揮一切，其餘都鴉雀無聲如臨大敵。游一瓢、紉蘭立的所在正在這般人背後，相距雖只一箭之路，高出約有十餘丈，卻看不透下面這般人嘴內搗著什麼鬼？雖然是打獵光景，但除出前面怪峰腳下重門壘戶的一條曲折窄徑，其餘四面都是直上直下的危岩陡壁，有何野獸飛禽可獵？

正在看得不懂，猛聽得窄徑上面半腰陡峭處突然一聲巨震，一塊砂磚般的磨盤巨石骨碌碌崩下一塊來。一塊方下，接著大塊小塊像冰雹般拋下山來，同時黃土如雨隨石而下瀰漫山谷，宛如石雨之中又起了一陣煙霧。下面一般村婆壯漢發聲大喊，從煙霧中拚命向後奔逃。一時犬吠馬嘶狂喊驚呼，夾著山石拋下轟隆不絕之聲四面山谷回響，格外石破天驚地搖山動，便像前幾座高峰一時崩陷一般，連游一瓢、紉蘭也吃了一驚。卻又聽得對面山腰一陣桀桀怪笑聲如裂帛絕非人音，便知有異。

再低頭一看，下面那卓立馬背的四個女郎已發彈像雨點般向崩石像連珠打去，那馬上佳人也從鞍上摘下硬弓羽箭幫同射擊，頓時弦鏑爭鳴呼呼怪響。經這樣一陣箭射彈打，對面山腰中怪音頓寂飛石亦止，崩土變成煙霧也漸漸清爽起來。

卻看清峰腳徑口，橫七豎八鮮血淋漓，被石子壓死了好幾個村婆壯漢，有一隻巨犬奔避不迭，也被石塊打得半死不活倒在榛棘叢中。馬上佳人看得死了這許多人，柳眉倒豎杏眼圓睜，錚的一聲掣劍在手，一馬當先直趨窄徑。不料同時窄徑深暗處又是一聲怪吼，突然現出一個身長丈餘通體雪白的大怪物來。

望見那怪物頭有巴斗，長髮披肩，兩隻碧熒熒怪眼宛如兩盞明燈青光四射，襯著血盆大嘴，齧牙一咧嘴奇凶極醜，竟高視闊步走將出來。這般村婆壯漢看到這樣奇形怪物，只嚇得往後倒躲，幾十頭獵犬、幾匹駿馬也嚇得骨軟筋酥動彈不得。那馬上佳人一看情形不對，慌忙指揮四個女郎同自己一一躍離雕鞍跳在地上，一面口中命四女郎約束村婆壯漢退向原進洞口，一面早已把背上飛刀拔在手內。

一看怪物卻也狡猾，踱到山徑路口，便昂然立定，負嵎自固，只兩隻碧綠怪眼熒熒注著嚇軟的犬馬，咧嘴傻笑，腥涎四垂，形狀非常難看。佳人恨極，一聲嬌喝，覷準怪物胸腹，颼的一飛刀擲將過去。哪知怪物真夠凶惡，牠也不識飛刀是何物，只伸出巨靈般的茸茸爪毛向空一抓，便把一把飛刀抓住。

佳人大驚！慌一退步，使出全副本領把背上十幾把飛刀左右開弓連珠並發，向怪物上下要害猛擲。不料怪物連連怪吼，兩隻雪白毛手一陣亂抓，竟把牠一連抓住幾把，有幾把明明中在身上，無奈毛厚皮堅，竟一齊滑落，難傷分毫。

最奇那怪物還善於模仿，牠看得對方把一把爭光耀目的東西流星似的擲將過來，非常好玩，竟也投桃報李，把手上抓的飛刀照樣還擲過來。牠這樣一還擲雖沒有準頭，可是力大勁足，颯颯有聲，萬一被牠擲中，立時一個透過窟窿。幸那佳人功夫不弱，施展縱躍巧小功夫，一一用手接住。本來背上飛刀一齊發罄，萬不料怪物會還發過來，趁此隨接隨發總想制住怪物。誰知她接得快發得忙，牠也兩爪不停接著便發，這樣一來一往，一個佳人，一個怪物，在那窮山荒谷中耍起飛刀來，而且越來越疾，宛如兩串銀梭半空交織，倒是絕世難逢的奇景。非但後面村婆壯漢看得目瞪口呆，連崖上游一瓢、紉蘭也看得幾乎喝起采來。

紉蘭仔細觀察，佳人已有點身法散亂，應接不暇起來，意欲下去助她一臂，卻看不出那怪物究竟何種怪物？恰好游一瓢已明白夫人意思，回頭悄悄囑咐道：「那怪物是積年人熊一類，力大無窮，比獅象還凶猛百倍，只可智取不能力敵。」

兩人說話之間，那位佳人已像力盡神疲，步步往後倒退。那怪物卻一聲大吼蹣跚而出，一出峰前，便先把相近的一匹駿馬攫在手中，兩爪左右一分，立刻鮮血淋漓撕成兩片，張開血盆大口一陣大嚼，啯啯有聲，剎時把一匹千里良駒連鞍帶骨吃在肚內。一抹大嘴昂首怪叫長毛飛立，便向那佳人追來。

那般人嚇得抱頭亂竄，沒命的往洞內鑽去。那佳人同四個女郎也心膽俱裂勇氣全無，只想尋路逃命。偏偏洞小人多，被那般村婆壯漢爭先一擠，急切難以入洞，想飛上危崖棧道，怎奈距離尚遠，怪物業已舞爪追來。

正危急間，忽聽得一陣風響，半崖上飄然飛下兩個人來，一落地現出手姿絕世的一男一女正擋住怪物來路，那兩人一落地竟赤手空拳迎上前去。怪物看見有人送上口來，一陣嗥嗥怪笑，兩手亂舞便來擁抱。一男一女未等毛爪近身，霍的左右一分，一矮身各人拿住一隻毛腿齊喝一聲：「倒下！」只聽得訇然一聲巨響，怪物四爪臨空，倒在地上，怪物一倒，兩人早已遠遠跳開。

那怪物這一跌跌得不輕，身體又笨重異常，扎手舞了好半晌，才一骨碌滾過身來，一跳而起，全身一抖，震天動地的一聲大吼，野性勃發，把身邊磊磊大石手抛足踢滿天飛舞。有幾塊磨盤巨石反跌下來打在怪物自己頭上，益發震得牠怒火千丈連連怪吼，竟把大小石塊送到嘴上亂咬亂啃，經牠巉巉獠牙一嚼立時粉碎！愈嚼愈怒，亂蹦亂跳，沙石飛揚，立的所在跳成坑穴，兀自無休無息，跳蕩不止。

這時一男一女又飛上岩腰，含笑靜觀，一面向那佳人揮手示意叫她們遠遠避開，免被飛石擊傷。那怪物自己跳蕩得頓飯時光似乎也有倦意，漸漸兩眼惺忪，蹲在坑穴內休息起來。

第廿八章　海市蜃樓

這時岩腰上一男一女卻又倏然飄飄的又飛下身來，各人撿起地上石塊雨點般向怪物擲去。經這樣一撩撥，怪物又蹶然跳起發起威來。此時身邊石塊已被牠拋盡，卻向地皮出氣，四爪齊施，把斗大土塊四面亂拋，霎時被牠刨成極深極大的一個陷坑。這樣長大的怪物，竟隱在坑中看不見了，而且坑內漸漸土塊不飛，鼾聲大起，原來怪物這番真個力盡精疲，竟倦極而眠了。

這一幕怪劇，只把那佳人同尚未鑽進洞內一般人個個看得莫名其妙？那一男一女卻緩步走向坑邊點頭微笑，然後走近前來。佳人慌檢衽施禮殷殷致謝，並展問邦族。紉蘭看那佳人年紀不過二十左右，生的明眸皓齒，體態輕盈，煞是可愛，便說明自己同游一瓢姓名，夫婦遊歷到此，偶然遇著怪物，很是危險，所以相助一臂。那佳人一聽紉蘭說出夫妻二人姓名，似乎一愣，一對水汪汪的杏眼轉了幾轉，頓時滿臉春風向二人謝了又謝，說了許多佩服仰慕的話。

紉蘭聽她一副嬌滴滴的喉嚨，並非福建本地抉舌之音，竟是江浙口音，便拉著她的手轉問她姓氏和此地情形，同那怪物緣由。那佳人含笑說道：「賤妾複姓司徒，小字筠孃，祖籍揚州。世代經營海外商業，薄有資產。到先父手上，看到此地是緊要海口可以屯積貨物，地形也著實不錯，便利用這百笏巖深邃峻險，把周圍幾座山崗圈買下來，築起碉堡房屋，作個出口屯貨之所。不幸父母在數年前相繼去世，只剩賤妾兄妹兩人繼續先父商業，索性移家至此，以便就近管理經商海舶。

「這幾天家兄同拙夫有事遠出，只留賤妾一人料理諸務。不料家兄出門的第二天，就是前天，忽然管事人來報，說是鎖龍峽糧食庫突然失去了好幾十包白米，連四個看守糧食庫的人都失蹤，卻見峽口有一堆白骨同幾件號衣幾雙破鞋，零零落落丟在獨松崖下面。」

筠孃邊說邊向怪物出現的那條窄徑一指道：「這條山徑本是碉後秘道，進去非常曲折，可以通到碉內，我們糧食庫就在其中，兩位下來的這座危岩，就叫獨松崖。當時賤妾一聽管事人報告，就知道此地出了猛獸。可是從先父手內直到現在，因為這峽內都是怪石，樹木不生，四面又是幾十丈的峭壁，連飛鳥都不敢飛下來，生獸益難存活，所以我們出去打獵，總不到這地方來。那糧食庫還是先父親手建築的，藏進去各種糧食，從來也不去細細點查。那失去幾十擔白米，因為運到武夷山去，特地裝好麻袋，放在庫門口，所以一看就知道失去。照這樣情形，庫內各種積糧，恐怕失掉不止這一點呢。

「前天聽到報告後，立刻率人從碉後尋來，誰知這怪物也有點機謀，不知何時牠搬運許多碣碑大石，把通碉內的一條秘道給堵死了。賤妾一看秘道堵死，就想到這怪物非同小可，不能不慎重一點，又想幸而秘道堵死，否則這怪物竄進硐內，老少幾百口人豈不盡遭毒手？到了今天率領多人，決意把這怪物除掉。哪料這怪物竟這樣厲害周身刀槍不入，傷了這許多人。如果沒有兩位相助，如何制得住牠！兩位這樣驚人本領，實在令人感激又佩服。但是這怪物究係何種獸類，還要請兩位賜教一二，以啟茅塞。」

這一來，紉蘭倒答不出所以然來，慌向游一瓢以目示意。游一瓢自從同筠孃覿面以後，始終沒有開過口，這時正暗自琢磨筠孃自稱經商的來歷有點可疑，忽見紉蘭被人難倒，要自己解圍，微微笑道：「這種怪物愚夫婦也是第一次遇見到，據我猜想，就是古人所說『木石之怪魍魎的一類。後來因為古人有一怪字，便把牠當作妖怪一類，其實便是人熊如狒狒一類猛獸的變種。凡是這一類猛獸，凶猛雖是凶猛到極點，可是性喜熟睡，一經睡熟輕易不會醒轉。雲貴一帶獵取人熊猩猩一類的東西，法子甚巧，有時故意把上好的酒擺在牠出來的路口。讓牠盡量吃醉，格外容易睡熟，便活捉過來。

「愚夫婦初見這怪物，一時也想不透是何種猛獸，不過看牠形狀宛似積年人熊，又看得諸位危機一發，只有仿照獵熊法子試牠一試。故意撩撥得牠怒性勃發，讓牠自己倦極而睡，便可無事了，這也是誤打誤撞，哪能算得本領呢？但是這類猛獸，都產在邊塞苗疆一帶，想牠雖在深山密谷，若是內地，怎會生此猛獸，這倒有點不解哩。」

筠孃聽了游一瓢這番話，沉思了半晌，點頭道：「游先生的話一點不錯，此刻賤妾被游先生一提，想起幼年的事來了。先父平生沒有所好，只愛養猴子玩，因為足跡遍海外，各處搜羅來異樣猿猴實在不少。有一年從外國攜回來一個全體白毛猴兒，形狀也不過像三歲那麼大。還記得先父說，這猴兒與眾不同，究竟屬於何種，要養大以後才能分別。第二年先父故去，這白毛猴兒忽然在先父死後掙斷鎖鏈，逃得無影無蹤。當時也不在心上，此刻想起來，也許這怪物就是逸去的白毛猴兒哩。」

游一瓢隨口答道：「也許是的。」心裡卻暗想這怪物養得這麼大，當然是糧食庫裡的積糧吃大的，但是吃了這許多年，被怪物吃的糧食也不在少處，怎的一點不知道，直到現在才發現出來？這樣就可想到這峽內糧食庫積糧之多非同小可。一個漂海商人又非經紀米商，屯積這多糧食有何用處？還定要藏在這樣深密峻險處所為何主意？又據她說的所失去的幾十包白米，原想運往武夷山的，但武夷山非買賣之地，老遠運去這許多米又是什麼意思？這幾層可疑地方，游一瓢暗自在肚內轉了一轉，益發瞧料幾分了，卻向筠孃說道：「現在怪物睡在坑內，一時不易醒覺，趁此可以設法處置。愚夫婦尚要趕路，就此拜別，改日尊夫令兄歸來，再來登門拜謁便了。」

筠孃一聽兩人要走，慌一把拉住紉蘭道：「兩位且請少留，聽賤妾奉告一言。此地雖是福建省管轄地面，我這自成村落的百笏巖也可算得一個化外扶餘，輕易不同外人來往，也沒有佳賓貴客蒞止，何況你兩位神仙般的人物，英雄般的本領，越發如空谷足音了。不要說承兩位今天救危除怪一番恩德，就算沒有這層，既蒙駕臨總算有緣，豈容不盡地主之誼。

「何況日已沉西，沿海一帶並無宿處，怎好教兩位露宿海濱呢？拙夫同家兄不久便回，倘然能夠會著兩位，不知怎樣欽佩高興哩！務請不要見外，暫在敝處盤桓幾時，讓賤妾也可稍盡寸心。待賤妾把這怪物料理後，立刻陪兩位到敝堡內賞鑒一下，務請兩位賞個面子俯應吧。」

這一番話，說得情深款款，面面俱圓，頭一個紉蘭就願意了，嘴裡回答怎好叨擾，眼珠卻向游一瓢飄去。恰好游一瓢面子上雖做出立刻要走的樣子，心裡卻巴不得想進碉去，好探個著落，就此趁波收帆，略微謙遜幾句答應下來。那知筠孃挽留他們也非好意，只有紉蘭卻是實心眼兒還把筠孃看得十分投契哩。

當下筠孃聽得兩人應企暫留，喜形於面，卻向游一瓢道：「這怪物雖然睡在深坑內，周身刀槍不入，一時要制死牠，卻也不易，不如就在這坑內把牠活埋吧。」

游一瓢微笑道：「活埋也不容易，土石抛下去就把牠撼醒了，一撼醒就能跳出土坑，非但活埋不成，又要費一番手腳才能制死牠。我留神看牠時時用毛手遮掩臍眼，臍上毛也不多，定是牠的致命之處，用寶劍對準臍眼刺進去，定可成功。」

筠孃一聽便把手上寶劍一橫，金蓮一點縱向坑邊，四個俊俏女郎也跟了過去。到了坑邊低頭一看，那怪物在坑底縮做一團抱頭大睡。既然縮做一團，肚臍絕不會外露，何能下手刺入？弄得筠孃沒做理會的，心想人家把怪物制住，我們依然不能置牠死命，未免太讓人家看不起。柳眉一挑，不管刺得進刺不進，提起寶劍單臂攢勁，用盡平生之力，覷準怪物腦袋猛的刺下，喝一聲著！說時遲那時快，一聲著方出口，只聽得啊喲……啊喲……卜通……幾聲，一個嬌伶伶的身軀滾落坑內去了。

你猜這幾聲怪響是何緣故？原來筠孃尋不著怪物肚臍又恨又愧，猛可裡用劍向下一刺。哪知怪物的頭比鐵還硬，寶劍刺在頭上咔嚓一聲，竟從怪物頭頂滑向身後。這樣一滑，筠孃上身本來探著，用力又猛，一失手身子往前一衝失了重心，一個收腳不住，嘴上啊喲一聲，接著卜通一聲響，整個身子掉下坑內。那怪物經她猛力一刺雖未刺進，卻也覺著頭上一陣劇痛嚇得驚醒過來，未及睜眼便拚命一縱，縱出坑來，這樣一個跌下一個縱上，來了個鳩鵲換巢。這當口，立在坑邊的四個俊俏女郎嚇得魂靈飛越，大聲嬌喊起來。

卻見颼颼飛來兩條人影比鳥還疾，一落地正在怪物左右，只在怪物面前一晃便又縱了開去。怪物被兩人這樣一撩撥，大吼一聲飛步便追。怪物一離坑邊，坑內颼的一聲縱上一個人來。四個女郎驚魂乍定，一看筠孃縱上坑來，又是鬢落髮散泥土滿身，兀自面紅氣喘心頭亂跳，四個女郎慌趨前代她盤髮拂土，一個又跳向坑內拾起寶劍交還與她。

筠孃略按心神抬頭一看，只見游一瓢、紉蘭兩人已把怪物引到前面峰腳下一塊平地上面，兩人在怪物前後左右，縱躍如飛，宛如穿花蝴蝶。那怪物連聲怪吼，伸開兩隻大毛手團團亂轉宛如小孩捉迷藏一般，只撈不著兩人身子。猛見游一瓢身形一矮貼地如流，待怪物神注紉蘭之際猛一進步，駢指如戟向怪物臍眼點去。驀地一聲慘叫，接著震天價一聲響倒下一堵山牆似的，怪物已扎手舞腳的倒在地下掙扎起不來。紉蘭過去提起蓮翹，又向肚上一跺，怪物經她一跺，突然一蹦幾丈高落下來，一聲慘叫，直挺挺死在地上。

筠孃又驚又喜，帶著四個女郎奔近前去一看，怪物臍上激箭似的射出一股飛血來，齒牙外露，巨眼暴突，眼角口邊都沁沁流出血來，比活時還可怕。筠孃慌舉手向那洞口一招，村婆壯漢連那逃出洞口去的一齊飛跑過來。筠孃立時派了一撥人，把峰腳下幾具人屍犬屍合怪物屍首一齊抬出洞去埋葬，留下一撥人作為先隊，向重門壟戶的窄徑進去。

筠孃帶著四個女郎同游一瓢、紉蘭隨後走入窄徑，游一瓢邊走邊留神，窄徑座落都是幾十丈的峭壁，抬頭一望，只露崖頂一線天光，卻又曲折異常，宛如走進八陣圖中，一高一低走了半晌，忽地豁然開朗，露出一片廣場，廣場周圍依然危崖環抱寸草不生，卻在四周崖腳鑿成蜂窩般的石室，一望過去不下百餘間。每一石室都裝著一寸厚的木板門，門上編著東西南北天地元黃的號數。筠孃指著石室笑道：「這就是先父手造的倉庫。」

說話之間已穿過廣場，又走入一條長長的黑暗窄徑，兩面依然是危崖峭壁，卻比進來的窄徑寬了幾倍。遠遠就聽到先隊的一撥村婆壯漢呼噪著搬運怪物堵塞的山口，許久才把石頭搬盡。天光射入露出路口，似乎是個喇叭形，越走越寬。游一瓢夫婦跟著筠孃走完山徑，一出路口水聲潺潺，一片溪水阻在眼前，溪那面兩峰並峙，形如兩面大旗，中間一條坦道，也築著一座扼道碉樓同堡前相仿。

游一瓢正暗想當前數丈闊的一條山溪，溪上並無橋樑，這般人如何進出？筠孃已邁動金蓮直趨溪邊，從腰上解下一支銀角嗚嗚的吹了幾聲。

那碉樓上人影一晃，也吹了幾聲畫角遙遙相和，角聲未絕，便聽得溪中嘩喇喇山響，隔著轆轤聲，霎時從溪底絞起一座飛橋來，鋪在水上宛似臥龍，仔細一看，原來是用最粗毛竹鐵索穿成的。一般村婆壯漢早已一陣風似的牽著鷹犬馬匹渡了過去，筠孃同游一瓢夫婦也款步渡過走入兩峰之間。回頭一看，那座飛橋早已沉入水底無影無蹤。游一瓢暗暗點頭也不多問，漸漸走近碉樓猛聽得又是一聲畫角幾聲吆喝！碉門大開湧出無數壯漢，同到碉的先隊，肅然站住，分立兩旁。

筠孃從百笏巖走入窄道早已棄馬步行，此刻卻向左右略一示意，便牽過三匹駿馬。筠孃向紉蘭、游一瓢道：「進碉以後地面平坦，到舍下還有幾里路程，請上鞍代步罷。」

夫婦二人也不謙遜，三匹馬潑刺刺跑進碉中。碉內丹楓浴日，蒼松夾道，一派清幽之象，峰迴路轉，屋脊如鱗，也有市鎮，也有桑麻。路上來來往往，不論男女老幼，一律包頭紮腿，短衣佩刀，可算得一個武裝桃源。

三人迤邐行來，走上一條鋪沙坦道，兩旁阡陌縱橫，四面峰巒環抱，坦道盡處，矗立著一座青石牌樓，走近牌樓，抬頭一看，中間鑿著六個斗方大字「魚殼大王故里」。游一瓢吃了一驚，暗想當年魚殼大王乃名震朝野的俠盜，人人傳說他的巢穴築在海底，官廳因此奈何他不得，怎的此地算他故里？

忖度之間已越過牌樓，馬前景象又變，一座奇峰高聳雲霄，峰腰森森松林之間，露出一層層重樓疊閣，輝煌映日富麗非凡。正想啟問，筠孃絲韁一帶已向峰腳轉去，兩人跟著又走了半里光景，忽然現出一所大廈，粉牆百仞密布蒺藜，中間一座門樓也是金碧輝煌景象萬千，門樓下面開著兩扇鐵葉大門，左右排列著十幾個挎刀大漢。

筠孃一到門口一躍下騎，後面跟著的村婆慌趨前替游一瓢、紉蘭扣住馬環，恭請下馬。筠孃在先領導肅客入門，兩旁挎刀大漢個個垂手唱喏。

游一瓢夫婦走進門來便是一條長長甬道，甬道盡處一所巍巍高廈卻把窗戶關得嚴絲密縫。筠孃不向大廈走去，走到甬道中間一轉身步入右邊一座垂花門內，兩人隨後跟入，卻是一個射圃。穿過射圃，假山玲瓏，遊廊曲折並到一所水榭，才打起軟簾揖客入座。游一瓢略一打量室內，周鼎商彝奇珍寶器羅列滿目，沒有一件不價值連城，就是地毯窗衣也是飾玉綴珠，錦繡奪目，兩人暗暗驚奇。

這當口筠孃卻告罪進內更衣去了，另有幾個垂髮美婢，獻上香茗細點，悄然侍立。兩人四面鑒賞了一回，正想講幾句話，忽又姍姍走上兩個雛婢，手執紗燈，請游一瓢夫婦入內室談話。

這時天已昏黑，內外點起珠燈寶蠟，明如白晝。兩人隨著雛婢走至一處，卻是一所什錦排窗的抱廈，畫簷雕欄，映著五色角燈，益形奇態異常。抬頭一看，筠孃已非馬上裝束，換著輕裾長袖，翠羽明亮，攜著一位雪膚花貌，嬌豔絕倫的女郎停立階前恭迎佳客，身後粉白黛綠的侍從不計其數。游一瓢尚未登階，已聞得異香觸鼻，如入花國，在紉蘭原也是玉貌佳人，但十餘年隱居以後，早已摒卻鉛華，不御錦繡，此刻到了這等處所，自覺夫婦二人宛如野鶴閒雲，格格不入。可是主人情重，又與筠孃契合無間，便也坦然登階，謙讓入室。

哪知一到室內，寶篆凝香，畫屏障目，早已羅列綺筵，肅客入席。夫婦二人也無從遜謝，只好隨遇而安。大家安席停當，筠孃敬過一巡酒，才指著同席女郎說道：「這位是先父義女、賤妾的閨伴，複姓上官，小字湘魂。才十九，卻學得一手簪花妙格，練得一身上乘劍術。賤妾欽仰兩位，所以請我這位義妹作個陪客。」湘魂聽這樣一介紹，滿面嬌羞，輕輕啐道：「座上兩位是絕世英雄，我們正好求教一二，怎的自吹自擂起來，豈不令妹羞愧無地？」

紉蘭細看湘魂神態，雖比筠孃嬌麗，但眉目之間帶幾分妖豔，只略微稱揚幾句，便同筠孃暢談起來。筠孃有問必答，口似懸河，一派豪爽之概，卻正投紉蘭脾胃。她們兩人這樣一暢談，把游一瓢生生冷擱一邊，弄得眼觀鼻，鼻觀心，心裡卻暗自打主意，偏偏那位湘魂不甘寂寞，找出一番求教武功的話，來向游一瓢殷殷攀談。游一瓢照著孔子有教無類誨人不倦的古訓，也只有問一句答一句。

酒席間四個人談了兩對，紉蘭忽然想起路上看到的牌樓，便問筠孃道：「石牌樓敕著魚殼大王故里，想必這百笏巖是當年魚殼大王的巢穴了？」

筠孃秋波一轉，微微笑道：「兩位是義氣深重的大豪俠，賤妾不妨從實告訴，不瞞兩位說，魚殼大王便是賤妾的先父，也是湘魂妹子的義父。」

紉蘭、游一瓢齊聲道：「怪不得兩位武學高強，原來淵源有自。最難得的是這奇險絕幽的百笏巖，便藏千軍萬馬也無人知道，不料令尊升天以後，被兩位一整理，倒成為世外桃源了。令兄想也是個了不得的英雄，還有尊夫定也是一位英雄，可惜遠出不能一會。」

筠孃慌接口道：「家兄同拙夫早已棄武從商，一點防身微技怎當得兩位誇獎？」

游一瓢又聽她說到商業上去，心裡暗暗好笑，心想大盜子女會變計學商，倒是奇聞。況滿室奇珍異寶，富埒王侯，不做強盜也可吃著不盡，居然還要屯積居奇，同市儈爭利，愈不能不令人無疑了。紉蘭同筠孃說得投機，卻理會不到這些地方。

四人談談說說，席酒吃完，已經起更，筠孃卻留住紉蘭在自己臥室聯床共宿，送游一瓢到外邊一間書室安息。游一瓢走進書室，把侍候人等打發出去，自己掩門盤膝靜坐了一回，忽的一運氣把室內幾盞明燈吹熄，放下帳幔，假作安睡樣子，卻躡足走近窗口，向外探看。只見窗外一帶萬字走廊，掛著幾十盞垂蘇八角風燈，照見廊外一層層的玲瓏假山，種著幾株桃花，天上一鉤寒月籠罩著飛樓傑閣，恍疑廣寒自居。

游一瓢無心賞景，一看四面無人，推開一扇窗戶，飛身而出，縱上假山頂上四面一看，進門當口見到那座宮殿式大廈，獸環高聳，便在走廊左首。雙足一點，飛到廊頂，一墊足，又從廊頂使了一手燕子鑽雲，向那座大廈屋頂飛去。立定身，四下一望，好大的一所房屋，樓台亭榭不計其數。

原來這所房屋，整個建築在一座高峰山腰之中，從山腰直達山頂，都銜接著一層層的重樓密室，卻把一條山溪引入作為池沼。十丈高的粉牆齊山根圍住，宛如玉盤圍腰。游一瓢正在細細打量，忽聽鸞鈴聲處，大門口一陣呼喝，擁進許多高大漢子，有幾個揚著火把，其餘扛的抬的搬進許多箱籠物件。最後大踏步走進兩個偉岸丈夫，一色紅呢風兜風氅。

因在夜間，距離又遠，看不清面貌，這般人從甬道直趨入大廈，只聽得下面呀的一聲門響，那般人直進大廈去了。游一瓢回頭向內室望去，正看到許多丫環提著宮燈，擁著兩個佳人飛步而來，似乎就是筠孃和湘魂。卻見她們從一條鵝卵石徑，向大廈裡面進去了。

游一瓢一想，進來兩個偉岸丈夫定是筠孃的哥子同丈夫回來了，怎的不進內室，反而筠孃同湘魂一齊出來也到下面大廈內呢？難道已知內室有女客留宿麼？心想跳下去暗暗探看一番，卻因大廈前後有人絡繹來往，倒有點不便下去。半晌，又見筠孃、湘魂挽手的率領著一般丫環仍回內室去，來往的婢僕們也各自散去。大廈前邊依然靜寂無聲，卻未見筠孃的哥子同丈夫出來。

游一瓢看得疑惑，兩臂一振從七八丈高的畫簷上飄落大廈背後。側耳一聽，屋內一點聲音也沒。只從窗格孔內射出幾縷淡黃燈光，幾扇紅漆貼金的落地屏門早已緊閉，當中門環上一具黃澄澄的頭號大銅鎖。游一瓢看到這具銅鎖，卻詫異起來，明明她的哥子同丈夫在內，怎麼鎖了起來？

游一瓢把大廈四面踏勘了一遍，越發稱奇不止。原來這所大廈周圍十餘丈，宛如一顆方印，與別房並不相接，左右兩面也無側門。最奇後面加鎖還不算，前面也照樣一具銅鎖鎖著，游一瓢不由滿腹狐疑起來，回頭一看大門門樓上似乎有守夜的更卒，慌又繞到屋後。抬頭仔細一看，八扇落地屏門上面還有一排雕花門窗，頓時計上心來，一個旱地拔蔥直向廊簷大花板頂縱去。左臂一舉兩指一鉗，便把整個身子吊在上面，騰出右手輕輕把一扇小窗推開，探頭一看，大廈內空洞無物，只見中間設著一座佛龕，面前從樑上吊下一盞鍍金嵌寶瓔絡繽紛的長明燈，放出一道淡淡的黃光，照出四根蟠龍舞鳳的通天大柱，除此之外並無別物。

游一瓢看得吃了一驚，明明看見她的哥子同丈夫還有扛抬箱籠的一般人走到此間，怎會無蹤影？心想橫豎屋內無人，何妨進去踏勘一番。主意打定，兩足一起便穿進窗內，一提起背脊點壁順勢而下，一落地，腳尖點地鷺行鶴伏，把屋內四角勘了一遍，卻看不出什麼機關。再走到中央借著中間那盞長明燈光向佛龕望去，龕內供著一塊二龍搶珠雕金朱漆牌位，寫著魚殼大王神位，神位前香爐燭台之外色色講究。是很大的一所敞廳，除了佛龕長明燈之外別無餘物，格外顯得深奧空闊。而且那兩個偉岸丈夫同許多大漢進來以後，何以絕無蹤跡呢？

游一瓢一個人靜靜地思索了一回，兀自想不出所以然來。偶一抬頭看到中間四支抱柱粗大異常，大約兩個人還抱不過來，心想這樣木料倒也不易尋覓，如果是梓楠卻值不貲。無意之間手指輕輕彈了幾下發出橐橐之聲，似乎柱心中空，猛然大悟！知道柱中定有機關，地下定有秘室隧道，回來的一般漢子定是綠林角色，或者分贓廳便在地下，而且柱上蟠龍舞鳳定藏著啟閉機關。正想伸手到雕刻的龍上摸索，驀地聽得身後屋角落裡噗哧一聲笑了出來，這一下真把游一瓢嚇得不輕，一顆心幾乎跳出腔子來。

照說像游一瓢這種人，藝高膽大，氣定功深，何至於嚇得如是？其實不然。俗語說做賊心虛，這句話包蘊很深的道理。無論做賊如何強悍，事主如何軟弱，做賊的總存著幾分心虛。事主夢裡說句夢話或者打個呵欠，往往把賊嚇跑。因為心虛就是理虧，理虧的人總是提心吊膽容易受驚，從做賊推想到做人都是一條理。

像游一瓢原沒有把這般人放在眼裡，可是自己在碉內做客，只因一念好奇，半夜翻牆來偷窺人家秘密，雖自問並非做賊，可一經被人發覺，舉動上便欠光明，理路上便說不過去。漫說人家是盜穴賊窟吹縐春水，干我屁事。所以游一瓢伸手摸索龍頭當口，萬不料屋裡有著人且噗哧的笑了出來，未免嚇了一大跳，慌縮手轉身一看，不覺又把智勇無雙的游一瓢看呆了。

你道為何？原來屋角的人並非別人，便是同席吃酒殷殷求教的上官湘魂。這時裝束大異，脂粉不施蛾眉淡掃，益顯得肌裡瑩澈綽約如仙，一道光可鑒人的青絲只鬆鬆的挽了個麻姑髻，身上穿著薄薄的一套銀灰素緞緊身密扣夜行衣，下面穿著一雙狹狹的鹿皮挖雲小蠻靴，胸前斜繫著百股五色絲絛打了一個蝴蝶雙飛結，背住一把七寶攢嵌三尺有餘的劍鞘，劍鐓上一掛垂穗，跟著下面一雙小蠻靴一晃一晃走近前來，長眉一展，秋波欲活，喜孜孜的悄悄說道：「游先生興致不淺，我的幸福也不淺。」突如其來的說了這兩句，兩隻秋水如神的妙目貫注在游一瓢面上，又嫣笑起來。

游一瓢起初有點心裡不安，看得湘魂並無惡意，略自放心，但聽她說了這兩句，一時愣愣的摸不著頭腦，卻暗想孤男寡女深夜相處暗室，實在不妙！一時卻又難以脫身，轉念憑自己這身功夫，怎麼她跟蹤進來竟會不覺？

湘魂看他神情不屬早已雪亮，瓠犀微露低聲笑道：「游先生不必多疑，我本來秉一片至誠想來拜師的。不料走下室內台階，遠遠望見這外面廊頂上掛著一個人，一轉眼已飛入上面小窗內。我起初不知是游先生，心想這人本領實在了得，想是在外面露了馬腳，有人聘請能人跟蹤進來索取財寶的。慌回轉寢室穿好夜行衣服帶好兵器，開了側面機關悄悄進來一看，卻是游先生，便放心了。看您似乎知道底下有地室，四處搜索不出摸到柱上，柱內無非安著地室千斤閘的幾支鐵鏈罷了。」湘魂說到此處，差不多已把碉內實情和盤托出，游一瓢猜想的一點不錯，不用問，此地人當然承著魚殼大王的衣缽了。游一瓢索性也把在百笏巖制住怪物時候就疑心不是巨商行徑，進巖來步步留神格外明亮，一時好奇到此參觀一下。照江湖規例，暗暗窺探實在不應該的，只有請上官小姐包涵一下，說罷便深深一躬。

湘魂慌退在一邊連連搖手道：「游先生千萬不要多禮，我也是寄寓在此，就是此地主人對於游先生怎敢開罪？換了一個人我也不敢對游先生細說此中秘密的了，這層請你千萬不要掛在心上。倒是我有一樁心願，務請游先生俯允才好。」

游一瓢慌問：「何事見教？如能為力，自應效勞。」

湘魂抿嘴一笑道：「效勞是不敢當的，這事在游先生又是綽綽有餘的，我不是說過想來拜師的話麼？這且慢提，現在先把我的身世稟告一番。」

游一瓢聽她有拜師之意，而且想長談起來，萬一被人撞見豈非瓜田李下難脫嫌疑？正想設法脫身，哪知湘魂櫻口一張已詞鋒汩汩而出。

她說自己父親母親是魚殼大王生前的大臂膀，卻死在魚殼大王以前，那時湘魂只九歲。魚殼大王感念舊交，收為義女，撫如己出，從小同筠孃友愛異常。等到魚殼大王一死，所有部下由他大兒子即筠孃的哥子繼承父志統率所部，人人稱他為飛龍島主。因從此處霞浦十餘里海面上有座絕大的海島叫做飛龍島，島內有一條極長的隧道從海底直通到此處，這條地道還是當年台灣鄭芝龍進窺中原時候秘密建築的！

後來魚殼大王占據飛龍島作為基業，大興土木，發現這條海底隧道，探出一直通到此處的百笏巖，又看得百笏巖是個形勢極好的通陸要口，索性重新修砌一番。乘便把百笏巖也整理一下，建築起許多房屋碉堡作為飛龍島第二根據地，有家眷的部屬分了一半到百笏巖駐守起來。表面上一樣種田捉魚是個安善良民，一經魚殼大王傳令下來便集成一支精兵，直到飛龍島主手上還是如此。好在飛龍島孤懸海外，百笏巖也幽險深藏，輕意沒有外人涉足，官廳只求無事，益發不敢打草驚蛇，十幾年來倒是一帆風順。

湘魂又說：「這位飛龍島主野心極大，比魚殼大王還凶狠十倍。結交了許多海陸各路英雄，遇著機會想效法鄭芝龍大做一番事業。但據我愚見，滿清已根深柢固，人心又耽於安逸，恐怕難以動搖。萬一中道崩潰，連這點先人根基都難保全了。而且飛龍島主還存著非份之想，時時對我露出輕薄之態，我又是寄人籬下別無骨肉，又恨自己武藝淺薄難以保全自身，時時心裡存了不安的念頭，卻又不便說出來。

「今天難得義姊邀兩位到此，席上恭聆高論，心裡已佩服得無可言諭，臨睡時又從尊夫人口中得知先生是個絕世奇人，便是尊夫人本領也是先生教誨出來的，益發令我心折，便存了拜師之念。又恐怕兩位明晨就要別去，急得我連夜偷偷出來拜求先生，可憐我一個寄身盜窟的孤女，念我一片至誠，收留我做個不才的弟子吧。」說罷不問游一瓢應允不應允，便盈盈的拜了下去。

游一瓢起初聽她說出飛龍島主預備大舉的話很是留神，後來湘魂又說出婉轉求師的一番苦志正在暗自盤算，不料她說出便做，竟插足似的拜了卜去，也不知哪裡來的一副急淚，竟跪在地抽抽噎噎哭得像帶雨梨花，大有不允不起之勢。哪知游一瓢面色一整並不避開，只悄聲說道：「姑娘有志上進想拜我為師，也未始不可，不過要傳授我內功正宗卻須慎重其事，此刻姑娘且請回房，明天再作計議便了。」

這一來，湘魂已聽出口風是願意收留這個弟子，不過拜師不能如此草率罷了。在湘魂想不到游一瓢竟毫無推卻一口應允，倒出本人意料之外。而且詞嚴義正已大有嚴師口吻，趕忙收淚立起，又拜了一拜道：「謝老師培植盛情，明天千萬請老師暫留幾天，待弟子誠心求教。」

游一瓢微笑道：「明天且同此地主人見面後再說。」湘魂聽了這句話低頭沉思了半晌，便欣然走向屋角，只見她伸手在壁上一按，沙沙幾聲微響，屋角突然露出二尺寬一人高的窟窿射進天上霜月之光，湘魂悄聲道：「老師隨弟子來。」說罷便翩然走出。

游一瓢跟著步走出壁洞外面，細細審視，原來做成活槽，砌成一人高的假壁，機關一按，便吊了上去。湘魂在外面又尋著機關一按，假壁吊下，依然是整堵牆壁，毫無痕跡可尋。游一瓢走出大廈外，湘魂又殷殷懇求再三，然後冉冉向內室而去，游一瓢也回轉書室安睡。

你道游一瓢被湘魂這樣一懇求，為何爽爽快快的應允下來？原來游一瓢聽得魚殼大王兒子飛龍島主有恢復中原之志，卻與自己素志相合，又喜百笏巖飛龍島是個天然極好形勢，便存了收羅之意。至於湘魂不贊成飛龍島主行為，恐怕事敗玉石俱焚，又存著厭惡飛龍行為不正，想學成進退自如的本領，作個明哲保身，倒也無可厚非。又喜她秀外慧中大可造就，此行本想收幾個得意徒弟，暫在此地勾留幾天指導她一番，也未始不可。不過自己從未收過女弟子，一時卻又不便應允，想同紉蘭商量一下，由紉蘭代收在門下，也同自己一樣。哪知這一來竟入了她們的圈套，弄得夫妻反目，還蒙了不白之冤，真應了「三十年的老娘，倒繃孩兒」那句俗語了。

當晚一宿無話，第二天游一瓢起來，猛見窗外彤雲密布，大有雪意。書室外面侍應的婢僕聽得貴客下床，忙不迭進來侍候。游一瓢盥洗方畢，筠孃已打發人到內室敘話。一到內室，紉蘭同筠孃、湘魂正促膝深談，一見游一瓢進來，都盈盈起立相迎。筠孃首先開口道：「昨天賤妾初見老師，謊說寒舍是經商人家，實有欺騙長者之罪。昨晚已由我義妹據實報告，尚乞老師恕罪。」

游一瓢口上不免謙虛一番，心裡卻想到昨晚的事定是湘魂已先向她們說明了，大約拜師的事也同我們這一位商妥了，所以左一個老師右一個老師了，不禁向紉蘭一看微微一笑，紉蘭笑道：「師父何等尊嚴，怎的深夜暗自窺探人家秘密呢？」說罷四人同聲大笑。

在這一片笑聲中彼此揖讓就坐，幾個俊婢早已川流不息的獻上參湯燕羹充作早點。湘魂親自舀了兩杯玫瑰銀耳湯，分獻游一瓢、紉蘭兩人，實行其有酒食先生饌。紉蘭忙笑道：「湘魂妹子這樣客氣，實在於心不安。」湘魂方要開口，筠孃搶著說道：「今天就要實行拜師，師父師母都應一般尊重，怎的說出不安話來？非但湘魂妹子全仗兩位教訓，便是賤妾也可叨教不少哩。」

紉蘭笑道：「你這張利嘴我實在說不過，我也不會虛套。」便向游一瓢道：「說起拜師的話，今天湘魂妹子起個大早跑到我們房間，把昨晚面求老師的事一五一十的告訴我們，求我留你在這兒盤桓幾時，把內功正宗指點她一番，求我替你應允下來。還把湘魂妹子一樁可欽可佩的事說與我聽。說起這樁事，實也難得。」說到此處湘魂似乎嬌羞不勝，連連以目示意，阻止紉蘭，紉蘭微笑道：「這樣光明正大的事，何必害羞。」

游一瓢慌問何事，筠孃接口道：「湘魂妹子的父母都喪在一個南洋海盜手上，湘妹立志報仇，苦心從父練習武功，那時此地尚未開闢，都在海中飛龍島居住，練武當口同先父許多門下弟子一塊練習，有時跟先父到各處歷練江湖上的智識。他們魚龍混雜的合在一處，湘妹堅貞不拔，為日後表明心跡起見，當著先父同大眾的面在臂上點了一粒守宮砂。不幸先父半途棄養，湘妹功夫雖已不弱，自己總疑未臻上乘，前去報仇尚無十分把握，時常暗暗哭泣。昨天看見兩位下降喜得什麼似的，恐怕兩位越宿即行，暗地同賤妾商量一下，恐不及時，便深夜來拜老師了。請老師可憐她一番苦心，勉為俯應吧。」

游一瓢聽了這番話，不禁點頭道：「這樣說來她是一位貞烈孝女，難得難得！」

紉蘭也接口道：「我從小就聽得貞節女子點守宮砂的故事，卻未親眼目睹。今早湘魂妹子進來，筠妹講到這樁事，強把她左袖擄起，果然雪白的藕臂上點著綠豆大血也似的一粒硃砂痣，令人又愛又敬，老實說，我早已替你把這女弟子收下了。」

紉蘭這樣一說，筠孃趁此笑道：「撿日不如撞日，湘妹快快實行拜師吧。」湘魂被她一提醒，飛也似的走過，在游一瓢面前恭恭敬敬的拜了下去。這樣八下裡一齊，游一瓢也弄得難以推卻，只好立在一邊半禮相還。湘魂拜了四拜，立起身來又朝紉蘭照樣拜了四拜，還嬌滴滴的叫了一聲師母，把紉蘭喜得合不攏嘴。在昨晚席上，紉蘭看得湘魂豔面之中帶著幾分妖媚，尚有點不大許可，被筠孃三寸不爛之舌說得湘魂如何貞烈，又親自驗了守宮砂，頓時眼光改變親熱起來，此刻拜了師母，自然格外憐愛了。

第廿九章　華燈四照

當下湘魂拜師已畢，筠孃又輕啟朱唇道：「昨晚家兄同拙夫回來，因為夜深不敢驚動老師。又因飛龍島上發生一樁極要緊的事不能不立刻去料理，也許從島上漂海遠行一趟，一時暫難返家，只囑賤妾款留兩位多盤桓幾時。便是湘妹拜師的事也同家兄說明，家兄高興得了不得，堅囑賤妾不得稍有怠慢，待海上事務一了，還想趕回來求教哩。」

游一瓢笑道：「愚夫婦四海浪遊不慣拘束，諸位這樣優待反而於心不安。好在令義妹天資夙慧，自幼經令尊一番陶熔，對於內功早有根底，再略為指點便可登堂入室，無須愚夫婦久留此地，二日內把內功要訣解說一番，盡可按訣練習。此後應該指點的時候，愚夫婦自會登門拜謁的。」

湘魂一聽師父只應一二日耽擱，秋波向筠孃一溜笑道：「這樣殘年歲暮，師父何必僕僕道途？在這兒過了年去，弟子也可稍盡寸心。」說到此處抬頭向外一望，拍手笑道：「好了，現在可以留住師父了。」一邊說一邊向簾外亂指。

大家向外一看，原來天上已降下雪來，鵝毛般的雪花滿天飛舞愈下愈緊，對面屋脊上已皚然一白。筠孃笑道：「雨雪天留客，兩位看在老天面上，還可多留幾天了。此地一帶又是山路，一下雪滿地泥濘，兩位何苦跋涉泥途？」

游一瓢、紉蘭同時微微一笑，紉蘭卻開口道：「兩位盛情難卻，勾留幾天再看天色行事吧。」筠孃、湘魂大喜，立時命人抬進一座金雕銀嵌炭盆，摻上速檀降之類，滿室生春，異香襲座。其實福建地近南洋，雖然嚴寒下雪，屋內並不寒冷。游一瓢夫婦內功精湛寒暑不侵，雲遊各處，無非一領。此刻筠孃命人設起炭盆以後，談談說說，時已近午，又指揮俊婢擺起盛筵。

席間游一瓢提起筠孃丈夫姓名同武藝派別，筠孃面上遲疑了半晌，笑了一笑才答言道：「拙夫姓蕭，字鵬飛，也是先父的門下，論到功夫還趕不上湘妹哩。」

湘魂啐了一口道：「有你這賢內助，功夫還會錯麼？」說罷彼此一笑，游一瓢夫婦也不在意。

湘魂卻又說道：「師父從昨天降臨直到此刻，弟子留神師父師母飲食之間只撿水果清淡一類的東西，師父連這點東西也方嚐輒止，竟有神仙不食人間煙火之概。大約兩位老人家此時對於服氣導引之術必有心得，所以能夠駐顏不老。」

紉蘭笑道：「你師父整個月不進飲食，只吃點山泉清水就可充饑，我可不成，但看到厚味膏粱之品，便覺格外難以下咽，大約生成福薄罷了。據你師父說，服氣導引並不是難學的事，也並不是學道求仙才服氣導引。古人說肉食者鄙未能遠謀，佛家說錦繡敗身膏粱敗胃，孔氏又說蔬食淡水樂在其中，這都是養生要旨。我們練內功的尤須把五臟六腑表裡清明，方才清澈。然後再吐故納新，內視反聽，方可達到金剛不壞之身，浩氣長存之體。

「有一次你師父走到一所莽郊古廟，廟中寺僧卻是個殺人不眨眼的強盜，以為你師父是個趕考士子，定必有點油水，故意殷情款留，把蒙汗藥下在茶水當中送與你師父解渴。這點伎倆怎瞞得過你師父，他卻故作不知，昂然把一碗清茶喝得點滴無存。那強盜和尚，滿以為著了他道兒，拍著手喊道：『倒也，倒也！』哪知你師父哈哈大笑道：『禿驢休得張狂！還你一碗茶便是。』說畢舉起右手向面前空碗一指，便見中指指甲縫內飛出一道急水直注碗內，須臾空碗內依然是滿滿的一碗清水，還是熱氣騰騰的。這一來，把那盜僧嚇得魂靈出竅，以為碰著仙怪拔腿便跑。

「你師父看他這樣狗一般的人不值得理會，也就一笑而出。後來我問你師父這是什麼功夫，他說內功練到通體清明，無論何種毒物邪氣絕難侵入，一點蒙汗藥算得什麼？那時故意吸入口內，卻用丹田元氣把它通入皮膚聚在中指，然後一洩而出。」

紉蘭說罷，筠孃、湘魂滿面驚疑，面面相覷，半晌筠孃才說道：「先嚴對於內功奧妙曾也講解過，卻未聽到有這樣神通。我湘魂妹子真是有福，竟拜著神仙師父了。」

游一瓢笑道：「世人都羨慕神仙，我卻沒有見過神仙是甚樣子。我只曉得神仙人人可敬，人人都自己忽略做神仙的道理罷了。閒話少說，湘魂既然問道於盲，我只可做個識途老馬。昨晚看她揹著一把長劍，又聽得蕭夫人（即筠孃）說她擅於此道，可否即席求教一下呢？」

湘魂聽得要她舞劍，知是考察她功夫深淺的意思，一時卻不便回答，只把眼望著筠孃。筠孃抿嘴笑道：「不要害臊，快結束登場吧。可是此地過窄，不如移席到環翠軒去，那邊又幽靜又寬敞又可賞雪賞梅，定能合兩位意思的。」筠孃說罷，簾外早已奔進幾個俊婢領命而去。筠孃、湘魂同游一瓢夫婦也一齊離席走出堂外。

筠孃當先領路，從內室走廊左轉走入一座船廳，下面泉流淙淙如鳴環佩，穿過船廳，又渡過一座朱欄小橋，橋那面一條小徑兩旁堆雪盈尺，中間卻已掃出一條雪徑。走完這條雪徑便見玲瓏剔透的假山，左穿右曲疊出龍蟠鳳舞之形，被雪一罩晶瑩奪目，宛如築脂刻玉。走近假山一派幽馨襲人衣袂，原來一入假山叢中，紅梅爭放別有洞天，幾百株鐵幹老梅之中擁著一所敞軒，額題環翠，幾個俊婢早已肅立簾側，掀起氈簾，相將而入。

趨進一看，一座五開間的敞軒四周滿是落地排窗，嵌著四方大玻璃，雪光映照，一室通明。最有趣四周近窗梅花，嬌枝屈幹，含蕊吐鬚，一枝枝窺窗似笑，低亞黛妍，遠看去貼在玻窗外面的梅花異形殊態，又像天然圖畫，各具章法。游一瓢看得雅興大發，連連喝采，筠孃卻已執壺肅立，請夫婦二人就席。

游一瓢、紉蘭回頭一看，軒中靠南窗邊又設起一席精緻小席，卻留出一大片地方預備湘魂舞劍。兩人略一謙遜款步入坐，卻不見湘魂蹤影。正想啟問，一個垂髫女郎趨至筠孃身邊，低低說幾句便悄然出去，筠孃一笑，只顧殷勤勸酒。

一忽兒那個垂髻女郎雙手捧著一把寶劍進來，卻聽得簾外鶯聲嚦嚦一陣笑語聲，笑聲未絕氈簾一掀，驀地眼前一亮，宛如擁進一朵紅雲，急看下，原來湘魂披了一件猩紅呢雪氅，一進門幾個春風俏步便來筵前，格格笑道：「弟子來遲一步，尚乞恕罪。」

紉蘭尚未答話，筠孃大笑道：「你師父點的紅線盜盒，怎麼扮起昭君出塞呢？」游一瓢、紉蘭看她這樣裝束，不禁也笑了。

湘魂猛的兩臂一揚把外面雪氅卸了下來，早有俊婢接過一邊，卻露出一身湖色緊身密扣短衣褲繫著一條香色繡花汗巾，指著筠孃道：「你這油嘴薄舌且慢得意，我獻過醜，你也逃不了。」

筠孃舌頭一吐笑道：「我的好妹妹，我這點醜功夫在獨松崖早已獻過了，如果再叫我來一遍，你師父師母的幾顆門牙保管掉落得一顆不剩，這又何苦來呢？」游一瓢、紉蘭大笑。

湘魂賭氣不答她，一扭身從垂髻丫環手中錚的一聲抽出寶劍，便見一道寒光照耀滿座。紉蘭喝一聲：「好劍！」便見湘魂向上一躬身，嬌滴滴的喊了一聲：「弟子獻醜了。」語音正絕，嬌軀一退後，滴溜溜一轉身，頓時銀光遍體紫電飛空，滿身劍花錯落，哪還分得出劍影人影。愈舞愈急，滿室劍光忽東忽西忽聚忽散，翩若驚鴻宛如遊龍，舞到後來，一團電光滾來滾去，宛如水銀瀉地，花雨繽紛，四面窗櫺颯颯作響，遠遠站立的幾個俊婢被劍風遙得衣袂飄舉，雙眼直睜。忽聽得嗤的一聲嬌笑，倏已風定聲寂，湘魂已盈盈揮劍早立席前，好不從容得意，只兩個梨渦中微現出紅暈，益顯得嬌酥欲滴。

紉蘭慌走下席來，親自斟了一小杯酒遞向湘魂手中，笑道：「這八八六十四手的萬花劍舞得渾脫溜亮，真不容易，不是舞得妙麼，可是我還要罰你一杯。」

此言一出，非但湘魂直瞪杏眼不解所云，連玲瓏剔透的筠孃也如丈二和尚摸不著頭腦，只游一瓢點頭微笑。

湘魂把一杯酒接在手中笑道：「弟子舞得不好，當然應該罰的。」

紉蘭笑道：「正因你舞得好才罰你這杯酒，你乾了這杯酒我告訴你。」

湘魂滿肚委屈的把一杯酒一口氣喝畢，卻拉著紉蘭道：「師母你快告訴我，弟子可糊塗死了。」

紉蘭笑了一笑說道：「我們要看的是你平日的真功夫，此刻你耍的萬花劍是舞劍不是擊劍，舞劍不是真功夫。」

湘魂急問道：「舞劍擊劍還有分別嗎？舞劍不是真功夫嗎？」

紉蘭笑道：「你聽我說，我從前也同你一樣，後來跟了你師父才明白的，舞劍是古人筵席歌場作樂娛賓用的，雖然也有許多身法解數，無非圖個看不切實用，像古時公孫大娘舞劍器，便是舞劍最好的人。至於擊劍古法久已失傳，知道的人很少，幾個擊劍名家無非從單刀匕首的練法脫化出來，並非真劍法。差不多都把舞劍擊劍混而為一，此刻你練的八八六十四手萬花劍其實就是一套八卦刀的解數，加了許多花著數，又經你分花拂柳的一練，便成為舞劍不是擊劍了。你虛心求師我才故意嘔你一句，叫你喝一杯罰酒。其實你這副身手確已出類拔萃，前途正未可限量呢。」

這一番話，說得湘魂啞口無言，宛似兜頭澆了一勺冷水，連筠孃也暗暗心驚。湘魂卻說道：「弟子明白了，師母是循循善誘的美意，這樣說起來師母的劍法定必與眾不同，弟子斗膽想請師母賜教一二。」一言未畢，筠孃纖掌一拍道：「一夕話勝讀十年書，今天叨湘妹的光又可開眼了。」說罷倏的立起身，執起玉壺在紉蘭面前斟了一杯酒，笑道：「且請師母澆澆手。」

紉蘭且不飲酒，先把湘魂手上寶劍接過用指彈了一彈，鏗然發聲清越異常。細看劍脊兩面都刻了一個篆字合成「麗珠」兩字，想是劍名了。紉蘭把劍送與游一瓢手內道：「此劍確是上品，可惜剛多柔少。」游一瓢略一拂視仍舊送還紉蘭，笑道：「且莫談劍，既然作法自斃，高談舞劍擊劍之分，當然沒法推卻的了。」

紉蘭微微一笑提劍離席，慢慢移步到湘魂舞劍所在，離席約有兩丈許光景便卓然立定。這時非但湘魂、筠孃四隻妙目水汪汪的早已注定了紉蘭全身，就是玻璃窗外也擠滿了油頭粉面的侍女，都聽得消息趕來張望。

哪知紉蘭抱劍立定以後並未亮開架勢，只閉目凝神兀立不動呆若木雞，足足耗了半刻時光。湘魂、筠孃看得有點詫異，暗暗抿嘴匿笑，猛見劍光電也似的一閃，紉蘭鳳目一睜直注劍鋒，略一盤旋，便覺劍尖似山劍光似練，直蕩出四周丈許遠近，但看她幾個招式以後，一招慢似一招，到後來徐徐的東一指西一點迂緩得異乎尋常，好像手上挽著千百斤力量的東西。

湘魂、筠孃明知道這種劍法定有無窮奧妙，可是表面上看去實在平淡無奇，暗想平日自己練的同耳聞目見的各派武術招數都是迅速無比，講究各爭先著以快勝人，照這樣慢騰騰的，不要說進擊敵人，就是招架封閉也是不易。正在暗地疑惑，游一瓢在座上立起身來把席上幾碟瓜子、杏仁、青豆之類並在一處悄悄對湘魂說了幾句。湘魂立時喜上眉梢，隨手向左右侍立的幾個丫環招到身邊，低低吩咐一番，又向筠孃耳邊說了幾句。湘魂、筠孃同幾個丫環立時各人在席上抓了一把瓜子、杏仁四面溜開，把紉蘭圍在中間。

紉蘭一面舞劍，一面早已看清眾人舉動，越發把劍舞得慢而又慢，變招換式總不離原立方寸之地。筠孃看得有隙可乘，先自一聲咳嗽，一遞暗號，四周的人倏的一齊把滿握的瓜子、杏仁遠遠向紉蘭撒去。不料眾人一撒手，猛聽得沙沙一陣怪響夾著嗶嗶幾聲，聲音未絕，紉蘭已抱劍在胸，亭亭立在中央，游一瓢卻呵呵大笑起來。湘魂、筠孃一看四周地上，頓時花容失色心頭亂跳！勉強鎮定心神，一齊向紉蘭施禮道：「師母真非常人可及。」

原來眾人把瓜子、杏仁撒手時，滿以為紉蘭舞劍招式如此迂緩，瓜子、杏仁又是這樣渺小的東西，豈有撒不進去之理？湘魂、筠孃尤其惡作劇，暗使金錢鏢的手法用足了勁撒去，想把瓜子、杏仁貼在紉蘭面上，料她無法躲避。哪知撒出去的杏仁、青豆、瓜子在紉蘭周圍一丈以外整整在地上布成一個大圈，圈內半粒也尋不出來。

非但如此，眾人仔細一看，有幾粒瓜子反擊過來竟生生嵌在四面窗格上面。湘魂，筠孃鬢邊衣襟上也貼著好幾個。最好笑有幾個俊俏丫環，幾張滴粉搓酥的臉蛋上也嵌了一二粒，所以沙沙聲中還夾著嗶嗶之聲。雖然小小的一粒瓜子反擊過來，嵌在吹彈欲破的面孔上卻也隱隱生痛。啞巴吃黃連又驚又羞，只好各人偷偷去掉掩面而出。

尤其是湘魂、筠孃總算上了游一瓢的當，卻兀自想不出所以然來。笑在臉上恨在心頭，假作欽佩恭維神氣依然擁著紉蘭入席，收回麗珠劍殷勤進酒，便向紉蘭請教道：「弟子們用刀劍一類兵刃，舞到酣處潑水難入或者也能辦到，但總要舞得慓疾如風才可擋住潑水。像此刻師母舞得四平八穩慢慢練來，劍光並不繚繞，竟將四周微小的瓜子、杏仁一粒不剩的搪出一丈開外，而且反擊過去的力量還非常宏大，弟子們實在想不出其中所以然來。再說師母這趟劍的招式，初看似乎是太極玄門劍法，仔細留神又覺不像，益發難測高深。還乞兩位老人家不吝賜教，以啟茅塞。」

紉蘭微笑道：「俺練是練過了，要俺說出其中妙理倒有點為難。俺這笨嘴笨舌就勉強說了出來，也說不到筋節上去，不如請你師父說吧。」

游一瓢笑道：「這趟劍你們既然看出是太極玄門的招數，何以又疑惑不決呢？大約因為這趟劍人人練的時候都以快捷為主，又加了許多花著兒，便與原傳的古法差之毫釐，謬以千里了。其實太極玄門專講究以靜制動，恰恰與近人練習的手法相反，其中功用妙理也相差天淵。現在最簡明的道理說來諸位就可明白。

「武功一道，無論練拳練劍以及練一切短兵刃都有一定的階段，就是熟中生巧，由巧入神，八個字。比如兩位說的刀劍練到純熟可以潑水不入，這便是由熟生巧。又如達摩祖師面壁九年，聽床下蟻鬥宛如雷轟，紀昌視虱像車輪一般大，這便是由巧入神。練功夫到了由熟生巧的階段還是手眼身法步的鍛練功夫，只可稱謂外功，到了由巧入神便可視於無形聽於無聲，非從練神練氣入手難以達此神化境界，這便是內功。

「練內功的功候，非到爐火純青卻難運用如意，像你師母不疾不徐擋住四面亂飛的瓜子杏仁就從練神練氣得來。神之所往氣必隨之，其中有不可思議的力量。如用言語來解釋反覺落於言詮，像古籍所載聲厲蒼冥手破崖壁，口吐碧火，舌締青煙，種種奇幻的事跡並非妄談。內功到神化絕頂之際確有這奇技，擋住一點瓜子、杏仁算得了什麼呢？」

這一番話湘魂、筠孃聽得聞所未聞，兀自疑信參半。紉蘭看她們面上神氣暗暗好笑，一時高興便笑道：「俺這點微末功夫無非內功的膚廓，現在俺再用一點小巧法子來證明你師父所說視於無形、聽於無聲兩句話。俺們都到軒外雪地上去，你們兩位召集五六位會打暗器的人來，俺立在雪地中央再舞一回劍。你們躲在四面假山背後，乘俺不防時一齊向俺打來，這不比撒瓜子、杏仁能看清，你們動手且看俺如何應付，也可以博諸位一笑。」

筠孃、湘魂聽得大喜，暗想咱們正無法擺布，這一來你們自投羅網，難道你們皮肉還厚似那獨松崖怪物嗎？原來筠孃、湘魂最精於各種歹毒的暗器，連手下不少俊婢都個個擅長此道。筠孃用的是見血封喉的十二把飛刀，湘魂用的是鴆羽梅花箭，這種暗器形如鋼針，針尾附著鴆羽毒烈無比！一發就是九支，專找人身致命五穴專破金鐘罩、鐵布衫，比筠孃的飛刀還要厲害十倍！她們兩人對於游一瓢夫婦種種做作原是一派虛情假意，下文自有表明。此刻兩人聽得紉蘭自願一試叫她們用各種暗器攢擊，不覺喜形於色，一齊離座去召集會打暗器的人。

筠孃卻又故意說道：「你老人家雖是藝高膽大，但我們暗器與眾不同，不比瓜子、杏仁毫無危險，我們怎敢亂發呢？」這幾句話非常歹毒，意在反激，又明知自己各種暗器大半用毒藥煉製的，一著身上就得廢命！故意先埋一句根，萬一紉蘭受傷只有認命。

哪知紉蘭微微一笑道：「你幾把毒藥飛刀我見過，你放心好了。」筠孃面孔一紅，勉強笑了一笑，便向湘魂一使眼色，一同飛步進內預備暗器去了。筠孃、湘魂這一番舉動未免略露馬腳，紉蘭是個好好先生，尚未察覺，游一瓢卻有點疑慮了，一看室內只幾個雇婢遠遠侍立，便悄悄向紉蘭道：「我看此地終非善地，我們雖不怕她們，也應當心一二。」

紉蘭卻不以為然笑道：「你忒也多疑了，彼此無怨無仇絕不致另生枝節，何況才拜老師，難道便學逢蒙射羿嗎？」

游一瓢本來毫無成見，無非看得筠孃、湘魂詞色之間有異，略存猜疑，經紉蘭一說，也就坦然。一忽兒筠孃獨自進室，指著右邊窗外笑向紉蘭道：「布置好了，請師母在窗外一片雪地上賜教吧。」說了這句便飄身而出。

紉蘭倏的抬身而起，游一瓢悄悄在紉蘭耳邊說了幾句也一同離席。紉蘭一伸手把麗珠劍提在手內，輕移蓮步走近右首窗口向外一看，左右盡是高高低低的假山，中間長方形一塊雪地約有五六尺開闊，四周都是梅花，攔著朱紅短欄，似乎這塊雪地是春秋蹴鞠之所。

游一瓢立在背後，指著對面幾間精室道：「對面就是我昨晚寄宿之地。」紉蘭卻向中間雪地一指道：「你看雪面上新印著無數蓮瓣，兩面假山背後埋伏的人真也不少呢！」說畢舉劍撥開中間一扇窗戶，微一退後，一個春燕穿簾早已連人帶劍從窗孔直飛落雪地中央，復又退後幾步背窗而立。這樣後顧無憂，只要留神左右，對面幾間精舍中間還隔了一條花籬，似乎沒有埋伏。這時室內游一瓢卻隨意抓了一點杏仁，很悠閒的憑窗旁觀，且看她們做出什麼把戲來。

只見紉蘭按劍高聲說道：「諸位留神，我要練劍了。」說罷隱隱聽得兩面假山背後一陣喊喳，同假山上積雪落地聲音，卻無一人答話。紉蘭料得埋伏停當卻也未敢大意，忙凝神一志目照全局，先自不疾不徐的練了一套秘傳玉女梨花劍。這套劍法與室內所練大不相同，一舉手一投足便覺劍光繚繞有風颯然，舞到沉酣淋漓之際，萬點銀星從劍端飛舞而出，又像萬朵梨花從空中撒下遍體籠罩，餘勢所及遠近梅枝都隨風顫動，把枝上凝雪梅花震得紛紛飛舞盤旋天空，一時紅的梅花，白的雪花，銀的劍花，滿空交織，幻成異彩。等到這套劍練畢，一片潔白雪地，落紅點點，奇香撲鼻。紉蘭自己也得意忘形，只顧偷看滿地落梅。

不料驀地嗤嗤幾聲兩面幾道白光閃電似的射來，紉蘭也吃了一驚，一矮身忙舉劍一撩使個盤花蓋頂，便見劍上火花亂射，叮噹一陣交響，兩支柳葉飛刀幾支藍瑩瑩的鋼鏢一齊打落雪地。紉蘭笑叱道：「好一個刁鑽婢子，有本領盡量展出來吧。」邊說邊把一把麗珠劍潊上潊下舞得密不通風。哪知這樣暗器發出以後，又復寂然。

紉蘭心想自己丈夫暗暗叮囑的話果然不錯，這般刁婢果然想出以逸待勞的毒著兒。也罷，我就露手給你們瞧瞧。主意打定頓時劍法大變，使出夫妻獨出心裁的奇門劍法，遠看去東一點西一指漫不經意，比先頭室內太極玄門劍還要來得迂緩。這一來，果然左右暗器頓時乘隙而進發，如飛蝗。最厲害的要算湘魂的鴆羽梅花箭，箭形既小通體純黑，無光無聲驟如急雨。其餘飛刀飛彈以及各式飛鏢同時像雨點一般拈擊過來，換一個人怕不被她們射成刺蝟一般。

說也奇怪，紉蘭並不用劍或擋或格，卻把一柄麗珠劍滴溜溜舞成一個大圈，宛如一道白虹旋轉不已，一個亭亭清影就卓立在虹圈中央，並不移動半步。兩面射來的暗器也聽不出被劍撞擊的聲音，只看這無數暗器飛近虹圈便如泥牛入海蹤影全無。

半晌，兩面暗器越來越少，似已發盡，卻聽得兩面假山背後齊嬌聲驚呼，霎時湧出穿短襟衣粉白黛綠的俊俏女郎。左一隊領袖是湘魂，右一隊領袖是筠娘，都有點花容失色，香汗透額，一齊驚呼道：「師母真是絕世無雙的天人，我們從此拜服了。」

這時紉蘭已在窗前春風滿面收劍卓立。眾人卻看她劍尖上結成黑黝黝的一個大球，細看時，原來各人二次發出的各種暗器，像磁石吸針般一支不剩都吸在劍尖上。紉蘭微一吐氣，嘩啦啦一陣怪響，劍尖上吸住的各種暗器頓時都跌落地上堆在一起，看得眾人目瞪口呆做聲不得。

紉蘭一笑，正想移步進室，猛聽得對面花籬外霹靂般一聲巨喝道：「且看我的！」喝聲未絕，倏見兩條黑影比電還疾，直向紉蘭左右太陽穴射來。這一下突如其來出紉蘭意料之外，一時不及運氣收吸，正想伸手接住，猛覺自己左右耳邊嗤的一聲飛過兩粒東西，接著面前叮噹一聲怪響，飛來兩個黑影往下一落正落在自己腳邊，慌撿起一看，卻是一對奇影飛鏢，鏢尖銳利如針，尾後附著兩片極薄的蝶形銅翅迎風自展，從頭到尾不到三寸。紉蘭竟不識此鏢何名，抬頭向籬外一望並無動靜，想已逃走。筠孃在旁卻怒容滿面，向對面高聲喝道：「何人大膽敢向內室放鏢？等我哥哥回來，定要查究重責。」

游一瓢憑窗探身笑道：「不必動怒，想係令兄手下好漢一時技癢聊作遊戲，何必追究？能夠用這蝴蝶鏢，功夫也是不弱哩。」

筠孃頓改笑容道：「家兄好客，外面閒漢甚多，不知哪一個冒失鬼看得我們練鏢也來獻醜。但師母並不揮劍也不動手，兩隻蝴蝶鏢到了面前竟會自己跌落，這樣功夫，比吸住我們暗器還來得駭人呢。」

游一瓢微笑不答，紉蘭卻已知自己丈夫暗地相助，本想說明，轉念這兩隻蝴蝶鏢來得非常刁惡，而且湘魂、筠孃的歹毒暗器兩面夾攻專找自己致命所在，未免令人可疑，當時不露聲色，依然談笑自若，一同回進軒內，重行洗杯更酌。

席間筠孃、湘魂把游一瓢、紉蘭兩人恭維得無孔不入，益發趨奉殷勤，親暱異常。紉蘭被她們兩人米湯一灌，一點疑心又搬到爪哇國去了。獨有游一瓢益發證明自己所疑有因，但看不出筠孃、湘魂居心不善的原因所在，這時沒有真憑實據倒也不易確定，而且筠孃的丈夫和哥子究是何種人物？通飛龍島的地道同島內如何景象，總想探個實在才能安心。

有了這幾層原因，游一瓢依舊不動聲色，同湘魂、筠孃極力周旋，一面周旋，一面暗自打了一個主意。等到席散，紉蘭又被她們二人擁入內室，自己仍回那間書室，苦於無法同紉蘭說明只好自己見機行事。這天晚上掌燈以後，忽然幾個丫環在室內添了幾盞珠燈，耀如白晝，獸爐上加了許多異香芬芳撲鼻。游一瓢正在詫異，又湧進幾個健僕擺上幾色精緻珍肴，兩壺美酒，卻擺設兩副杯箸。游一瓢益發奇怪，心想今宵何以移席到此，卻只兩副杯箸呢？

正在疑惑，忽聽得室外蓮步細碎而至，室內幾個健僕聞聲慌忙趨出。一忽兒兩個俊婢紗燈前導擁著湘魂進來，遍體珠光寶氣，妖豔絕倫，神態卻端莊矜持不可言笑。一進室內即肅容斂衽道：「今夕碉內幾個酷愛武功的閨秀聞得師母大名齊來進見，筠姊設席款待，師母自然首座，卻不便請師父同席。又恐怕師父一人孤寂，特命弟子出來侍奉，弟子也趁此可以即席求教。」說罷容端端肅的敬了滿滿一大杯酒，便執壺肅立一旁。

她這樣一來，游一瓢倒難以婉卻，一想師徒名分所關，也無須過於拗執，便笑道：「既然如此，你是代作主人，也應坐下，立在旁邊，我如何吃得下酒去。」湘魂聞言暗喜，便告罪坐在下席相陪。

這時室內寶燈四澈，畫燭高燒，幾個俏麗丫環分立兩旁，珍饈紛陳，華裝侍坐，一派雍容華貴氣象，哪有盜窟氣味。游一瓢對於這種景象雖然毫不在意，恰有一樣東西投其所好，原來游一瓢生平最愛的是杯中物，卻非旨酒佳釀不入口，沒有好酒情願點滴不沾，如有難得美酒定必興會淋漓杯到酒乾，雖然如此卻不易沉醉，生平也沒有碰到海量敵手。初到碉中在室內環翠軒飲了兩場，因酒味平平一嚐即止。哪知筠孃、湘魂已在紉蘭口中，探出游一瓢生平所好，立時暗地想了一個妙計，當夜撒起天羅地網來。

恰好魚殼大王生前也酷嗜此物，地窖裡尚深藏著十幾罈世間難得的佳釀，有一罈叫做「鬱金香」，色如琥珀，液如瓊漿，外帶清醇芬馥，融血調神，確是名貴珍品。筠孃特地親自把這罈酒取了出來，灌了滿滿四大壺，又暗地放入秘製奇藥，然後在湘魂耳邊密授方略，叮囑一番。自己卻又召集碉中許多能言善道的婦女把紉蘭絆住，一面由湘魂帶了幾壺「鬱金香」到外邊書室來，按照筠孃密計一步步搬演起來。

古人說得好：「君子可欺以其方」！湘魂這樣循規蹈矩的一做作，游一瓢饒煞機靈也落圈套。此時看得面前一杯琥珀玉液似的美酒，略一沾唇便覺生平嗜過許多佳釀都趕不上這鬱金香，又經湘魂粲花妙舌旁敲側擊，把此酒好處說得天花亂墜，游一瓢不知不覺酒到杯乾，一大壺酒足夠十幾斤片時早已灌入游一瓢肚中，湘魂卻一點沒有沾唇。暗窺游一瓢神色依然從容自若毫無醉意，不禁暗暗納罕。慌又把第二壺拿上席來，流水般斟向游一瓢杯中。

兩人談談說說，第二壺又復告罄，游一瓢仍舊毫無動靜，未免暗暗著急起來。這當口筠孃雖然身在內室，一顆心卻惦記著他們二人身上，身邊幾個心腹早已川流不息把書室情形暗暗偷遞，外面湘魂一著急，筠孃早已命人添上兩壺酒來。

游一瓢笑道：「這樣美酒被我一人糟蹋，未免可惜。」

湘魂抿嘴笑道：「自從我養父去世，便沒有配吃這酒的人。幸而師父光降，此酒得逢知音，否則不知埋沒到何年何時呢？」

這幾句話說得絲絲入扣，其甜如蜜，游一瓢也被她拍得身心俱暢，放懷高飲，卻見她毫未沾唇，不覺笑道：「主人點滴不入，未免使客難以為情。」

湘魂慌笑道：「此酒力量不小，像弟子量窄，實在不敢入口，既然老師賜飲，弟子當另易薄酒奉陪。」說罷便命侍立丫環換了一小壺百花釀，斟了一小杯慢慢陪著。這樣又耗了許久，暗窺游一瓢兩頰起了兩朵紅雲，益見丰儀明澈，透逸絕塵。

湘魂看了幾眼，情不自禁的心中一動，暗想天地之間竟有這樣人物，如照紉蘭所說他已年逾花甲，怎能豐嫩像二十許人，難道竟是神仙謫世不成？便是紉蘭也是少艾光景毫無徐娘半老之態，這一對美滿姻緣，湘魂自己一陣胡想，倒有點春上眉梢，心頭鹿撞了。游一瓢卻一邊淺斟低酌，一邊口講指劃說些武功精奧。湘魂哪有心思聽這些話，只暗暗著急疑心酒力藥力不濟事下手不得。

又隔了片時已吃到第四壺上，才覺游一瓢兩眼微微惺忪似有半醉光景，卻未現出放浪之態，湘魂沒法只好流水般一杯杯斟上去。游一瓢來者不拒，一口氣又吃喝了十幾杯下去，半晌，猛見游一瓢微一皺眉，卻又呵呵大笑道：「可惜，可惜，這樣好酒，只讓俺一人獨酌，偏又在此地，飲此好酒，未免負此佳釀了。」說了這句，卻又低低笑吟道：「千杯不辭醉，臣是酒中仙」又「我醉欲眠君且去」的吟著，笑嘻嘻瞇著眼向湘魂直瞧。

湘魂大喜，以為藥力發作時機已至，慌向左右一使眼色，幾個俊婢立時退出室外，向內飛遞消息。湘魂倏的立了起來，輕移蓮步，趨近游一瓢身邊，把一張春風俏面貼在耳邊悄悄媚語道：「老師醉了，弟子服侍老師安睡吧。」耳邊嬌聲未絕，游一瓢驀地雙目一張，神光四射，右臂一舉駢指如戟，只向湘魂肩窩一點，湘魂喊聲不好，已躲閃不及，霎時全身麻木直立不動。

游一瓢呵呵大笑而起，戟指叱道：「妖婢不知羞，竟敢在俺面前使這樣詭計！」叱聲未絕，窗外颼颼幾聲飛進兩支鏢來直射前胸，游一瓢迎上一步，兩手一起便把兩支鏢接在手上，仔細一看又是兩支蝴蝶鏢。

第三十章　璇閣佳人

上回所說的游一瓢夫婦在百笏巖被筠孃、湘魂殷勤款留，暗地裡卻又千方百計布成陷阱，最後竟想盡法子在酒中下毒藥，使出美人計來。究竟她們對於游一瓢夫婦有何深仇，要這樣費神勞力的撒開天羅地網呢？你道為何？原來筠孃的丈夫並非別人，就是張長公的愛徒艾天翮，也就是游一瓢的情敵。經在下這樣一點明，看官們把上面層層的線索回想一下，就可恍然了。

艾天翮敵不過游一瓢，在揚州開元寺率領死黨逃走以後，一時奈何游一瓢不得，又打聽出張長公死後紉蘭失蹤，想必跟著游一瓢走了，這口氣隱忍在心，一面極力擴張鐵扇幫的勢力，大本營仍設在福建武夷山上。恰好魚殼大王兒子飛龍島主慕名拜山，兩人志同道合，深相結納，索性把自己妹子筠孃許配與艾天翮，飛龍島百笏巖也作為鐵扇幫的近海巢穴。所以游一瓢夫婦初見筠孃，在鎖龍峽糧食庫當口，筠孃說過失去十幾擔白米要想運到武夷山去的一句話，游一瓢當時就有點疑心了。

而筠孃在獨松崖初見游一瓢互通姓名時候便眼珠一轉，費情一愕！也是因為游一瓢三個字常聽丈夫說起是他的對頭冤家，其中情節艾天翮也不瞞她，把開元寺一幕恥辱細細說過。萬不料隔了半年會被她碰見，而且紉蘭也在一起。筠孃又是一個心狠手辣，機巧百出的女子，在獨松崖把救命之恩擱在一邊，想顯點手段替丈夫報復以往的一場天字第一號恥辱，眼珠一轉，計上心來，把游一瓢夫婦款留碉內，又教丈夫哥子一齊迴避護她獨行的奇謀。

哪知游一瓢夫婦武功絕頂，略顯身手便把她們嚇倒，想用蒙汗藥的老法子也是不成。無可奈何，才借重這位義妹湘魂來做香餌用出美人計來。至於筠孃對游一瓢夫婦所說的百笏巖種種情形和湘魂的身世，倒是真話，只報說自己的丈夫姓名叫作蕭鵬飛，卻是艾天翮化名。其實蕭鵬飛三個字顧名思義，明明藏著艾天翮三字，不過游一瓢究非神仙，一時怎能料到呢？這幾層一經點明，便可通體透徹。

現在接說當晚書齋游一瓢雖然貪飲幾杯，因內功純熟一時不易醉倒，卻也沒有料到酒中還加入秘製毒藥。只冷眼看湘魂突然把一本正經的面孔收起，向左右亂使眼色，便知其中別有詭計，故作醉酒神氣。果然湘魂單刀直入，立時耳鬢廝磨，色授魂與起來，游一瓢這一氣非同小可，趁勢駢指向湘魂昏眩穴點去，湘魂頓失知覺。

游一瓢點過後正想計較，不防窗外還有伏兵，飛進兩支蝴蝶鏢來，這點技藝豈在心上，雙手一起早已接在手內，卻聽得窗外一人狂聲狂氣的大喊道：「大膽狂徒！咱們好心款待，竟敢恃強調戲閨秀，須知俺飛龍島主不是好惹的。」

這一報名，室內游一瓢呵呵大笑道：「幸會，幸會！原來一派謊言你並未遠行，既然你是此地主人，倒不能不會你一會。」語音未絕，早已帶著兩隻飛鏢穿窗而出，一看窗外人影全無。卻又聽得對面屋脊上有人大笑道：「人人說你本領蓋世無雙，在俺看來也不過爾爾。」游一瓢人還未看清，那人身子一晃又復不見。游一瓢也不回言，縱上對面屋脊四面一瞧，只見遠遠一個魁梧黑大漢，橫著一把爛銀似的長劍，立在大門門樓挑角上。游一瓢一笑，兩臂一振，飛過幾重屋脊直上門樓，仔細向那黑大漢一看，虎頭燕頷，河目海口，短鬚如戟，頗有威風。

這時黑大漢卻提劍向游一瓢拱手道：「公如有膽，請離俺遠行幾腳，在下有言奉告。」游一瓢冷笑一聲道：「就是十面埋伏，何足懼哉！」語音未絕，那黑大漢哈哈一聲狂笑，身子一轉翩然飛落門外，一長身向上一招手便邁開虎步向東馳去。游一瓢藝高膽大，毫不思索也飄落門外飛步追去。前面大漢腳下雖也來得，怎及得游一瓢飛騰的捷速，翻過一座山嶺早已趕上黑大漢，一回頭看見游一瓢已在身後，慌立定身翻撲虎軀，納頭便拜。

這一來倒出意料之外，游一瓢慌伸手扶起道：「島主何必多禮。」黑大漢立起身把劍還匣，哈哈大笑道：「實不相瞞，俺非飛龍島主，乃湖南醴陵縣縣令甘瘋子是也。」這一句話游一瓢越發茫然，一個七品縣令怎的扮作飛簷走壁角色，投在這強盜巢內?豈不是千古奇聞麼?

甘瘋子笑道：「說來話長，當容慢慢稟告。只是今日白天無意間看到尊夫人劍術神奇，偶然飛鏢獻醜，已是欽佩萬分。又從碉中聽得先生比尊夫人還遠勝十倍，苦於內外相隔無法拜見，只有等到上燈時節，偷偷到書齋窺探先生在與不在再行定止。恰巧從窗孔一看，正逢先生同一女郎對酌，卻非尊夫人相貌，不敢冒然晉謁。

「後見那同席女郎自稱弟子，先生口中滔滔不絕闡發武功秘奧，沒有一句不是取精用宏，道人所未道，又喜先生海量投俺所好，惹俺心癢難熬，倘無女郎在座，定次冒昧闖席作個不速之客。但細看女郎對於先生講解武功似乎神情不屬，後來索性神情大變，把初入席時一番恭敬態度一掃而空，前後截然不同。俺正看得驚異，猛見先生不欺暗室，醉而不醉，竟忍心把女郎點穴制住。這種舉動，雖古聖先賢也無以復加，越發令在下五體投地。

「心裡一轉念，像先生這樣人傑豈可失之交臂？卻恐其中耳目眾多，自己要事尚未探著眉目，不便洩露行藏，故意使個狡獪引先生出來，一傾仰慕之情，尚乞恕其不恭之罪。」說罷又一躬到地。

游一瓢這才領悟，卻皺眉道：「足下這樣一來，誤事卻不小哩。」黑大漢慌問何故。

游一瓢道：「俺夫婦偶然勾留碉內原是好奇之心，一到碉內已有看出此地大非善地！尤其女主人殷勤留客，在在都非真情。果然今晚那自稱弟子的女郎，用出下流妖婦手段來，雖然未知她們用意所在，總是不利於俺夫婦的主意，此刻那女郎一番舉動，大約也是有人主使，雖然被俺點住，但賤內還在內室不知底蘊。也許賤內被她們詭計蒙住，俺急須回去同賤內會面，把她們的詭計點破，設法制住她們，問明是何用心，然後見機行事。不料被足下無端引到此地，那書室內點住的女郎想已被人發覺，情形定必大變。賤內雖然防身有餘，應變之才卻非擅長。現在閒話少說，俺就此別過，趕回去一看情形再說。」

甘瘋子一聽其中有許多糾葛，自恨做事魯莽，大聲道：「該死，該死！不瞞先生，在下棄掉七品前程遠道到此，也是為暗探盜窩假扮前來，到此只有二日，設法投入碉內，現在聽先生所說，此中大有線索。既如此，願跟先生一同回去，略盡犬馬微勞，以贖誤事之愆。」游一瓢看他一臉正氣，吐屬不凡，倒也相信得過，兩人便一齊回轉碉內來。

不料走到一箭路程，忽聽得游一瓢立定身，頓足驚呼道：「不好，可惡，可惡！」

甘瘋子慌立住問道：「怎的？怎的？」

游一瓢恨恨道：「俺中了這廝詭計了！只怪俺一時不該貪杯，又仗著自己內功不懼在酒內暗使蒙汗等藥。哪知她們竟有這樣奇藥，使俺防不勝防。而且此刻俺雖覺著胸中受毒，同其他毒藥大不相同，究不知她們用的何種毒物？這便如何是好！」

這樣一說，甘瘋子大驚失色，慌扶住游一瓢問道：「先生覺得如何？」游一瓢搖首不答，驀地一矮身盤膝坐在地上，兩手握固閉目凝神，自己暗暗運起內功，借著全身功力氣勁，把酒力毒力逼聚在一處不令發散開來。甘瘋子雖無此等大功夫，揣摩舉動也明白一二，不敢驚擾，只按劍卓立在一旁，盡保護之責。

這樣耗了半個時辰，才見他慢慢起立，搖頭道：「厲害！厲害！如果換了別人，怕不立時亂性胡為，性命喪掉。現在俺運用全身罡氣封閉重要穴道，把誤吃的毒藥逼聚一起，不易化散，然而這樣只可救急一時，過了五六個時辰，就不易封閉了。現在顧不得回碉處理盜窟，只有先急去尋覓高明醫生治毒要緊。但此地左近都是沿海荒山，哪裡找尋得名醫出來？如何到遠處求醫？賤內還在碉中，不知如何結局？這一下倒把俺制住了。」像游一瓢這樣的人，此刻也沒法擺布，一味長吁短歎起來。

甘瘋子聽得其中細情，知道自己一逞高興誤了人家大事，心裡比游一瓢還要慌張，急得背著手在原地來回踱著，猛然兩手一拍大聲道：「先生休息，俺有主意了。俺想尊夫人一身絕技，雖然獨處魔穴，定能安然脫身，最要緊的是先生設法解救誤飲的毒物。此刻俺想起距此百餘里有座鴛鴦峰，隱居著一位震世奇人。

「此人姓錢名江，字東平，原係浙東人氏，因為恃才傲物得罪當地巨室，避居於此。年紀尚輕卻無書不讀，凡諸子百家、六韜七略以及五遁奇門無一不精，尤其精於歧黃，善治百毒。平日隱居深山，全憑奇妙醫道供給高騖薪火。在下與此人頗有交誼，此番改裝到此也是承他指點而來。先生倘能屈駕，才能手到病除。如果先生運氣以後不便急行，在下情願背負而往。」說罷竟蹲下身去，催游一瓢伏到身上。

游一瓢看他一臉誠懇之態度，外帶著一味豪爽率真不覺暗暗點頭，卻笑道：「才蒙足下指點名醫心感之至，俺如自料難以支持理應從權，現聞路程不遠卻可無慮。事不宜遲，就此煩君領道便了。」

甘瘋子知他胸有成竹，便一矮身旋展陸地飛行當先馳去。兩人一先一後，一眨眼已越過兩座高崗。甘瘋子便自仗飛行功夫向來高人一等，此刻同游一瓢一先一後趕了一程，便覺游一瓢本領實異尋常非同小可。自己無論如何快法，游一瓢如影隨形，總是不即不離的跟著，而且舉步安詳行所無事，像平常緩步一般。現且不提兩人趕路，且把百笏巖紉蘭那面情形補敘明白，免得讀者懸念。

當那甘瘋子在書齋窗外冒名誘走游一瓢之後，不到一刻工夫窗外卻飛進了一個大漢，生得濃眉大目，廣額隆準，襯著一張漆黑同字臉，倒也威風凜凜，穿著一身玄緞的夜行衣，倒提一枝核桃粗的鋼胎金皮竹節單鞭，一進門，猛見湘魂閉著眼筆直的立在桌後，俏面還存著無邊春意，席上杯箸楚楚餘酒猶溫，卻並無一人侍候。那大漢脫口問道：「湘妹，這是怎麼一回事？你們行的計策，那廝又上哪兒去了呢？」問了一遍，湘魂兀自閉著眼，立得紋風不動。

那大漢低喊道：「咦，這又奇了。」說了這句，趨近湘魂身邊仔細一看，驚呼道：「可不得了，著了人家道兒了！」慌一伸手想用解點穴救治把她拍醒，一轉念又縮住了，沉思了半晌，暗地扮了一個鬼臉自言自語道：「這丫頭平日鬼靈精似的，撩得俺上了火時偏又躲躲閃閃不肯上俺的鉤，恨得俺牙癢癢地奈何她不得。此刻誤打誤撞，撞在俺手內，倒是個難得機會。趁她人事不知，俺何不如此來個移花接木，了卻一樁心願，就是將來被她明白過來，生米煮成熟飯，不怕她不乖乖的順從俺。」

大漢愈想愈對，頓時眉飛色舞，醜態百出，伸著蘿蔔粗的黑毛指頭輕輕在湘魂芳頰上一彈，笑道：「我的小寶貝，今天須償了俺五百年風流孽怨。」說了這句把湘魂攔腰一抱，走到床邊輕輕放下，然後把門關好，又把室內燈火一齊熄滅，竟為其所欲起來。可憐湘魂做夢也想不到仍舊落在飛龍島主手中，此時人事不知，枉有一身功夫竟一絲抵抗不得。最巧不過筠孃這條妙計害不了游一瓢，卻害了湘魂便宜了自己哥哥。當她在內室初得到湘魂暗遞消息，已知游一瓢著了道兒，慌吩咐侍候書室的人一齊迴避，讓湘魂獨自施展錦囊妙計。

在筠孃本意無非教湘魂用點手段，多灌點酒，使游一瓢飽吃秘製毒藥，明知這種毒藥善迷人性，毒性一發作就是大羅神仙也要癱軟如泥，游一瓢雖內功精通也抵不住這種毒藥。那時湘魂人不知鬼不覺把游一瓢任意一捆推入大廳地道，就算大功告成。哪知游一瓢非比尋常，五臟六腑宛似鐵臂銅牆，藥性還未發作已被他覷破詭計，反倒把湘魂制住，又被甘瘋子無端的向外一誘，飛龍島主無端的向內一闖，局面立時大變。而且這樣李代桃僵的變化，因為書室內外的人已奉命迴避，也沒有被人覺察。筠孃在內室一面應酬席面，一面暗暗得意，還以為大功告成哩。

待了一忽兒，筠孃不放心，向紉蘭同幾個女客托詞告個方便，偷偷飛步趕向外邊溜到書室門外，悄悄從門縫內一瞧，滿目漆黑看不出室內情形，卻有幾陣狂風驟雨之聲送入耳來，聽得又驚又羞面紅耳赤，暗地啐了一口，急急回身便走。走離書室心頭兀自突突亂跳，金蓮向地一頓，恨恨道：「該死該死！湘魂這妮子平日對俺哥哥何等貞烈，怎的今天碰著游一瓢真個做了出來。就是游一瓢這匹夫假裝著道貌岸然，原來也是紙做的老虎。但是這樣一來章法大變，教俺如何著手呢？」

心裡這一打算，腳步就放慢只顧打她的主意，猛然一轉念心裡一驚，低低喊道：「不好，俺這藥並非媚藥，一吃下去四肢如泥，怎的還能如是？湘魂既肯從他，又難保不變了心。也許她已和盤托出，竟沒有灌下藥去，同游一瓢走上一條路，這便如何是好？」霎時心裡更像轆轤一般。立定身沉思了片時，猛然計上心來，自言自語道：「我何不將計就計，一網打盡？」主意打定，慌兩步並一步走進內室，假做無事人一般談笑入席。恰好這當口已是酒闌席散，幾個女客紛紛告辭，正中筠孃心懷。送客以後，即對紉蘭笑道：「俺們席已散，外面師徒二人定然細細講解內功奧妙，談得津津有味，以為此刻還未散，俺們何妨偷偷過去，竊聽他們講些什麼，俺也可得些益處。」

紉蘭不防她另有深意，便欣然相從，手挽手的向書齋走來。將近書齋，筠孃故作吃驚道：「咦，窗內怎的熄了燈光，難道老師已高臥不成？」紉蘭抬頭一看，果然室內墨黑，也以為異。恰好身後幾個丫嬛掌燈趕來侍候，其中有一個垂髫的雛婢，原是侍候湘魂的。筠孃故意問她道：「你們小姐回去沒有？」

那雛婢愕了一愕，答道：「俺小姐陪老師飲酒，打發俺回內室等候。此刻內堂已散，尚未見小姐進來，所以又跟姐姐們出來探看。」

筠孃聽了這番話默不作聲，紉蘭卻忍不住高聲問道：「你已睡下嗎？」連問數聲，無人答應，心裡有些吒異起來。

紉蘭猶疑道：「俺外子不致醉得如此，也許室內無人，到外面遊覽去了。」

筠孃卻從旁說道：「老師也許醉了，不必驚動。俺們找湘魂去，不知她跑到哪兒去了？」

筠孃道：「人如出外，不會從內關門呀？」

又有一個年紀大的丫嬛搶著說道：「室內酒席還未散去，婢子們也未見有人出來。」這人說了這句話，餘人都眾口同聲說未見有人出來。這一來，紉蘭也不禁驚疑起來。從一個丫嬛手內提過一盞紗燈提向窗口，看見一扇窗虛掩著。一推窗提燈向內一照，並無人影。中間桌上兀自擺著上下兩副杯箸，肴饌也整整齊齊擺了一桌。此時身後筠孃已命一個丫嬛跳進窗去，從內開門出來。筠孃卻止住眾人立在門外，只同紉蘭各提一盞紗燈走了進去。

紉蘭首先走向床前舉燈一照，驀地一驚！只見床內湘魂臉如朝霞，沉沉酣睡。枕邊拖著烏雲似的散髮，幾支鳳釵也掉在枕頭底下，一雙雪白藕臂軟綿綿的露在被外。上身只穿著緊身小衣，胸襟微露熱香四溢，自胸以下卻蓋著棉被，被外亂堆著湘魂外面著的衫裙。

這一番景象把紉蘭看得心中突突亂跳，自己丈夫又不見面，不知去何處，竟猜不出是何緣故，猛然心裡一轉念，急提燈把湘魂兩臂仔細一檢視，頓時滿腹狐疑，怔怔的立在床邊開口不得。原來昨天早晨親見湘魂臂上有一粒鮮明的守宮砂，此時已泯然無跡了。這當口筠孃已把室內燈燭點得雪亮，四面一看，瞥見窗口几上擱著一條玄縐腰巾，認得是自己哥子束腰的物件，頓時料得幾分，慌伸手拿來藏在懷內。一回頭看見紉蘭呆立在床前。明知床內大有把戲，故意慢慢的走近床前。一眼看湘魂這樣神情，游一瓢已蹤影全無，也吃了一驚，慌向紉蘭問道：「游老師怎的不在室內，倒是她睡在此地呢？」

紉蘭默然不答，兩眼直注在湘魂面上看了半晌，忽向筠孃說道：「她無故這樣沉睡，大有可疑。」說畢駢起右指，直向湘魂脅下點了幾點，猛聽得湘魂一聲嬌喊蹶然立起，瞪著一對杏眼，怔怔的望著筠孃、紉蘭兩人，彷彿在夢裡一般。

筠孃向床邊一坐，握著湘魂手道：「好妹子你告訴我，怎的竟在此地渴睡？你老師又到何處去了？」

湘魂聽了這句話，如夢方覺，一看紉蘭一雙精光炯炯的眼盯住了她，面孔一紅，囁嚅著答不出話來，心裡一急，猛的把下身裹著的棉被一掀想跳下床來。哪知不掀棉被還好，一掀棉被時，才覺得自己下體一絲不掛，白羊似的裹在被中。湘魂這一驚非同小可，幾乎魂都冒掉，慌不迭重新把被蓋嚴，前後情形一想，頓時兩行急淚直掛下來。

紉蘭、筠孃也不防有此一著，各人心中都像十七八個吊桶來回上下，弄得說也說不出話來。在湘魂此時已覺得身體異樣，被人占了便宜去，把前後情形一想，明明是游一瓢把自己點穴強姦，平心而論，原是自己湊上去的，也怨不得別人。只恨筠孃想得好計，使俺吃這啞巴虧，還當著紉蘭的面敗露出來，除了痛哭還有何法！在筠孃七竅玲瓏的心中把前後情形一琢磨，已有點疑心到自己哥子身上，但此時正好將計就計，一股腦兒推到游一瓢身上，卻暫不開口，且看紉蘭如何說法。

其實這時最難受的是紉蘭了。眼看湘魂這樣狼狽情形，明明是被人點了穴道，在不知不覺中遭受了蹂躪，而且初看湘魂的昏睡情態明明點的是昏眩穴。想到游一瓢平時出手點人，往往點的是昏眩穴，室內又無別人，當然是他點的。既然是他把她點翻，以後情節不是他還有哪一個？但夫妻做了許多年，深知丈夫品行，絕不會做出這樣下流事來，就使酒醉也是不致如此。這樣兩重心理一戰，弄得紉蘭如醉如癡。最難過自己丈夫蹤跡全無，此刻無法對證，只希望丈夫立時回來可以當面證明，否則竟像畏罪逃避了。

可憐紉蘭又急又恨了半天才開口道：「這事實在太蹊蹺了，橫豎俺外子總要回來，不難問個水落石出。」

筠孃冷笑了一聲道：「也不必問游先生，湘魂妹子肚內當然明白的。」說了這句頓了一頓，慌又改變口音，用福建鴂舌之音嘰哩咕嚕的向湘魂說了幾句。湘魂用福建土音回了幾句，原來筠孃看見自己哥子腰巾落在室內事有可疑，欺紉蘭不懂她們鄉談，先向湘魂問了個明白再談。哪知湘魂一口咬定是游一瓢，又聽得游一瓢走得不知去向，益發毫無疑義。

這時紉蘭卻看不慣她們鬼祟形狀，憤然說道：「這樁事俺丈夫自然受了嫌疑，但俺信得過丈夫絕不會做出這樣事來。湘魂妹子，事已如此，也勿須掩飾，究竟你們在此吃酒，怎會一個不見，一個被人點穴，你快對我說！」

湘魂大哭，指著紉蘭說道：「你丈夫做的好事，你還在俺們面前假充正經。」接著邊哭邊說，卻把自己一番詭計瞞起，只說游一瓢乘醉調戲抗拒不從，竟被他點穴強姦。說罷尋死覓活在床上亂撞亂滾，索性大鬧起來。

這一來面孔業已撕破，門外丫嬛們已聞聲擠滿室內，弄得紉蘭無言可答，慚愧欲死。鬧了半天，游一瓢卻依然蹤影全無，筠孃只在一旁冷笑，間或說出一言半句像箭也似的刺入紉蘭心內，把紉蘭一顆芳心激成粉碎的由羞變恨，由恨變怒！竟也相信游一瓢一時酒醉色迷，做出這種事來。事後懊悔，顧不得妻子，先自逃出碉外去。

紉蘭越想越對，越對越恨，把一腔怨恨都種在游一瓢一人身上了。金蓮一頓，地磚粉碎，咬著牙道：「此刻俺丈夫沒有見面，無話可說。俺就在此且待他一宵，如果俺丈夫到明天還不轉來，俺也認定是他做的。俺自己問心無愧，但也無法彌補此種缺憾。話雖如是，俺也有相當辦法，如果游一瓢真個羞愧潛逃，或者見面以後無法證明這事真相，洗不了他的嫌疑，俺立誓從今天起同他一刀兩斷。湘魂妹子願意跟他作為夫婦也好，不作夫婦設法報仇也好，與俺無涉。俺權借貴地等他一宵，如他到明天尚不回來，俺從此誓不與他見面，斷絕夫婦之情，獨自尋覓棲隱之所以了餘年。」說畢鐵青面孔，走向窗口椅上一坐，兩行清淚不由得直掛下來，心中這分難過也就不用提哩。筠孃看她這樣一來卻暗暗歡喜，巴不能使她夫妻拆散，替自己丈夫出口怨氣，竟板著面孔全然不睬。

這時湘魂已含羞穿好衣服，由貼身丫嬛服侍下床，筠孃忽然在湘魂耳邊嘰咕了一陣，不由分說拉著湘魂率著一群丫嬛大剌剌的一哄而出，連正眼也不看紉蘭一看，霎時靜悄悄的只剩紉蘭一人冰在書室之內，紉蘭一生哪受過這樣羞辱？一人呆坐悲憤填胸，幾乎要失聲痛哭起來，一肚皮怨氣都種在游一瓢身上，倘然游一瓢果真回來，紉蘭必定同他拚命。哪知紉蘭悽悽惶惶坐到天光，大亮紅日高升，游一瓢還是毫無消息。這一來紉蘭益發心腸冰冷，怨氣沖天！最可恨自從筠孃、湘魂進去以後鬼也不見一個，這樣奚落比打還凶。紉蘭只恨丈夫變心，自己命苦，如何發作得來？牙根一咬，金蓮一頓，飛出窗外竄上屋面，獨自走得不知去向。

這邊情形如是，那游一瓢同甘瘋子當夜一路蹚行，不到兩個時辰已趕到鴛鴦峰境界。只見高峰插雲，山徑封雪，雞犬無聲，村舍不見。這時離天明還有不少時候，借著雪光走上峰腰，游一瓢問道：「此處並無人煙，未知貴友高隱之處尚有多遠？」

甘瘋子道：「鴛鴦山脈四布，周圍有五六十里寬廣，此處尚非主峰，須盤過山腰再走一程才到。」

當下甘瘋子在前，游一瓢在後，越溪渡澗又走了四五里山路，溪澗盡處一望盡是竹林，被積雪壓得折腰低頭。穿過竹塢才見迎面現出百丈奇峰，巉巉獨立，四周高高低低的山巒朝揖拱衛，氣象萬千。主峰山腳茅屋鱗接場圃棋布，不下百餘戶人家，山腰松林之內隱隱露出一道紅牆，料是山中古寺。山腰之上雲煙明滅夜色淒迷，宛然與天相接，看不出峰嶺景象。甘瘋子指向山腰笑道：「敝友就寄跡在山腰寺內，俺們從村舍中直上山腰可也。」

兩人走近山腳尋著上山路徑，來到後寺門口抬頭一看，寺宇並不宏壯，兩扇破寺門敞著，門額上題著華岩古刹四個字，金漆已剝落只存模糊字樣。門內一片雪地矗立著幾株寒瘦可憐的古柏，襯著東倒西歪的三間大殿。中間一尊如來佛，已昂頭在屋脊之上，殿上不堪景象，可想而知。兩人一聲不響，進門直趨大殿，好在殿門只存半扇直進無阻。一進殿門盡是鳥糞穢氣，四面空洞一無所有，只中間佛龕面前一具生根石香爐，還存著半段燒不盡的香頭，想是山腳下村民求過佛的。

甘瘋子滿不理會，領著游一瓢繞向佛龕背後。龕後也開著一重門，兩人越門面出，卻見一重峭壁像屏風般擋在門前，沿壁走去，忽然山壁中裂露出一條窄窄石徑，因兩面壁高天黑，走上石徑昏然不辨東西。幸而游一瓢眼神充足，黑夜可以辨物，倒不致東碰西撞，甘瘋子兩手摸索宛如瞽者一般，反是游一瓢領著他向前走去。幸而路徑不過幾丈光景，一忽兒窄徑走盡，忽聽得頭上風濤澎湃，宛如千軍萬馬一片喊殺之聲，兩人慌回頭向上一望，原來山腰口天生一座孤立峭壁，中間裂出一條窄徑，壁上密布虬松，山風震蕩發出奇音。游一瓢笑道：「這樣天造地設的門戶，足為高士生色。」

游一瓢抬頭貪看，移時，回轉身來忽然不見甘瘋子蹤影。向前一看，只見松林底下蓋著五六間乾淨草廬，廬外編著一道竹籬，籬外松林底下疊著東一堆西一垛高低不一的鵝卵溪石，一個人影急匆匆在松林石子堆內穿來穿去，忙得足不停趾。卻愈走愈急發瘋地亂繞，仔細一看，那人便是甘瘋子。游一瓢看得奇怪，正想走進松林去喚他，猛然四面一看石子堆的步位恍然大悟，呵呵笑道：「難怪他繞不出去，原來這位高士還精於奇門陣法呢。」說罷改變路向，從斜刺裡緩步跨入松林，只幾轉便到甘瘋子身邊笑道：「甘兄隨我來。」又幾轉便到籬外。

甘瘋子笑道：「俺也略知諸葛武侯八陣圖法，只不懂變化生克之道。俺未進松林，遠看這幾堆溪石已知敝友故意擺的陣圖，想姑且一試，哪知竟難破他。先生安然進出，想必精於此道了。」

游一瓢笑道：「這幾堆石子並非八陣圖，是一種奇門小法，愚弄小盜賊則可，若要談到行軍布陣是用不著的，這且不提。此時這位貴友想是高臥，如徑往扣門未免不情，不如俺們在籬外等候天明再進謁不遲。」

甘瘋子大笑道：「先生何必太謙，像先生這樣人傑，肯枉駕到此是他所求不到的，何況先生本人急於解毒呢。」說罷兩人走進籬門，直趨草堂。游一瓢借著對山雪光，一看堂內空無所有，只中間設著一張青石方桌，地上擱著四個石鼓墩，兩面側屋垂著草簾，甘瘋子大喊道：「錢兄快起，佳客到了。」

一聲喊罷，左面側屋草簾一掀燭光一閃，鑽出一個披髮小童來，兩隻骨碌碌小眼珠朝兩人看了半天，咦的一聲又鑽了進去。半晌秉著一枝粗燭走進草堂，把手上燭台放在石桌上，又向兩人打量了一回，然後兩手亂舞，口中咿咿啞啞的嚷了一陣。兩人知是啞巴，甘瘋子大聲道：「你只通知主人去便了。」一語未畢，右首側屋內有人問道：「是甘兄嗎？黃夜到此必有急事，請稍候，小弟就出來。」

甘瘋子在外面答道：「雁蕩游一瓢先生在此。」

一言方出，便聽得右屋床響。一忽兒，一人揚簾而出，便向游一瓢兜頭一揖，肅然起敬道：「久慕盛名無緣拜謁，不意雪夜光降，榮幸之至。」

游一瓢一面謙遜應禮，一面打量錢東平，卻是個二十餘三十不足的少年，體貌清癯，長眉通髮，穿著一身大布之衣，頗有瀟灑出塵之概。

請續看《虎嘯龍吟》下　秘島對決

近代武俠經典復刻版

虎嘯龍吟(中) 虎穴龍潭

作者：朱貞木
發行人：陳曉林
出版所：風雲時代出版股份有限公司
地址：10576台北市民生東路五段178號7樓之3
電話：(02) 2756-0949
傳真：(02) 2765-3799
執行主編：劉宇青
美術設計：吳宗潔
業務總監：張瑋鳳

出版日期：2024年8月
ISBN：978-626-7464-45-8
風雲書網：http://www.eastbooks.com.tw
官方部落格：http://eastbooks.pixnet.net/blog
Facebook：http://www.facebook.com/h7560949
E-mail：h7560949@ms15.hinet.net
劃撥帳號：12043291
戶名：風雲時代出版股份有限公司

風雲發行所：33373桃園市龜山區公西村2鄰復興街304巷96號
電話：(03) 318-1378
傳真：(03) 318-1378
法律顧問：永然法律事務所 李永然律師
北辰著作權事務所 蕭雄淋律師

行政院新聞局局版台業字第3595號 營利事業統一編號22759935

定價：320元

國家圖書館出版品預行編目資料

虎嘯龍吟 / 朱貞木著. -- 臺北市：風雲時代出版股份有限公司, 2024.07
冊； 公分

ISBN 978-626-7464-45-8(中冊：平裝). --

857.9 113007063